U0919194

[美国] 桑禀华 著　李永毅 译

中国文学

牛津通识读本·

Chinese Literature

A Very Short Introduction

译林出版社

图书在版编目（CIP）数据

中国文学／（美）桑禀华（Knight, S.）著，李永毅译．—南京：译林出版社，2016.6（2018.11重印）
（牛津通识读本）
书名原文：Chinese Literature: A Very Short Introduction
ISBN 978-7-5447-6134-5

I.①中… II.①桑… ②李… III.①中国文学－文学研究
IV.①I206

中国版本图书馆 CIP 数据核字（2016）第 011723 号

著作权合同登记号　图字：10-2012-485 号

中国文学［美国］桑禀华／著　李永毅／译

责任编辑　何本国
责任印制　董　虎

原文出版　Oxford University Press, 2012
出版发行　译林出版社
地　　址　南京市湖南路 1 号 A 楼
邮　　箱　yilin@yilin.com
网　　址　www.yilin.com
市场热线　025-86633278
排　　版　南京展望文化发展有限公司
印　　刷　江苏凤凰通达印刷有限公司
开　　本　635 毫米 × 889 毫米　1/16
印　　张　18
插　　页　4
版　　次　2016 年 6 月第 1 版　2018 年 11 月第 3 次印刷
书　　号　ISBN 978-7-5447-6134-5
定　　价　39.00 元

序言

程章灿

从事中国文学的教学与研究，屈指算来，已经三十多年了。其间接触过很多介绍中国文学的著作，即以英文著述而论，也见过不少。其中面向一般读者，而且比较流行的，就有好几种。例如上世纪初出版的英国汉学家翟理斯（H.A. Giles）的《中国文学史》（*A History of Chinese Literature*, D. Appleton and Company, 1901），上世纪中叶出版的华裔学者陈受颐的《中国文学史》（*Chinese Literature: A Historical Introduction*, The Ronald Press Company, New York, 1961），以及另一位华裔学者柳无忌的《中国文学概论》（*An Introduction to Chinese Literature*, Indiana University Press, Bloomington and London, 1966）。新世纪以来，欧美学界又有几种中国文学史新刊，大抵出于集体撰述，执笔者几乎囊括了欧美汉学界中从事中国文学研究的一时精英。然而，这些书要么过于陈旧，没有能够及时更新知识；要么过于学究，只适宜做专业课程教学的参考，并不适合一般读者阅读。先不论其阅读界面是否友好（这一点，既涉及笔调写法的讲究，也涉及篇章结构的安排），只谈篇幅，动辄数百页，乃至长达多卷，常常令人望而生畏，一般读者是否有耐心读完，就大有疑问。

相比之下，桑禀华（Sabina Knight）教授的这本《中国文学》，英文本正文不过薄薄120页，中译本只有区区六万多字，简直就是微缩版。但它的时间跨度，却从《诗经》一直写到卫慧，空间跨度上则涵盖了中国大陆、台湾以及香港等地的文学创作，甚至囊括哈金、李翊云等海外华人作家创作，可谓具体而微。其书言简意赅，引人入胜，集中精力，一两天就可以看完。老话说，“开卷有益”，就我个人而言，阅读此书，既是一次轻松愉快的经历，也是一种别致的知识体验。

本书是“牛津通识读本”之一。这套丛书的设计思路，是面向一般读者，进行某一学科领域的通识传播。“牛津通识读本”的英文标题是“Very Short Introductions”，这相当于汉语中的“简说”、“略论”、“浅谈”，可见简明扼要是其首要诉求。谁都知道，中国文学史历史悠久，文类繁杂，风格多样，线索纷乱，作家作品汗牛充栋，即使一部鸿篇巨制，也未必驾驭得了，容纳得下。以六万多字的篇幅，呈现中国文学各体的面貌，勾勒中国文学发展的线索，突显中国文学文化的特色，更非易事。只有高瞻远瞩，执简驭繁，才能高屋建瓴，纲举目张，做到既有论述高度，又有信息密度。我以为，本书就是采取这样一种策略。在“引言”中，作者开门见山，征引盛唐著名诗人王之涣那首脍炙人口的《登鹳雀楼》，意在借用这首绝句，提示全书的写作思路：“这首公元8世纪的绝句，让我们想起中国人将文化视为绵延之河的传统观念。……蜿蜒的河道最宜登高远眺，以观其轮廓，体其深意。”

除了“引言”，全书只有五章，每章平均一万来字。“螺丝壳里作道场”，显然，面面俱到是不可能的，也是不可取的。作者的应对策略，首先是突出重点，其次是深入浅出。第一章描述中国文学的历史与文化基础，相当于全书的概论；最后一章叙述中国现当代文学，相当于收尾；中间三章分别叙述中国诗歌、文言叙事与白话叙事，相当于分体的中国文学概述，是本书的重中之重。先秦诸子散文与诸子哲学，早期文言叙事与历史编纂，彼此纠缠，其间关系“剪不断，理还乱”，议论纷纭。书中不仅对这两组关系作了细心梳理，又从中国文化的高度，关注哲学与文学、历史与文学之间盘根错节式的牵连。这样一种关注，显示的是作者对“文史哲本是一家”这个“中国传统文化观念的尊重”。

站在西方人的立场，又主要面向西方读者介绍中国文学，选择从世界文学或者比较文学的视野来观照中国文学，是理所当然的。由于作者本来就具有比较文学的学术背景，所以，在把握中国文学的历史脉络与文化特征时，能够抓住一些具有宏观性与理论性的“普遍的主题”，作为标的。第一章先摆出“文”、“文人”、“经典”等概念，讨论文、文人以及经典的产生及其对中国文学的影响，又围绕“情之道”这一主题，探讨“情”在中国文学里的独特内涵。作者惯于“将普遍的主题与具体的例子相结合，在不同文本的对话中，呈现自己关心的主要问题”。如果说“普遍的主题”好比森林中的道路，引导全书的行进方向，那么，“具体的例子”就有如森林中的花草树木，呈现行进途中的一帧帧风景图画，让人赏心悦目。

本书五章题目的设计，就自觉体现了“普遍的主题”与“具体的例子”的结合。这五个题目依次为：“基础：伦理、寓言和鱼”，“诗和诗学：山水、典故和酒”，“文言叙事：史书、笔记和志怪小说”，“白话戏剧和小说：园林、草寇和梦”，“现代文学：创伤、运动和车站”。很显然，这些题目以冒号为界，前面就是“普遍的主题”，后面则是“具体的例子”，其结构相同，实出一辙。每一章之下，又分出若干小题，可以说是次一级的“普遍的主题”，与之相配合的，则是各类“具体的例子”。以专门介绍中国诗歌的第二章为例。此章总共只有12 000多字，却在“诗和诗学：山水、典故和酒”的总题之下，又分出九个小题：“诗意地栖居”（主要讲诗歌之用）、“实境”（主要介绍《诗经》）、“超诣”（主要介绍《楚辞》）、“典雅”（除诗体之外，又兼及辞赋）、“悲慨”（从汉魏六朝五言诗一路讲到李白诗和李清照词）、“疏野”（介绍嵇康、阮籍、陶渊明等疏离政治、具有鲜明的反抗个性的诗人）、“飘逸”（介绍谢灵运、王维、禅诗、神韵诗等）、“感时”（介绍杜甫《春望》等作品）、“豪放”（介绍李白、苏轼等）。不难看出，从“实境”到“豪放”都是围绕诗歌的风格来做文章，而这八种风格标目，除了“感时”之外，全都出自《二十四诗品》，可见作者对此书情有独钟，也就是对《二十四诗品》所代表的极具中国特色的诗歌理论批评方式，怀有特殊的温情与敬意。表面上看，风格论是本章的核心，实际上，作者在具体展开时，文笔随时流转，如入江南园林，得移步换景之妙。例如“豪放”一节由这种风格流派入手，在介绍过苏轼之后，就顺流而下，介绍宋代印刷术发展以及诗话韵书之类书籍的大量出现及其对于诗学的影响，然后又陡然一转，切换到古代女性诗人与女性诗评家等有趣的话题等，虽然点到即止，却让读者有意犹未尽之感。

“点”哪里，怎样“点”，大有讲究。书中对具体作品的解析，就是“点”的一种，由于视角独特，往往意味隽永，发人深思。在解析杜甫《春望》“感时花溅泪，恨别鸟惊心”二句时，作者讲到诗句的意思，“或者是诗人因为花和鸟而溅泪、惊心，或者是花本身溅泪、鸟自己惊心。两层意蕴交融形成的歧义，表现出学者们所称的中国诗的‘浓缩’特质或者‘双重语法’”。在此基础上，作者点出中国诗歌的一个特色：“中国诗并不赞美单个的主体，反而经常让自我隐身。通过淡化‘我’与‘物’的区分，这些诗所沉思的世界,是个性经验较少横亘其间的世界。”如此点评,堪称举一反三,妙语解颐。又如第三章介绍唐传奇,从故事的叙述角度和作者的身份认同入手:“虽然多数核心故事是用全知的无人称视角叙述的,许多故事却采用了由某位目击者向叙述者转述的框架,仿佛故事只是一段客观的记录。”“这些叙述框架在故事本身和读者的世界之间架起了桥梁,并且时常对核心故事的伦理内涵做出评判。对道德说教如此重视,或许揭示了作者对文人地位和传统儒家价值观的忧虑”,也颇有见地。再如第四章介绍白话戏剧和小说,拈出“园林、草寇和梦”这三个具体意象,不只是为了简单地对应《红楼梦》、《水浒传》、《牡丹亭》这三部名著,而且借由这些意象,强化直观印记,拓展回味空间。以“园林里的草寇”为切入点,讨论《红楼梦》中的大观园故事,就富于巧思,也饶有余韵。

《三国演义》、《水浒传》、《西游记》和《金瓶梅》,号称明代长篇小说四大名著。为了帮助读者了解这些小说,作者着重介绍了成书过程及其主题表现。就成书过程来说,“这类小说都是在缓慢的累积中演化而成的,和重写前代诗歌的做法相仿,文人们经常为了某些意识形态的目的改写更早的版本”。不是就事论事地说明这类小说的成书过程,而是将这类小说与前代的诗歌重写以及意识形态力量的介入相挂钩,从而揭示隐藏于小说背后的文化因素。当然,无论是语言风格,还是主题内涵,这四部小说又是各不相同的。以《西游记》为例,其主题貌似简单,尽人皆知,实则复杂,大可讨论:“如果把《西游记》当作一部象征性的小说,那么玄奘就是求道者,悟空是他的心智,白龙马是他的意志,八戒是他的生理欲望,沙僧是他与大地的联系。取经之路代表心智的修行,作品中的危难与妖怪代表遮蔽顿悟之光的种种扭曲的幻象。小说对精神追求的描绘在多大程度上表达了反讽,学者们各执一词。它是严肃的史诗还是史诗的戏仿?它是鼓吹用佛法度人,还是主张儒释道三教合一?”这段话有确定的判断,也有不确定的追问,还可以看成是对广大读者的一点提醒:实际上,这类小说都有复杂的主题,而这种复杂性,正是其深厚文化内涵的一种体现,不小心细读,就最容易被忽略。

从总体上看,第五章的写法与前四章略有不同,其逻辑层次特别简约。这一章专门叙述中国现当代文学,其空间背景涵盖中国大陆、台湾以及香港,甚至远涉北美地区的华裔作家。全章以高行健名噪一时的剧作《车站》为引子,串连起全章的五条线索。“高行健的剧作是一则寓言,解读了中国从乡村进入城市的变化,隐含着对中国文学的现代化和全球化至为关键的五个主题:对民族自豪感、人文主义、进步、记忆和快乐的追寻。”接下来,作者就以追寻民族、追寻人性、追寻进步、追寻记忆、追寻快乐这五个主题为纲,提挈中国现当代文学的各家创作,曲终奏雅,归结到对于文化中国的追寻,也涉及华语文学在当今世界上的地位,收尾干净利落,却也显得有些匆促。

本书作者桑禀华曾在美国威斯康辛大学接受过中国文学和比较文学的专业训练,从其书后所附延伸阅读的书目来看,作者是拥有较为宽广的专业知识视野的。这本书是为英语世界对中国文学有兴趣但并未受过专业教育的一般读者而写的,对他们来说,不必花多少时间,就可以鸟瞰中国文学,有个粗略了解,事半而功倍。它也同样适合中国读者。即使对中国文学已经有所了解的中文专业学生,若能设身庐山之外,有所观,进而有所思,有所悟,定可满载而归。倘得如此,自要感谢本书将普遍与具体相结合的体例,新鲜而跳荡的笔法;也要感谢本书的译者李永毅教授，他不仅有晓畅的译笔，还以认真负责的态度，校订了原书的几处讹误。至于从中英文对读中，体会两种语文表述各自的微妙，更是双语读本得天独厚之处，此乃众所周知，不需我再饶舌。

献给我的老师刘绍铭

目录

前言

登鹳雀楼

【王之涣(688—742)】

白日依山尽,
黄河入海流。
欲穷千里目,
更上一层楼。

这首公元8世纪的绝句让我们想起中国人将文化视为绵延之河的传统观念。这条脉动的大河虽经历了许多曲折,吸纳了许多支流,三千多年来却一直哺育着生活在中华大地上的人们。[①] 中国的思想家自古以来就在探寻这条深阔之河的“道”与“理”,他们的领悟反过来也塑造了它的流向。举例来说,他们信奉治乱循环、否极泰来,或许这正是绝句起承转合的观念渊源。在王之涣的诗里,这种整饬的结构向我们呈现了广袤的视野,虽然日落带来一丝感伤,末句却仍蕴含着上进的力量。蜿蜒的河

---

① 西方人一般把有文字记录的商朝视为中国历史的起点,这样算来中国历史只有三千多年。——除特别说明,均为译注

道最宜登高远眺,以观其轮廓,体其深意。

本书讲述的是中国文学从古至今的历史,主要关注文学文化在回应社会与政治关切时所发挥的核心作用。本书将文学文化理解为人类在经验洪流上引航的集体努力,将中国文学看作一条浩瀚的河流,其间奔涌着人的激情,特别是道德与感官的动荡,以及陶冶与规范这些激情的审美实践。中国的几大思想传统都坚信,人心困苦不宁乃缺乏大视野所致,文学则能开启人的眼睛、智力与心灵。

在中国最早的文字记载中,文学文化在实施善政、改进社会的事业中扮演着关键角色。为了展示审美与伦理教化之间的密切关系,本书重点介绍抒情诗和叙事体裁,同时也涉及哲学、历史和戏剧。鉴于狭义的文学概念直到 19 世纪晚期才诞生,选择这样的范围是对中国传统文化观念的尊重:文史哲本是一家。

在中国的语境中,文学研究鼓励人融入文史哲这个整体。文学讨论自然的盛衰循环,以理解变化的动态过程。受这种倾向影响,文学理论将历史与自然进程的变迁看成辽阔的风景,将单个作者、运动以及体裁的兴衰置于其中来考察。当唐代的律诗绝句不再流行,它便让位于词和曲;整个诗歌体裁衰落了,叙事文体便崛起了。这些理论常认为文化发展有其内在的生命,但中国文学的历史也是它服务于特定利益集团的历史。精英阶层的奖掖至关重要,作品传播与经典化的习惯也有利于这些利益集团。阅读单篇作品的快乐,就像凝视河面的倒影。而要看到河的深处,则不仅要应对语言问题和跨文化理解的问题,还要探究权力的运作——包括阶级、性别、民族和国家观念。

本书将普遍的主题与具体的例子相结合,在不同文本的对话中呈现自己关心的主要问题。这种比较的方法不仅能凸显主流方向，也能对汇流与潜流保持敏感。它也突出了中国文学传统内部的多元性和兼容性。人性意味着什么？仁者如何传道、言志、叙事，如何相娱相教，如何建设一个有教养的社会？中国文学所提供的视角与今天的伦理、美学、社会和环境问题息息相关，本书旨在帮助读者参与这些对话，并将其发扬光大。孔子（公元前 551—前 479）相信弟子能够举一反三，这本简略的小书也效法圣人，试图为游历中国文学的无边景致提供一份指南。书的内容虽然有限，仍愿这些匆匆掠影能激发读者继续探究这一强盛传统的兴趣，正如王之涣鼓励他的读者更上一层楼。

第一章

基础：伦理、寓言和鱼

中国文学中的求知之路有时会令人惊讶。以传说中的智者庄子（约前369—前286）命名的文集会让偏爱直觉领悟的读者眼前一亮。庄子和名家的惠子游于濠梁之上时曾有下面一段对话：

> 庄子曰："鲦鱼出游从容，是鱼之乐也。"惠子曰："子非鱼，安知鱼之乐？"庄子曰："子非我，安知我不知鱼之乐？"惠子曰："我非子，固不知子矣；子固非鱼也，子之不知鱼之乐，全矣！"庄子曰："请循其本。子曰'汝安知鱼乐'云者，既已知吾知之而问我。我知之濠上也。"

庄子先是用惠子本人的逻辑来反驳，然后却提供了通向智慧的另一条路径。正如惠子即使不肯承认，其实也知道庄子所知，庄子同样能感觉到鱼的快乐。对名家而言，语言是交流的唯一工具。而在庄子看来，既然他和鱼同属一个宇宙，他就可以和鱼感同身受。物我之间的此种感应意味着不断扩展人的视野，这正是《庄子》的一则寓言中河伯所收获的道理。河伯游至北海，方知此前所见只是一隅。北海若评论道："井蛙不可以语于海者。"

中国思想的各大流派都渴望更加辽阔的视野，最受爱戴的诗人、乐天的政治家苏轼（1037—1101）最精彩地表达了这种向往。在《前赤壁赋》中，苏轼记述了泛舟长江的一次夜游。当饮酒的宾客途经一处著名的战争遗址时，气氛变得忧郁起来。此地的兵败事实上决定了汉朝覆亡的命运[①]，所以众人不免谈起了无常与恒常的话题。应当如何看待历史上那些王国的终结？一位宾客不禁哀叹人生的无足轻重：

> 寄蜉蝣于天地，渺沧海之一粟。

为了解开朋友的心结，苏轼以盈亏不止的月亮和奔流不息的江河为例，说明自然也有恒常的一面，应该更达观地看待变化：

> 盖将自其变者而观之，则天地曾不能以一瞬；自其不变者而观之，则物与我皆无尽也。

苏轼在11世纪关于无常与恒常的沉思触及了中国文学想象中的一个核心主题。人生如此短暂，我们该如何应对？时间流逝的忧虑让得失荣辱的问题，出仕为官的责任以及对友谊、家庭和种种成就的追求都变得格外紧迫。文学文化起到了帮助人们探讨这些问题和欲望的作用，这种对人生抱负的关注也能指导他们如何面对时光中的变迁。按照公元前4世纪晚期《左传》

① 这里作者对史实的记忆或理解明显有误。公元208年赤壁之战曹操战败，但最终废掉汉献帝的是曹操的儿子曹丕。曹军战败促成汉朝灭亡，逻辑上无法成立。

的说法，“言”是实现“不朽”的三条途径——“太上有立德，其次有立功，其次有立言”——之一。

传道：“文”的力量 ①

按照西方的标准，中国文献之古老令人震惊。虽然现代汉语和上古汉语的差异堪比英语和拉丁语的差异，今日的专家仍能解读商代（前 1600—前 1046）遗留下来的刻在龟甲羊骨上的汉字。这些用于问卜的甲骨文由单个的字组成，神的回答则要根据炙烤之后骨头上形成的裂纹来揣测。

这些文字成了中国文化的基石。虽然字形字义经过了漫长的演变，今日的中国人仍在使用古书里的字，中国的核心传统能凝聚至今，书写体系的延续性是关键。整片大陆上书写体系的统一克服了不同地区不同方言之间的巨大差异，确保了沟通的顺畅。许多方言在口头上的差异不亚于德语和英语的差异。②

中国能历经三千余年依然屹立，或许更应归功于文学传统，而不是政治史。和罗马帝国不同，中国在历次分裂之后总能重新统一，部分便是依靠国民对“文”之力量的信仰，这个矛盾重重却韧性十足的文明得以维系，汉字居功至伟。作为与“武”相对的和平领域，“文”被视为治国的根本和促成文化和谐必不可少的手段。公元 3 世纪的陆机在《文赋》结尾称赞文学是连接不同时代的桥梁：“俯贻则于来叶，仰观象乎古人。”

---

① 英文原文的“pattern”指向“文”的词源义“纹”。

② 原书在这里讨论了英语的两个词语 dialect（属于特定地域或群体的语言变体）和 topolect（属于特定地域的语言变体），认为用后者来称谓中国的方言更合适，但这个讨论对中国读者没有多大意义。

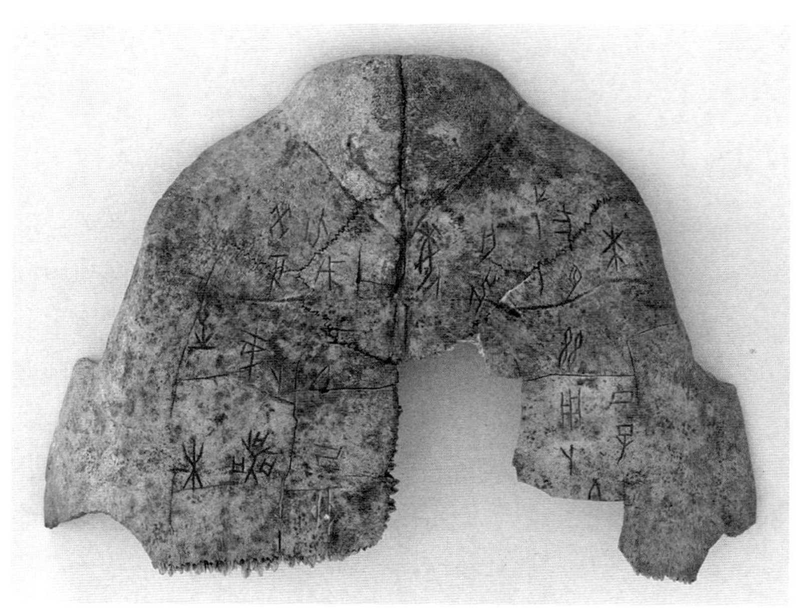

图1　这片龟甲（约前1300—前1050）上可以看见早期的汉字（甲骨文）

在中国人的心目中，文学不仅是某个现实世界或理式世界的镜像[①]，而是世界借以生成的有形手段。"文"的模式被视为自然结构之"理"的具体呈现，文学在传递自然和伦理之"道"时发挥着关键作用。

因此，精心创作的文学就可让人深信，宇宙秩序森然，并且内具道德法则。这种信念的力量后来体现为家喻户晓的"文以载道"四个字，所以典籍和评注典籍的学者才在中国文化里居于中心地位。圣人孔子鼓励弟子在履行道德责任之余努力学文，

① 这里原书明显指西方盛行的摹仿论和柏拉图的理式论，原文"ideal forms"并非"理想化的形式"，而是特指柏拉图的理式（form）。

这种学习被视为出仕者所应接受的基本教育。

虽然“文学”后来成了与英文 literature 对应的中文词语，“文”的词源义却是“纹”，例如织物的花纹。与西方“博雅学科”（liberal arts）的概念相似，“文”可以指任何有确定模式的艺术体裁，“文字”[①] 可以很好地涵盖早期中国的广义文学概念。古希腊罗马世界认为博雅学科是自由人应当接受的教育，儒家也相信，要培养仁德，文学最为重要。领悟宇宙内在的秩序无须牧师或其他中间人，但老师和文献必不可少。

文人

或许只有在中国，人们才如此自觉地把文学当作一种集体事业。阅读和创作让个人融入了人类的永恒长河中，士大夫阶层也把他们的特权理解为一种沉重的责任。因为相信自然与伦理之道都潜藏在反复出现的模式中，所以他们强调识别模式的能力，这样便形成了一种强烈的历史意识。

在周朝（前 1027— 前 256）的衰落期，反观历史变得日益迫切。铁器的发展改变了战争形态，战国时期（前 475— 前 221）军事强盛的封建诸侯国纷纷吞并邻国，最后西方的秦国建立了中国的第一个大一统帝国（前 221— 前 207）[②]。（英语表示中国的词 China 就是源于“秦”的音译。）

秦国成功的秘诀之一就是建立了一套让有才华的文人担任官职的行政体系。在这个新兴士大夫阶层获取政治影响力的过程中，秦国在书写文化和政治之间锻造了一种延续至 20 世纪晚

① “文字”对应英文原文的“carefully patterned writing”，这里的 patterned 仍指向“文”的“纹”之意。

② 英文原文是“北方的秦国”，有误，译文作了更正。

期的联系。在公元605—1905年之间的13个世纪中，政府大多数时候都实行以研习古典文献为基础的科举考试，从而强化了这种联系。

由于古文颇为艰深，只有士大夫这个精英阶层掌握了读写的能力。学习读写需要专人教授，还需要时间和获得图书的途径，只有少部分人有这样的经济条件。在宋朝（960—1279）的印刷术大幅提高识字率之前，大多数作家都属于统治的官僚集团。这些文人阅读的经典库相对固定，共同的教育背景使得他们的凝聚力和政治势力超过了其他国家的类似群体。文人需要统治者的扶植，统治者也需要文人评注古代典籍，为政权的合法性辩护。

经典

尽管秦始皇（前221—前210年在位）的焚书行动毁掉了法律和技术书籍之外的其他文献，由于有一些史书逃过劫难，保存于其中的许多先秦文献仍得以流传下来。将精选出来的文献尊称为“经”提高了这些早期著作的声望。它们通过后世累积的传、疏、注不断演化，这些阐释多半是为特定的统治者或政治方向寻找理据。

自汉朝（前206—220）以来，“五经”专指《易经》（占卜书）、《诗经》（最古老的诗选）、《书经》（上古文告谕令汇编）、《春秋》（编年史）和《礼记》（三部礼书的合集）[①]。由于公元前2世纪发明了纸，这些经典被刻在石碑上，然后用纸拓印，几乎所有中国文人都将它们熟记于心。

到了4世纪，经典著作的范围扩大了，文献被分为了四类。

---

① 即《周礼》《仪礼》和《小戴礼记》。

这种分类法把“经”排在第一位，其次是“史”，然后就是“子”（思想家或者后世所称的哲学家）和“集”（文学选集）。“子”部著作通常由后人汇编而成，内容多是某位学派代表人物与门徒或辩难者的对话，书里往往有许多隽语妙言、精彩对话、寓言和掌故。这个类别也包括了专门的医学、军事和宗教著作，包括道教和佛教典籍。后世称为小说的作品一般没有资格进入这四部，因为经史子集的要义都在于传道。

围绕道的论争在先秦时代就开始了，由于当时缺乏一个强有力的政治核心，职业的思想家和纵横家得以崛起。这些胸怀天下的文人竭力游说诸侯，改弦更张，以实现和平与良治，那些无法出仕的学者则设馆授徒。因为他们，战国时代的中国思想交锋分外活跃，以“百家争鸣”而闻名。所谓的百家之中，由于史学家司马谈（卒于前 110 年）的确认，有六家对后世产生了持久影响。除已经广为人知的阴阳家、儒家和墨家外，司马谈将另外三家称为法家、名家和道家。

不久之后，佛教也深度参与到人生正道的论争中。发源于印度的佛教成了中国思想的重要一脉，西土传来的佛教故事也成了中国最早的叙事作品。到了公元 2 世纪，释迦牟尼的韵文传记和种种佛教寓言已被译成汉语，这些故事和经文都成了文学传统的重要元素。（“经”的尊崇名号也用来指佛教典籍。）佛教的空、缘、业、轮回等观念经常与儒家和道家的思想融合，并且很快扎根，成为底层的信仰。在公元 220 年汉朝灭亡后的分裂局面下，这些信仰更吸引了社会各阶层。到了唐朝（617—907），重新统一的中国武功强盛，以包容之心广纳异国人士、异国思想，佛教的主题与文学体裁已经对中国文学的许多重要变革做出了贡献。20 世纪初，在中国西部的敦煌石窟中发掘出近四万件 11 世纪以来就被尘封的手稿，让我们对这种影响有了全新的认识。

各大派别的思想虽各有侧重，但也有许多共同的信仰，例如都相信一种基于天、地、人相互融合的终极和谐之道。每派都认为其他各派的教义并非错误，而是只得到整体之一隅。经过几个世纪的相互辩诘、相互滋育，它们不断彼此渗透，那些共同关心的话题便成了文学传统的主流。中国文学的基础可以描述成一些互相交叠的求道之法。

易之道

中国的语言和文学有一套丰富的词汇来探讨变化的精微过程。印欧语言通常突出名词、本质与物质，古汉语却更看重动词、过程和情境。中国文学把历史的转型看成缓慢变化进程的最终结果，所以经常拒绝给出精确的定义和静态的范畴。

对变化的强调可以追溯到《易经》，它在公元前 10 世纪成书

凡欲讀經先念淨口業真言一遍
修唎 修唎 摩訶修唎 修修唎 娑婆訶
奉請除災金剛 奉請辟毒金剛 奉請黃隨求金剛
奉請白淨水金剛 奉請赤聲金剛 奉請定除厄金剛
奉請紫賢金剛 奉請大神金剛
金剛般若波羅蜜經
如是我聞一時佛在舍衛國祇樹給孤獨園與大
比丘衆千二百五十人俱尒時世尊食時著衣

图 2　敦煌附近出土的文物中有世界现存最古老的印刷书籍，公元 868 年雕版印刷的《金刚经》

时只是一本占卜指南。“算命术”的古老之根竟逐渐长成了世界文学中一棵主要的智慧树（它以“易经”的音译为英美人所知，这在中文书里极为罕见）。

这部经典的核心部分是六十四则短的预言，每则预言分别对应由六爻组成的一个卦象。[①]阳爻是实线，象征运动，阴爻是虚线，象征顺从和静止，合起来的卦象代表宇宙循环演替的各个阶段。用这些图案来阐释，宇宙就显示出某种终极的秩序。这六十四个卦象是生命关键节点的隐喻，借助它们提供的这个符号宇宙，个人可以分析自己的困境，皇帝可以测算治国术的吉凶。

《易经》的开始两卦——代表天的乾卦和代表地的坤卦——分别对应于原初的阳和原初的阴，而阴阳的词源义分别指山背阴和向阳的一面。正如光与影在山脊上交汇，激发的阳和回应的阴也在自然的因缘际会中彼此作用。这些偶然因素虽非人力所能左右，但在中国人看来，却遵循着有规律的模式。如果敏锐地意识到这些运行机制，人就会对自然倾向背后的“势”生出敬畏之心，也会深信人具备因势利导的能力。下面以第二卦为例，说明《易经》如何判断卦象：

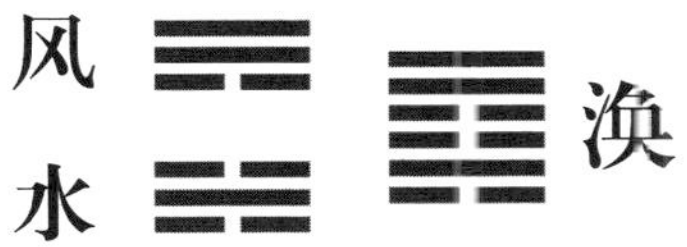

风 ☴
水 ☵
䷺ 涣

图 3 “涣”是六十四卦之五十九卦，上“风”下“水”，可以理解为僵硬状态的解除或者懊悔情绪的化解

---

① 这里的每则预言（prophecy）即每卦对应的卦辞和爻辞，英文用 hexagram 表示六十四卦的一卦，意为“六笔的图形”；用 trigram 表示八卦的一卦，意为“三笔的图形”。

坤：元亨。利牝马之贞。君子有攸往，先迷，后得主，利。西南得朋，东北丧朋。安贞吉。

因为卦象代表的是不断演化的“势”和长跨度的影响，卦辞和爻辞就可以在一定程度上摆脱当下的冲动和压力，这样《易经》就为书面文化如何指引伦理确立了范式。

《易经》的解经部分通常称为“十翼”。虽然相传是孔子所作，它们却用了孔子身后的阴阳家理论，创作时间应接近公元前3世纪。根据这样的理论，阴阳无休止的相交产生“气”，“气”是宇宙的生命力，体现在呼吸、空气、能量和物质中。这种生生不息的力量在金木水火土五行中循环，五行又分别与五脏、五色、五臭和中国传统音乐的五音相联系。按照感应的原则，每个领域的变化都会对其他领域的同一种“行”产生影响①。这种交互感应的宇宙学叫“阴阳五行”，它促使人们尊重变化不息的生态系统，也鼓励人们吸收不同学派的思想。正如阴阳的平衡随四季而变，政府的政策也可因时制宜。

基于这种整体性的世界观，中国人对治乱的循环更替，对刚与柔、动与静、言与默、显与隐的相互作用都有敏锐的体察。正如乐与哀相互渗透，直接与迂回也分别适合不同的形势。《孙子兵法》（约前4世纪）关于军事对抗的讨论，太极拳和气功的练习，中医的寒热理论，中国诗歌含蓄蕴藉的风格，都反复体现了这条原则。

---

① 这里的原文 agents 特指五行，五行在英文中的最常见译法是 five agents，也有译为 five phases 的（原文上一句的五行便是如此表达的）。

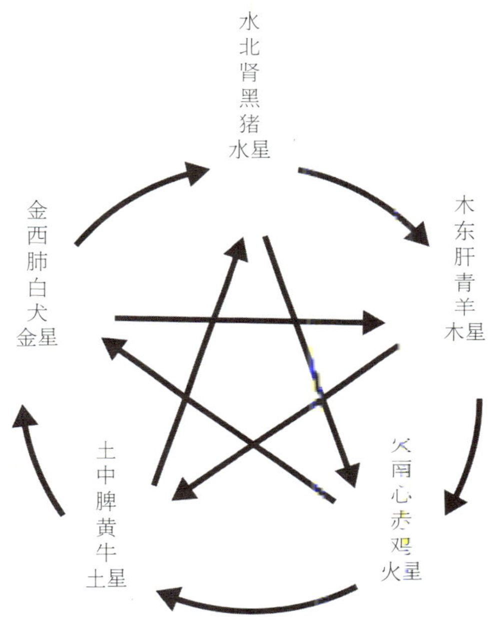

图 4　此表展示了与五行相对应的各种事物，气在五行中循环。

在《易经》流传过程中，一些影响巨大的道家和儒家注疏也塑造了后世读者的理解，敬畏自然变化因而成为中国思想的主流。佛教对无常的深刻领悟强化了这些早期学派重视变化的倾向，它在山水诗中的痕迹尤为明显。在此类诗歌和骈文中[①]，语法和意义的对仗经常反映了各种对应模式。在最能体现人类感

① 这里原书作者的说法并不准确。首先，对仗手法并不与山水诗这个题材类别对应，而主要集中使用在近体诗这个体裁类别里。其次，下文举的《登乐游原》虽是近体诗中的绝句，但并未使用对仗手法。"骈文"对应的原文是 certain genres of prose（某些类别的散文里），作者指的应是某些赋和骈文，"散文"在中国古代与"骈文"相对，所以 prose 译成"散文"不妥。

觉之易逝的绝句里,也能见到这个框架。以李商隐(813—858)的《登乐游原》为例,第一句的“向晚”引入了时间的运动,它不受人的控制,而第二句的“驱车”描绘的却是人可以控制的穿越空间的运动。

向晚意不适,
驱车登古原。
夕阳无限好,
只是近黄昏。

与此相似,结尾提及“黄昏”,呼应开篇的“向晚”,形成一个循环运动,让人联想起太阳每日的回归。然而黄昏的迫近也暗示抒情主人公是微不足道的,无垠的日落美景尤其强烈地反衬出人类生存的诸多局限。通过这种方式,作品聚焦于具体的景色,却表达了抽象的情感。美好一天的终结所激起的感伤情绪,抒情主人公对自身生死的意识,乃至唐代衰落的预感,形成了共振。

仁之道

与这些阴阳家的理论大体同时,中国也发展出了一种强大的伦理人本主义传统。这一古典传统最初由孔子创立,后被一群自命为其传人的儒者进一步发挥。由于儒家强调,若要实现社会的和谐稳定,必须遵循传统,所以与其按照西方现行的译法称之为“孔夫子主义”(Confucianism)[①],不如换上“崇古主义”(traditionalism)的名号。

---

① 英语“儒家”一词 Confucianism 来自孔夫子的拉丁语音译 Confucius。

在《论语》(大概于公元前3世纪成书的箴言和对话汇编)中,孔子主要讨论现实的利害关系。它虽然不是一部系统的专著,却是了解这位先师教诲的权威文献,书中的孔子是致身于善与诚的睿智思想者。孔子乐于承认,"不知"亦是某种形式的"知",所以不肯谈论怪力乱神与死后之事,而只愿探讨他所能知道的这个世界。与推崇自然之道的阴阳家和道家不同,孔子及其门人强调的是实现人际和谐的伦理之道。他对当时的战乱纷争和道德沦丧深感忧虑,所以怀念过去的世代,尤其崇拜周公。

孔子将周公提出的"仁"作为其学说的核心概念。"仁"在英语中有时译作"人心"(human-heartedness),或者干脆译作"人性"(humanity),但就词源而言,它由"人"和"二"组成,反映了孔子的一个坚定信念:人性之养成有赖于人与人的关系。在孔子看来,这些关系的基石便是亲族纽带与孝的品格。以它们为中心,我们便可以将仁心推己及人。"夫仁者,己欲立而立人,己欲达而达人。"子贡问他:"有一言而可以终身行之者乎?"孔子回答:"其恕乎!己所不欲,勿施于人。"①

孔子认为,君子修养的目标是通过践行周朝初年设定的礼法来促进社会的和谐与政治的清明。在仪礼往来中,音乐和文学至为关键,而就培养美德而言,首要的任务则是让"言"与"事"相符合,也就是孔子所说的"正名"。这样根据儒家的教义,文学就在培养美德的过程中居于举足轻重的位置。孔子很欣赏《诗经》的音乐性,多次申明其作品在道德和辞令修习中的价值:"不学诗,无以言。"他并不觉得学习伦理之道是无趣之事:"知之者不如好之者,好之者不如乐之者。"②

① 分别出自《论语》的《雍也》和《卫灵公》两章。

② 分别出自《论语》的《季氏》和《雍也》两章。

人培养仁、义、礼就可改进世界，孟子（前372—前289）对此更为乐观。论对儒家的塑造之功，以他名字命名的《孟子》堪与《论语》相比。孟子宣称人皆有"四心"——恻隐之心、羞恶之心、辞让之心和是非之心，而且它们都与"浩然之气"（点燃道德勇气的强大能量）有关。人见到小孩将要坠井都有救他的冲动，见到他人受苦都有不忍之心，这些普遍的现象在孟子看来都表明，"人性之善也，犹水之就下也"[①]。

孔子的另一位追随者荀子（约前300—前230）不同意孟子人性本善的观点。他认为人天性与社会不合，偏袒自己喜欢的人，甚至充满私心，所以相信只有教育和礼仪才能引导他们向善，并与他人和谐共处。韩非子（卒于前233）继承了荀子对性善论的怀疑，所以尤其强调外在规范。他认为以道德来约束行为是不可靠的，鼓吹创立严密的法律体系，建立强大的官僚统治机构，这个传统后来被称为法家。然而，即使荀子和法家也承认，历史上的先例能提供价值观的启示和行为的规范，这种信念强化了上述传统所共有的乐观看法：道德教育、自我修养和社会交往是有用的。如此的历史感孕育了一种致力于将文学与仕途相结合的"原教旨主义"诗学[②]，在中国影响巨大。

学之道

虽然在短命的秦朝（前221—前207），强调规范与惩罚的

---

① 出自《孟子·告子上》。

② "原教旨主义"对应英文原文的形容词 fundamentalist，这个常用于宗教的词突出了这种诗学传统的两个特征：一是不容挑战的权威性，二是对其他诗学的排斥性。

法家处于垄断地位，在长寿的汉朝（前206—220），儒家[①]的思想者又重新回到古代典籍，在历史的先例中寻找道德修养的最佳途径。和编纂于汉朝的许多其他文献一样，《礼记》也显明了道德对学问的依赖。书中，孔子将各种美德的内化与特定经典的研习联系起来：

温柔敦厚，《诗》教也。

与此类似，广博的品质受益于历史（《书经》），大度的品质受益于音乐（《乐经》），诚实的品质受益于哲学：

洁静精微而不贼，则深于《易》者也。[②]

为了给帝国统治提供合法依据，汉廷通过整理典籍和整合儒、道、阴阳三家来奖掖儒学。汉朝学者为五行感应说提供了一套道德说辞，这样就符合了孔子的教诲：人的行为遵循上天的旨意。他们认为，既然自然变化是气的变形，调节自身之气就是追求智慧理解的必由之路。与道家的手段不同，崇古的学者将学经视为调气的重要方法。

虽然从汉朝覆亡，历经南北朝的分裂，直至唐朝，道家、佛教和其他学派的影响同样重要，儒家在宋明（960—1279）却恢复了中心地位。尽管宋朝重新统一了中国，并且在安史之乱（755—763）之后第一次恢复了中央集权的官僚体系，它却从未

---

① 从这里开始，根据作者上文给出的理由，“崇古派”（traditionalist）都是儒家的别名，为符合中文习惯，统一译成“儒家”。

② 出自《礼记·经解》。

追求唐朝的强盛军力和开疆拓土的事业。鉴于唐朝毁于藩镇割据，宋朝皇帝重视文治甚于武功。为此目的，他们以儒家经典为内容，扩大了科举规模，以招募官员。于是，文学文化的影响力空前，由精英家族构成的士大夫阶层应运而生，他们的声望主要建立在文学素养和官位上。

在宋朝，一系列划时代的政治、社会和经济变化更新了人们对文学文化的认识。宋朝拥有当时世界上最大、最繁华、最先进的都市，所以它的文化也包括了一些全新的职业、手工产品和大众娱乐形式。在北宋（都城在北方商业中心开封），投身文学文化和进入仕途是彼此相依的，但在入侵者于 1126 年征服中国北方之后，宋在持续的战争威胁下残存，南宋末年的许多思想者已经把儒家思想变成了一种更个人化的道德哲学。

在儒家的文献中寻找确定的指南，一种新的学派——道学——发展起来，试图在许多彼此辩难的学派中确立权威。道学也称理学，英语世界则称之为“新儒家”，该派的宗师当推朱熹（1130—1200）。他以“理”为基础，大胆地将前人的各种学说创造性地整合成一个体系。

虽然朱熹在生前受到政治上的羞辱，死后他的理论却获得了正统地位，延续五百多年。根据他的思想，人生而禀有理之善，但物质之气却受制外物而变浊，为助人心重归天理，朱熹主张“静坐”与“格物”。理学的学者甚至比传统儒家更乐观地相信道德教育的效力，因而格外强调以文献研习来提升自我修养。

虽然后来的唯心主义新儒家学者王阳明（1472—1529）反对朱熹对理性知识的推崇，倡导知行合一的直觉知识，朱熹重视儒家经典学习的思想仍然是精英教育和科举取士的圭臬。入侵的蒙古人建立元朝（1279[①]—1368）之后，曾停止科举考试，一度让文人失去了统一的教育内容。但从1313年恢复科举到1905年废除科举，所有的应试者研习的都是朱熹作注的《四书》——《论语》《孟子》《大学》《中庸》，正是他将其确立为理学的核心经典。

推翻蒙古统治后，明朝（1368—1644）的上层统治集团更加看重自己以文献遗产教育年轻一代的责任。为了增强文化的大一统，明政府以理学传统为基础重建了一个共同的经典库，甚至在北方的满族人建立清朝（1644[②]—1911）之后这个正统也未动摇。清朝的统治者尤其忧心统治的合法性，所以在正统问题上更不敢松懈，他们的科举要求应试者写极其拘谨的八股文，而不是诗。清朝学者发展了实证的考据学，编纂了卷帙浩繁的词典、文集和百科全书，从而强化了理学的传统。通过《四库全书》（1773—1782）——3461部作品的汇编外加有详尽注释的书目，满族人将中国的文献传统据为己有，以参编的方式拉拢汉族学者，控制和保存朝廷许可的文献，而将可能威胁其统治的著作边缘化。这部丛书排除了戏剧和小说，对前现代中国文学的遗产影响深远。

自然之道

被后世称为道家的早期文献为另一种文学理论提供了基础。这些著作将自然形容为创生"万物"的橐龠，引导它的是"道"，或者永恒生灭循环所遵循的整体规律。道家的奠基文本是《老子》，它的别名《道德经》在西方更为流行。此书很可能成

① 此处作者以元朝灭南宋的年份为准。——编注

② 此处作者以清朝入关的年份为准。——编注

型于公元前 3 世纪，它记录了老子（约公元前 6 世纪）的思想，道家和道教的各个支派几乎都发源于此。这些玄奥隐晦的短章赞美顺从自然之道的行为（“自然”原义为“自己如此”，后来成为整个自然界的统称）。

第七十六章

人之生也柔弱，其死也坚强；草木之生也柔脆，其死也枯槁。故曰坚强者死之徒，柔弱者生之徒。是以兵强则灭，木强则折。强大处下，柔弱处上。

《老子》极其怀疑人类将各种名称和分类强加于世界的行为，而推崇直觉理解。它认为一切形式的强制和掌握，包括心智的抽象概念，都只能让人远离大道，所以它倡导对“无”的体悟。正如“埏埴以为器，当其无，有器之用”[①]，留白常为一幅画添美，自发的动作才是舞蹈的核心。这种推崇无为和虚空的思想对后来的中国诗画产生了深刻的影响。

道家的第二部奠基文本《庄子》用寓言直接批评强制性的努力。例如，一名年轻人因为喜欢赵人的步态远赴邯郸，竭力模仿却仍未学得，最后连原来走路的方式都忘了，只好爬回家去。《庄子》充满了这类讽刺性的故事、抒情性的寓言和各种文字游戏，因此可以称为中国最早的虚构作品。它的成书时间很可能在公元前 4 世纪，其中七篇《内篇》可能出自特立独行的怀疑论者庄周（约前 369— 前 286）。和渴望出仕却最终安于授学的孔

① 出自《老子》第十一章。

子不同，庄子对政治毫无兴趣。当楚王欲拜他为相时，他断然拒绝，并问了使者一个简单的问题：他们若是乌龟，“宁其死为留骨而贵乎？宁其生而曳尾于涂中乎？”①

庄子深刻地意识到“万物”（包括生物）的无限多样性，极其厌恶将一致性强加于世界的各种先入之见、道德教条、法律和制度。他看到事物命名的基础只是沿袭的陈规，所以反对儒家学者的道德教训。《庄子》拒绝用词语来塑造概念、制造类别，人为地区分是非、利害与他我，而鼓励读者去体悟混沌未分的整体。

面对现象的世界，庄子的态度是谦卑的，因此他分外相信神游。在自由、自发的运动中，人能够感受到自然之道，并且精微、超逸地回应自然的趋势。放弃刻意的控制，静心体悟自然，人就能驾驭六气（阴、阳、风、雨、晦、明）的马车。在庄子眼中，喜怒哀乐的情感变化只不过是“蒸成菌”，“日夜相代乎前而莫知其所萌”，“非彼无我，非我无所取”②。然而，庄子却能尽其所能发现快乐，正如在濠梁之上的著名对话中，他坚称知鱼之乐。通过突出判断的相对性，这则寓言揭示了语言和交流的功用：它们不仅能创造知识和视角，而且能催生快乐和其他情感。

成千上万的改写足以证明庄子的寓言和道家的其他典故的深刻影响力。例如在《古风其九》中，诗人李白（701—762）就引用庄子来质疑各种俗世追求的价值：

庄周梦胡蝶，胡蝶为庄周。
一体更变易，万事良悠悠。

---

① 出自《庄子·秋水》。

② 出自《庄子·齐物论》。

乃知蓬莱水，复作清浅流。
青门种瓜人，旧日东陵侯。
富贵故如此，营营何所求。

儒家诗学强调文学服务于政治教化，庄子却强调养生，开辟了另一个重要传统。和儒家推崇勤奋与学识不同，《庄子》赞美源自经验的智慧。庄子称许过粘蝉者、斫轮者、泳者，尤其著名的是在解牛时“以神遇而不以目视”的庖丁。由于他“依乎天理，批大郄，导大窾，因其固然，技经肯綮之未尝”，一把刀用了十九年才需再磨[①]。《庄子》中这类通过实践掌握的从容技艺远胜阅读古书。正如轮扁对勤学的桓公所说，既然古人已死，而且简单如斫轮的手艺都无法用言语表述，可见他所读的只是“古人之糟粕”[②]。

汉朝灭亡导致人们对儒家的教条和制度建设深感怀疑，于是崇尚自然的观点渐渐深入人心。嵇康（223—262）的《养生论》、葛洪（284—364）的《抱朴子》之类的著作不再为政治教化服务，转而寻求个人的意义与精神的提升。这两本书都介绍了长生的秘诀。基于对《易经》《老子》和《庄子》的领悟，所谓的“玄学派”也发展起来。思想家们沉浸于这种神秘主义之中，试图通过静观自然实现与道合一。对厌倦了政坛的士大夫来说，自然在尘世的失意之外提供了一个家园、一个框架、一个广阔的视野。养成这种宏观视野还能让品鉴自然的人获得一种价值感。凝神赏观山水溪石，人可以理解动静的平衡，然后在创作中既呈现自然的秩序，也展示自己的修养。

① 出自《庄子 · 养生主》。
② 出自《庄子 · 天道篇》。

情之道

求道也意味着应对感情和欲望的强大力量。从汉朝开始，“情”字才表示各种或强或弱的情感，它最初的意思是“诚”[1]。这种“诚”的观念渗透在早期关于善的论争中：善是发源于人之本性，还是只能通过道德教育来培养。在回顾一生的各个阶段时，孔子称，“七十而从心所欲，不逾矩”[2]。这则告白意味着，如果心正，欲望就能引导人做出符合道德的行为。孟子深信人心具有恻隐、羞恶、辞让、是非四端，所以认为人类的情感具有崇高性，其根基是真诚的向善渴望。按照他的说法，培养浩然之气以及勇敢和克制的美德，人就能强化自己的道德意图，避免心的干扰，并与宇宙产生感应。荀子虽然对人性不甚乐观，但也提倡控制过度的感情，以实现善的目的。因此，陶冶欲望与情感成为文学文化的一项核心功能。

当诗歌和其他文学形式发展为表达和调节情感的重要手段时，对微妙情绪的关注也成了诗歌理论的常规内容。“情”的地位日益上升，公元5世纪刘勰的《文心雕龙》（中国第一部系统的文学理论著作）便是证明：“人禀七情，应物斯感，感物吟志，莫非自然。”[3] 这种对情感的积极评价至今仍是中国思想的重要一脉，包括刘勰文本在内的这个传统认为情感是天然的倾向，是诗兴的基础，可以养气，可以帮助人实现风骨、通变、隐秀的平

---

① 参考《论语·子路篇》“上好信，则民莫敢不用情”中“情”的用法。

② 出自《论语·为政篇》。

③ 出自《文心雕龙·明诗》。

衡。文学之所以如刘勰所称“离离如星辰之行”[①]，是因为文心可与天意相通。

然而，对于如何调节怨恨和其他负面情感，早期文献也表示出关切。《礼记》警告人们不要成为欲望的奴隶，在最著名的一章《大学》中，愤怒、恐惧、忧虑和其他强烈的情感被视为人遵循天理“正心”的阻碍。到了汉朝，学界开始将人之初的向善本性视为阳，将混沌难辨的情感视为阴。这种区分在后世学者中间更为流行，他们将心比作水，它平静的本性得于天理，但情感之流、欲望之波却会扰动它。

随着佛教的传播，人们愈发担忧情感搅乱心灵。佛陀宣扬的四圣谛告诫人们应警惕欲望的代价。人生充满痛苦，痛苦的根源在于欲望，这就是苦谛和集谛；若要减轻痛苦，人就必须消灭欲望，这就是灭谛。道谛则勾勒出八正道，其中“正念”的内容就包括抵制贪嗔痴的决心。

然而，泛滥的情感和欲望固然可能是积业的首因，“情”也被视作通往觉悟的途径。在中古时代（从汉至唐），一些哲学家受到道家的影响，主张弃绝儒家的礼法。他们指责礼法败坏了人性的本真，鼓励人们遵循自然界生机循环的天道。吊诡的是，与天道的融合也意味着摆脱个性和个人欲望的禁锢。这种悖论后来成为诗歌、戏剧和小说中的重要主题[②]。例如，在9世纪的传奇

① 出自《文心雕龙·宗经》。“离离如星辰之行”对应的英文是 written in the stars，但《文心雕龙》中并无与之对应的内容，除非作者是指《原道》中的“仰观吐曜”。“吐曜”指日月星辰，在刘勰看来，它们都是自然之文。

② 原文的 stories 指笔记体和话本之类短篇小说，novels 指长篇小说，所以两个词合译为“小说”。

《杜子春》中，主人公在服了三颗丹药并踏上求仙之旅后，最终违反了恩公（一位道士）禁止他说话的命令，从而失去了长生不老的机会。在多次的试炼中，他都克制住了人的欲望和嫌恶，可是当他转世为一位女人，而丈夫因为不能忍受她永远缄默，泄愤杀死了襁褓中的孩子时，他（她）终于在爱心驱动下喊出了"不！"[①]

后来，越来越多的著作明确主张以情悟道。"情"被视为审美、想象乃至主体意识的源头，它所涵盖的范围不仅包括英语词语"爱"（love）的各种含义，还涉及外物对人的触动、各种情感和觉知。诗歌、小说、戏剧都认可"情"的价值，都倾向于将"情"而非"理"描绘成人类事务的驱动力。由于许多儒家学者对"情"的态度日益正面，相信它对培养儒教美德至关重要，"情"被擢升为整个民族的文化理想。这种对"情"的广泛兴趣既强调浪漫之爱，也突出爱国忠君之心，正因如此，大批汉族士人面对满族的征服与统治时选择了殉国。"情"的概念不断变动，表明在理解人与世界如何发生联系时，"情"是中心因素，而这些理解在诗歌（中国最受尊崇的文学体裁）里体现得最充分。

① 《杜子春》原文为"噫！"

第二章

诗和诗学：山水、典故和酒

诗意地栖居

在《芦滩钓艇图》中，吴镇（1280—1354）的诗[①]所占据的空间超过了作为主角的渔夫，虽然比起水边的芦苇岸来它还是小些。书、画和诗的含义融为一体，这幅手绘卷轴浓缩了自然界和它内在的模式，堪称微型宇宙。

> 红叶村西夕照馀。黄芦滩畔月痕初。轻拨棹，且归欤。挂起渔竿不钓鱼。

他凝神注视光影的变幻，似乎在劳作之外看到了什么。观画者或许会在他的休憩中体会到许多种情绪，从沉静到坦然，再到不安，甚至到阴郁，然后或许又循环一遍，因为渔夫可以象征失意的文人，这在堵死了出仕之路的元朝尤其能触痛他们的心。这种情感的起伏与水面的波浪和风中的芦苇一样，增强了作品的感染力。画常被称为"无声诗"，它能传递难以言表的情绪，书法被看作性格的窗口，而诗则负有更复杂的使命，不仅要唤醒自然的种种神秘，还要让它们激发情感的共鸣和历史的联想。

① 严格地说，是"词"，词牌是"渔父"，仿张志和。

图 5　吴镇是元朝四大家之一[1]，在这幅《渔父图》（又称《芦滩钓艇图》，约 1350）中，他将诗、书、画融为一体

在中国，诗歌向来都承担了许多功能，修身养性、教化社会、治理天下都在其中。人们认为诗歌呈现了自然的运行模式，因而可以在易逝的时间中发现意义，也可调节身体的“气”[2]，培养善的品格。陆机（261—303）在《文赋》中写道，“诗缘情而绮靡”。诗歌表达复杂情感的能力使得它既适合幽独的沉思，也适合众人的雅集。许多诗都是应景之作，所以在标题或序言中记录了时间、地点和场合。互赠此类诗歌有助于见证并深化彼此的关系，也能促进政治的稳定。

正因诗歌有如此丰富的用途，它在古代中国就成了最受尊崇的文学体裁。古代的朝廷会采集民歌，经史子集各类书籍都

---

①　原书称他为“元末四大家”，不准确，因为四大家中虽然黄公望、王蒙、吴镇三家活到了元末，但赵孟頫却是元初的画家。

②　“气”对应的英文 energies 在前文曾用来翻译中文的“气”，译者认为这里也应如此理解。

收入了诗歌。到了公元3世纪，上层的扶植已经可以让文人专心作诗，而且写诗几乎成了士大夫阶级的必备才能。7世纪末，唐朝更把这种要求变成了制度，写诗作赋被纳入国家统一的科举考试的科目。虽然现代学者对唐朝以后的诗评价不高，认为基本是因袭前人，但在整个帝制时代，诗歌仍保持了文学至尊的地位。

诗歌的感染力经常需仰赖理性所不能把握的“气”，中国诗歌尤其擅长表达微妙易变的情绪。例如在《二十四诗品》中，诗评家司空图（837—908）不仅讨论了“悲慨”和“旷达”这样的情感，而且还将“精神”等动态情绪与“缜密”等更静态的情绪彼此对照。司空图的这篇诗话本身就是一首长抒情诗，它既可形容诗，也可形容人。在开篇描绘“雄浑”的短章之后，立刻有“冲淡”来与之平衡，并突出了这种特质的飘忽难测：

遇之匪深，即之愈希。脱有形似，握手已违。

其中一些情感（或者司空图所称的“品”）聚焦于人的世界（“典雅”），另一些则指向人类陈规之外的东西（“超诣”“飘逸”）。“自然”“实境”等品侧重可感的表象，“含蓄”“流动”等品则突出无形的变化。这些诗品之间经常彼此交叠，体现了中国诗歌各种维度相交织的丰富质感。以山水诗为例，它不仅可以提供超脱红尘的一条路径（“飘逸”），也可呈现人心与自然的亲密交流以及自己的心境（“冲淡”）。

实境①

从一开始，中国古诗就惯于思索人在自然中的位置，这催生了对"实境"的抒情回应，诗人们意识到人生短暂，所以及时行乐成了长盛不衰的主题。快乐无论多么易逝，在《诗经》（前1100—前600，世界最早的有韵诗）② 中都占有重要的一席之地。除了纪念庄重仪式和王朝征服事业的作品外，一些诗歌也赞美了情欲的简单快乐，表现出对时间流逝的深切感受。正因生命不可长存，人更应享受此刻，这是《唐风·蟋蟀》传达的讯息，诗的第二节这样开头：

蟋蟀在堂，岁聿其逝。今我不乐，日月其迈。

这类诗歌表达了随自然律动而生活的激情，以及求爱、成婚、耕作、舞蹈、宴饮的快乐。许多作品也告诫人们不要浪费人生的宝贵光阴去追逐荣名，或者苦思冥想人世的奥义。《小雅·无将大车》声称，健康比功业重要：

无将大车，祇自尘兮。无思百忧，祇自疧兮。

由于诗歌将人生与季节的变化连在一起，当社会习俗的要求与季节的标志不一致时，人就会感到痛苦和焦虑。例如在《邶风·匏有苦叶》中，那位年轻的女子之所以绝望，就是因为她的未婚夫没能按照当时的风俗，在河冰融化之前来娶她。这种通

① 本章以下的小标题除了"感时"以外，原书作者都有意采用了司空图《二十四诗品》中的说法。

② 人类历史早期的各民族史诗和古希腊的抒情诗、戏剧都是无韵诗。

过自然景物来曲折抒发快乐、恐惧和其他情感的手法（文学修辞所称的“移情”）后来成了东亚各国文学传统的主流。

根据传说，《诗经》的305首风、雅、颂是朝廷官员巡游全国采集来的。无论真正来自民间，还是为宫廷而作，它们最初很可能都是有乐可唱的；正因为是口头文学，它们使用了大量的重复、拟声和专业歌者喜好的其他手段。虽然后来仍有变化，《诗经》大体成型于公元前600年左右，它是中国最早的诗歌总集，既奠定了文学传统的基础，也为我们了解古代中国文化提供了重要的佐证。

从最早的传疏开始，学者们就从这些诗中引发出许多道德教训，这种让文学服从于教化目的的做法开创了一个影响深远的先例。孔子编定《诗经》的说法更让后世竭力在作品中挖掘道德和历史的微言大义，此类讽喻式的解读经常都有政治动机，直到宋朝都很盛行。公元1世纪添加的著名《大序》继承了孔子的诗观，阐发了出自《书经》的“诗言志”的概念。由于“志”既可指自发产生的情感，也可指具备道德意义的志向，这个定义就赋予了诗歌载道的使命。儒家学者孔颖达（574—648）在为《大序》作疏时，作了进一步的论述，点明了情感和志向的共同起源：“在己为情，情动为志，情志一也。”[①]

及时行乐也意味着歌颂自然世界，《大序》确立了中国诗学感应外物的一套特有话语。如果说“赋”是铺陈，“比”是对照，“兴”则是情感反应的触媒。“兴”经常出现在诗的开篇，引入核心意象，“相鼠有皮”“厌浥行露”“隰桑有阿”等首句都是例子[②]，用以起兴的形象或声音经常反复出现，烘托情绪，形成节奏

① 这里英文原书作者记错了。孔颖达的这句话出自《左传正义·昭公二十五年》，不是他的《毛诗正义》。

② 分别出自《墉风·相鼠》《召南·行露》和《小雅·隰桑》。

或声音模式。与强调摹仿的西方诗歌不同，这些诗歌记录了触发情感的外物，表明它们不是在摹仿世界，而是直接对世界做出回应。“兴”的概念将诗歌擢升为共同情感的载体，而不仅仅是诗人向读者表达自己的主观经验。（和许多中国的文学术语一样，“兴”对情感反应的强调也盖过了对形式特征的关心。）

关注此地此刻后来一直是诗歌的主导模式。许多记述简单快乐的诗都含蓄地抗议了将人视为工具的做法，中国源远流长的反战诗传统也是以这种重要的方式来揭示帝国扩张的代价。例如，在王翰（687—726）的绝句《凉州词》中，一位绝望的士兵就是用无数不为人知的战死者为自己的醉酒行为辩护：

> 葡萄美酒夜光杯，欲饮琵琶马上催。
> 醉卧沙场君莫笑，古来征战几人回？

超诣

偏理性的传统经常与北方相联系，它发源于聚焦“实境”的《诗经》；南方的传统则更富于神秘主义，它盛行于长江流域，也就是古代的楚国（前 7— 前 3 世纪）。流传至今的《楚辞》是此类诗歌的总集，它展现的是一种活跃的萨满灵媒文化，这些巫师不仅能与自然神祇通话，甚至能让神灵附体。《楚辞》中有许多唱给云中君、河伯、湘君和湘夫人的诗句[①]，女神和女巫在作品中地位高贵，偏离了男尊女卑的主流传统。许多更早的诗，包括《诗经》在内，都是四言为主，《楚辞》的诗行则更长，因而有了更多的叙事空间。它从未正式进入“经”的行列，但公元 2 世纪的一

---

① 英文原书作者把湘君和湘夫人称为姐妹是错的，应是夫妻关系。

个版本因为遵循了高规格的注疏传统[①],为它赢得了特殊的声望。

《楚辞》里最著名的《离骚》是中国记录中最早有名姓的诗人、楚国政治家屈原(前340—前278)所作的叙事长诗。诗中的主人公一再提及时光荏苒,韶华难驻,他所感受到的建功立业的压力和《诗经》对简单快乐的认可形成了强烈对照。无端遭受诽谤和流放后,屈原害怕他的一腔忠心要付之东流,在这首374句的哀歌里描绘了一个是非颠倒的堕落世界[②],正直之士遭遇毁灭,邪僻之人却飞黄腾达。

《离骚》主要被看作一首表现政治不满的长诗,它确立了长盛不衰的怨诗传统[③]。和《诗经》中的抒情诗一起,《离骚》是某种意象的典范之作:用失意的恋人来比喻遭君主冷遇的大臣。诗的开篇现实主义色彩相对较浓,讲述了主人公如何未能获得意中人的垂青。担心意中人的美在时光中枯萎,眼见周围的世界一片污浊,主人公决心远行去寻找自己的知音[④]:

---

① 指东汉王逸在西汉刘向整理的《楚辞》基础上推出的《楚辞章句》。

② 英文原书作者把374句称为187对对句(187 couplets),这是因为她把楚辞这种文体名译成了哀歌(elegy),而古希腊和罗马哀歌的典型体裁特征便是一长一短的对句,与《离骚》的句式相似。

③ 此处英文原书将《离骚》称为"史诗"(epic),主要指规模而非体裁,译成"史诗"不太合适,所以译为"长诗";"怨"对应英文defiance(挑衅、对抗),但《离骚》的态度没有那么激烈,将它形容为"怨诗"更恰当。

④ "惟草木之零落兮,恐美人之迟暮"中的美人究竟指谁,学界有两种观点:一种认为指楚怀王(这里的"意中人"),一种认为指屈原(或者说主人公)。译者倾向后一种观点,这句话如果把"意中人的美"换成"自己的美",逻辑显然更顺。《离骚》中有许多诗人自比美人的例子,后世诗人类似的例子也很多。

路漫漫其修远兮，吾将上下而求索。

作品接下来描绘了主人公在天界的神秘旅程以及他不顾一切挑战命运的努力。他一路向西，似乎要赶到西沉的太阳之前。最后，守卫天门的帝阍嘲笑他，而且他找遍楚国也没有发现堪与自己相配的人，巫师灵氛建议他到国土之外去搜寻，他接受了建议。这个决定或者意味着精神上的超越，或者意味着他弃绝了祖国，要去投奔未知之地。① 正将飞升之际，他却踌躇起来：

陟升皇之赫戏兮，忽临睨夫旧乡。
仆夫悲余马怀兮，蜷局顾而不行。

对故土的忠诚、对人世的牵挂和对情感的眷恋，让他无力抛下这个世界。而另一方面，天命限定了他的自由，勇敢的挑战却无济于事。沮丧的主人公决定仿效古代贤人的榜样，投水自尽②。

传说屈原在汨罗江自沉，《离骚》也被视为他的自传。这种解读强化了一种历史悠久的传统：中国学者惯于用作者生平来解释作品，又反过来用作品来重构作者的生平。这种传记研究法虽然看似循环论证，却突出了文学的现实意义。现代评论家

① 英文原书的许多情节叙述针对英文读者作了简化处理，回译成中文则显得过于含混，而且一些情节有误，译文都根据引用作品的中文原著作了少量的增补和必要的更正。

② “古代贤人”指彭咸。

或许会指责此类求助于“意图谬误”[①] 的不羁路数，然而将作品的主人公当作诗人自己的阅读习惯也表明，中国的文学传统敏锐地意识到，诗歌是一种类似戏剧的事件，是主人公对特定情境做出的回应。从殉难的屈原开始，诗歌就是个人抒发自我、表达欲望的主要形式，从而在“怨”的文学传统中确立了权威地位。

典雅

面对政治动荡与自然灾难，诗歌的优雅整饬可以安抚人心。在历史的纷扰与情感的波动中，某些体裁、主题、意象一再出现，印证了熟悉的形式所起到的慰藉作用。无论诗人们遵循的是应景诗的陈规、山水诗的隐逸传统还是社会诗关怀现实的传统，他们都经常采用改写的形式，独创性显然不是他们的目标。

其中一条发展线路是，屈原的《离骚》作为南方传统孕育了赋。大多数中国诗歌都倾向含蓄而非铺陈，但在大规模建立典章制度的汉朝，这类以不厌其烦的铺陈为特色的诗体却成了主流。“赋”在英语中也被称为“押韵的散文”（rhyme-prose），因为它们中的一部分类似一种韵文与非韵文融合的散文。“赋”的原意是“铺开”或“展开”，早期的赋喜欢列举一长串花草、鸟兽、佳苑、名都，并加以细致的描绘。

长赋一般聚焦于猎苑与都城，短赋则经常吟咏噩梦、琴瑟、鸱鸮、猕猴以及笼中鸟（常象征着怀才不遇的文人）。作者们常按阴阳五行学中对应的类别来构建自己的赋，这强化了中国人对宇宙之“文”的信仰。例如在祢衡（约 173—198）《鹦鹉赋》的开篇，鹦鹉的出生地、外貌和本性就遵循了五行的对应关系，

① 意图谬误（intentional fallacy）是英美新批评派的术语，用以批评用作者意图来分析作品的方法。

金（鸟的本性）对应西（出生地）和白（颜色），而火（鸟的潜能）对应赤和南（或许是鸟被捕获之前本来的目的地）：

惟西域之灵鸟兮，挺自然之奇姿。体金精之妙质兮，合火德之明辉。性辩慧而能言兮，才聪明以识机。

按照宫廷咏物赋的程序，在介绍了鹦鹉的异国出生地和五行对应物之后，祢衡讲述了鹦鹉被捕获的过程，但他措辞巧妙，没有破坏文本的审美愉悦。然后他描绘了鹦鹉在笼中的生活，作品结尾表达了鸟对主人的感激和忠诚。然而，祢衡并没有被委婉讽喻的传统束缚住，而是非常直白地描绘了鹦鹉"惨以憔悴"的容貌，以使"闻之者悲伤，见之者陨泪"。接近终篇的几句表明，无论鹦鹉多么热切地渴望回家，这个梦想都不可能实现了，因为主人已经毁掉了它的翅膀：

想昆仑之高岳，思邓林之扶疏。顾六翮之残毁，虽奋迅其焉如？

有了这些诗句，篇末所表达的鹦鹉效忠回报主人的意愿就变得不足信了。赋的中间其实已经隐晦地传递出诗人的指责，他追问鹦鹉悲惨命运的缘由："岂言语以阶乱，将不密以致危？"此处对污浊官场的暗示让读者意识到，赋的隐喻潜藏着微妙的叙事力量。

虽然在相信文如其人的评论者看来，偏好华丽的赋是可笑的雕虫小技，但是赋在整个中古阶段（直至9世纪）都是最受人尊崇的韵文形式。显贵也擅长这种典雅的文体，曹植（192—232）

的《洛神赋》可以为证。当洛神因为主人公的犹疑也变得不安时，曹植充满崇拜的描写也突然忧郁起来。与洛神的失望相呼应，风神屏翳收敛了晚风，水神川后止息了波涛，众神女、六龙和水禽伴着洛神返回天上。后世有人认为，曹植的这篇赋其实是曲折表达了他对曹丕之妻甄后的爱慕，学者们对此多有质疑，但无论如何，这些神话和历史相融合的传说给许多诗歌、小说与戏曲提供了灵感。

悲慨

与赋铺陈繁复的手法相比，在中国漫长的民歌和诗的传统中，抒情模式占了上风。在汉代，朝廷将管理音乐和诗歌的职司交给了乐府，当时在这个机构工作的多达九百余人。官员们从帝国内外广泛采集诗乐，把旧有的主题和结构与新的韵律结合起来。到了公元前后，音乐趋势的变化使得五言诗成为主流，一些早期的五言诗堪称世界文学的瑰宝。

现存最早的五言诗集是东汉（25—220）末年的《古诗十九首》。这些作品似乎都很直白，其中几首是征戍诗，第二首则表达了一位女子独守空房之苦。和许多中国诗一样，这首作品也以景物描写开篇，然后才揭示主人公的情感。

青青河畔草，郁郁园中柳。
盈盈楼上女，皎皎当窗牖。
娥娥红粉妆，纤纤出素手。
昔为倡家女，今为荡子妇。
荡子行不归，空床难独守。

在前六句中，春天景色的描写由远及近，直至心情凄凉的主人公出场。河边是一片树林，树林环绕着闺楼，楼上凭窗坐着一位孤独的女子。从自然世界到人的世界，描写一步步进入了她的闺房。主人公困守家中的处境为她优美的姿势增添了哀婉的感染力。无法脱身的她只能将手伸出窗外。

后四句切换到这位女子过去与现在的遭遇。她是“荡子妇”，意味着她已经被抛弃。但她的丈夫若不是“荡子”，当初会娶这样一位卑微的“娼家女”吗？虽然在开篇的描写中，这位女子只是一个静态的对象，但在这里，诗人却进入了她的视角。（由于原作和大多数中国古诗一样，没有用人称代词，所以主人公既可能是也可能不是叙述者。）当她看见那张空床，她几乎也看见了床边的自己。直到最后一行她的孤独才直接表达出来，但开篇简单、客观的描写已经在为结尾积聚力量。读者会发现，开篇所呈现的表面被最后一行的强烈情感穿透。虽然每层描写都充满美的诱惑，对于诗中女子而言，她却被绑缚得更紧。在自然界永恒的循环中，她无法抽身的孤单更觉显眼。相对于变动不居的万物，她是不动的、安静的。

真是如此？有人在最后一行里读出了一种渴望幽会的冲动，宇文所安的译文就体现了这一点：“孤独的床不可能长久是空床。”[①] 诗中的这层暧昧提醒我们，动与静始终处于紧张状态，物极必反。

弃妇的主题在中古及以后更趋流行，它常象征人生的短暂易逝。虽然流传下来的此类诗歌多半出自男性作者，他们却经常选取女性作为作品的主人公，并以此暗喻怀才不遇的忠臣，其

① 原文为“A lonely bed can’t be kept empty for long.”

中宫怨诗逐渐成了一个主要的子类别。从谢朓（464—499）的《玉阶怨》可以看出宫怨诗的优雅。这首诗见于6世纪的一部选集《玉台新咏》，是五百首“宫体诗”中的一首。

夕殿下珠帘，
流萤飞复息。
长夜缝罗衣，
思君此何极。

中国两大诗人之一的李白在一首同题诗里改写了谢朓的作品：

玉阶生白露，
夜久侵罗袜。
却下水晶帘，
玲珑望秋月。

这首诗之所以成为广受赞誉的杰作，一个原因是它近似摄影的技巧，视觉焦点微妙地向上推移（从台阶到足，再到帘，最后到月）。虽然是改写，它的地位丝毫未受影响。重新加工流行的主题，例如怨愤、讥刺、弃妇、及时行乐等等，给了诗人专注于技巧的机会，丰富的典故也让作品更值得咀嚼。正如集诗人、画家、书法家于一身的黄庭坚（1045—1105）评价古代大师时所说，“古之能为文章者，真能陶冶万物，虽取古人之陈言入于翰墨，如灵丹一粒，点铁成金也”[①]。诗人化用前人的词句，引起知音读者的

① 出自《答洪驹父书》。

情感共鸣，用道家的炼丹术来形容，甚为贴切。

随着音乐的演变，中国诗歌的另一种主要样式——词——逐渐发展起来，它着重表现的是以爱情、慵懒状态和惆怅意绪为内容的文化。从8世纪开始，这些词都是为音乐而写的，其中有些曲调是从中亚传来的。词和诗不同，要求用长短句，由于每行字数不同，它们的灵活性更大。词倾向于描写景物、送别、怀人，或者表达凄凉恋旧的情绪，或者感慨历史，或者称赞美人，尤其偏爱抒发弃妇的怨愤（经常仍象征着怀才不遇的大臣）。

因为经常要歌伎来表演，所以有些词用了较多的口语，严肃作家则竭力将自己的雅词与流行的俗词相区分。然而，上流社会的女子也填词。中国最著名的女诗人李清照（1084—1151）就是一位作词的顶尖高手。在女真人征服北宋、她被迫南渡之前，她过着养尊处优的生活，可以随意浏览丈夫丰富的私人藏书。后来，她的丈夫死于疟疾，她的诗词也哀伤到了极点。在《武陵春》里，主人公在上阕慨叹"物是人非"，到了下阕更直面自己的无限悲苦：

闻说双溪春尚好，
也拟泛轻舟。
只恐双溪舴艋舟，
载不动许多愁。

疏野

中国人相信，日常世界的所见所闻无一不是道的体现，所以具体的景物也可以清澈地反映出不可触摸的感情。中国诗所理解的感情并非浪漫主义式的"内在"情感，而是在具体情境中的人际交流所激活的某种东西。与知己相处的快乐在中古时期以“竹林七贤”为代表的社交群体中是尤其活跃的主题。这群特立独行的文人据说总是在嵇康（223—262）的庄园宴饮，欣赏美景，写诗清谈。这些诗人渴望摆脱政坛的纷争，赞颂简单的乡村生活，后世对于他们的种种享乐有诸多玄想。

七贤中最重要的诗人是阮籍（210—263）。他的八十二首

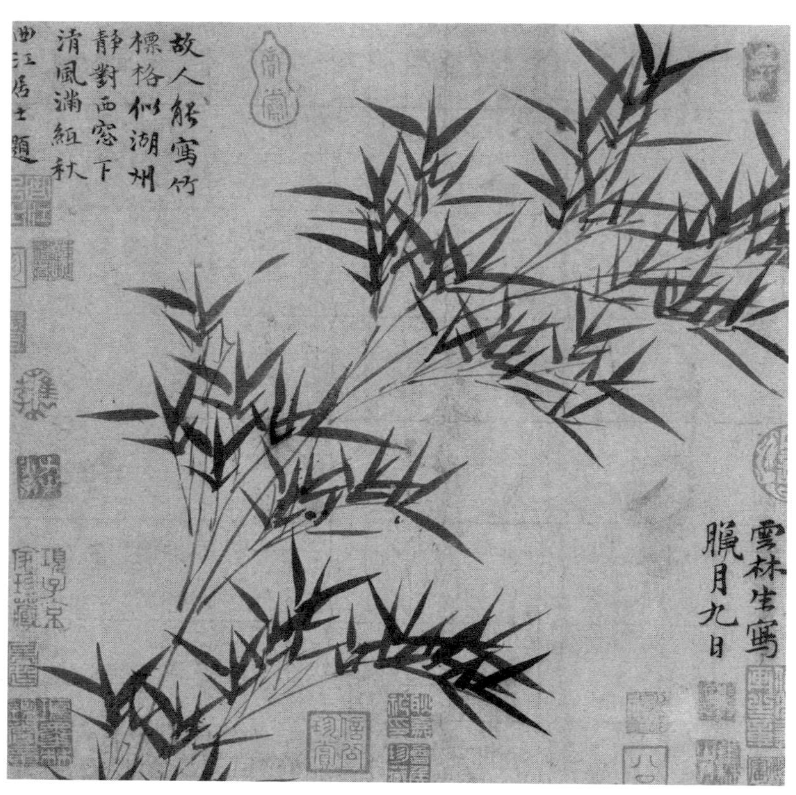

图 6　长期以来，文人都看重竹子，认为它是忠诚、坚定、正直的象征。竹子中空的特性也使它成了表示虚心的意象。所以，竹子是画家喜爱的题材，这幅出自倪瓒的 14 世纪作品就是例子

《咏怀诗》以情取胜，又富于深沉的哲思。在第六首中，阮籍钦羡古时的东陵侯在秦亡之后过上种瓜的生活。在赞美了西瓜“曜朝日”的“五色”之后，他对比了瓜农和官宦的生活：

膏火自煎熬，
多财为患害。
布衣可终身，
宠禄岂足赖。

这种沉思式的田园诗其实也是政治抗议的一种表达方式。虽然儒家传统告诫统治者将劝谏看作促成清明政治的忠行，真正敢于发出批评之声的官员却经常被贬职外放。当劝诫和抗议失效时，有德之人还可退隐山林。这样儒家的忠臣就变成了隐士（字面意思就是“隐身的士人”），退出了追逐名、利、权的俗世。

一面是建功立业的渴望，一面是在简单快乐中寻求安慰的梦想。赞美自然，赞美真情，并未真正解决这样的矛盾。入世和退隐的冲突在陶潜（365—427）的许多诗里都有体现。他的诗集经过他自己和后世许多人的编辑，虽然在生前并不被人看重，在宋代却受到了理学家的极力推崇，他们欣赏他的作品在较大程度上摆脱了当时佛教的影响。由于他们的称许，陶潜（陶渊明）成了隐士诗人最著名的代表，被尊为田园诗的创立者。

在陶潜的三联诗《形影神》中，入世雄心和简单快乐之间的冲突体现在自我不同部分的对话之中。在《形赠影》里，“形”先是哀叹死终将抹掉个人的一切，然后宣扬一种享乐主义的解决办法：“愿君取吾言，得酒莫苟辞。”在《影答形》里，“影”承认酒或许能给人慰藉，但闲逸永远比不上行善立名、身死名存有价值。最后，在《神释》里，“神”试图提出一条折衷之道。它指出饮酒可能缩短人宝贵的寿命，诘问死后谁会记得自己，所以主张接受命运，不要庸人自扰。

甚念伤吾生，
正宜委运去。
纵浪大化中，
不喜亦不惧。
应尽便须尽，
无复独多虑。

“神”对尘世烦忧的鄙夷反映了陶潜的观点。在三十三岁那年，任职仅八十三天，他就辞官回乡了。在《归园田居》五首中，他形容自己是“羁鸟恋故林”，所以决定抛弃官场这个“尘网”。陶潜因为不以五斗米折腰而闻名，他认为辞官是保持正直品格的恰当做法。然而，他的这组诗也表明，摆脱忧虑是很难的。回归故里的小农场固然可以远离官场的羁绊，但诗里的主人公却又陷入了更大的自然之网，这里的力量同样非他所能控制。“晨兴理荒秽，带月荷锄归。”他在自然中觅得了一个和谐的位置，这的确令他愉悦，但他却为自己的温饱和庄稼的收成而焦虑。不同版本的文字差异加剧了评论者的争论：这些诗传达的情绪究竟是不安还是平静？对于此类语言交流中的矛盾，陶潜自己在二十首《饮酒》的第五首中有一个著名的说法：“此中有真意，欲辨已忘言。”

飘逸

到了5世纪，由于在佛教影响下，人们更加关注自然世界，上述传统又演变出了第二类景物诗——山水诗。这类诗最著名的代表包括与陶潜同时代的谢灵运（385—433），还有诗画皆长的王维（699—761）等禅诗作者。据称王维诗中有画，画中有诗，这种融合在他的绝句《鹿柴》里可见一斑。

空山不见人，
但闻人语响。
返景入深林，
复照青苔上。

诗作没有点明任何主体，王维可能故意借此表现人完全沉入自然的状态。第一句“空山不见人”并无主语，一旦添加确定的人称代词，就将在多种重叠的可能性中锁定一种。特定主体的缺席是中国古诗中的常见现象，尤其是山水诗。在翻译成西方语言时，经常不得不添加主语，这是令人遗憾的，因为这种暧昧可能是对自我问题做出的一种艺术回应。中国诗并不赞美单个的主体，反而经常让自我隐身。通过淡化“我”与“物”的区分，这些诗所沉思的世界是个性经验较少横亘其间的世界。

沉思式的山水诗经常融合了在中国发展起来的一种独特佛教形式——禅（西方人更熟悉的是它的日文音译Zen）。禅的教义摒弃了多数印度佛教流派的出世倾向，强调顿悟，并且这种顿悟可以通过多种方式获得：冥想，插花之类日常活动，以及对平凡生活细节的体察。

除了王维这样的居士诗人，王梵志、寒山等僧侣诗人也用诗来表达他们的宗教体验。（寒山或许并非某个人的名字，而是众多佛教抒情诗辑录者的一个集体笔名。）虽然禅贬低语言的重要性，文人们却日益喜欢把诗歌的审美体验比作禅坐的顿悟。在《沧浪诗话》里，严羽（约 1195—1245）明显以禅喻诗，归纳了诗歌的五法（“法”有佛法的意味）。在他的体系中，借助体制、格力、气象、兴趣、音节这五法，诗就能实现高、古、深、远、长、雄浑、飘逸、悲壮、凄婉这九品。[①]

在整个帝制时代，诗歌理论都体现出这样的精神指向，即使以社会关怀为己任的士大夫也经常将诗歌创作视为悟道之途，并赞美诗歌的这一功用。大师级诗人王士祯（1634—1711）便是一例。他担任左都御史、刑部尚书这样的高官，但在其诗话中却推崇个性化的、不可言传的“神韵”，所谓“神韵”就是通过与客观世界“妙在象外”的特质相融合而获得的一种直觉。

感时

与寄情自然或者悟道参禅的诗人不同，堪称中国最伟大诗人的杜甫（712—770）受儒家的价值观影响更深，所以他写诗的目的是为国尽忠。虽然一生仕途坎坷，他的诗却为唐人创造了一种集体的身份意识。最终导致数千万人丧命的安史之乱（755—763）爆发后，杜甫写了《春望》，哀叹自己所在的城市已沦为一片废墟。

这首诗作于公元 757 年春，在此之前的 755 年 12 月，安禄山的胡人军队已经攻占首都长安。当时杜甫的生活和诗歌都

① 这里对原文稍作了改动，以简洁而全面地介绍严羽的重要概念。

以京畿为中心，第一句中的“国”可能既指都城，也指整个国家。因为动词“望”也有希望或盼望的意味，标题也暗示着遗憾与怅惘，可以理解为“观看本应是春天的景象”。

由于要抒发的感情如果直接体验或许太痛苦，诗人便将它投射到自然景物之中，以“移情”的方式悲叹国都满目疮痍，而自己的健康也每况愈下。在诗的前半部分，抒情主人公先是远眺群山，然后环视城池与草木，最后俯视露水覆盖的花，仰望空中的鸟。在后半部分，他再次望向远方的烽火台，想起家人，注意到自己日渐稀疏的头发。当他的目光由远及近地游移，画面也从模糊的远方切换到微小露珠构成的清晰近景，与此对应，他的情感也从担忧国家过渡到担忧自己和遥远的家人。

春望

国破山河在，
城春草木深。
感时花溅泪，
恨别鸟惊心。
烽火连三月，
家书抵万金。
白头搔更短，
浑欲不胜簪。

在首联中，自然的恒常让诗人惊觉人类文明的无常。第二句将春天的繁盛与都城的破败相对照，肆意蔓延的绿草意味着都城已是残垣断壁。然而植物也可能暗示，国家虽已战败，仍有复兴的可能。自然顽强的生命力是否有希望的寓意，这取决于一个选择。如果说首联表现了自然对人类的悲苦无动于衷，颔联则记录了自然与人感同身受的哀伤。虽然和颔联、颈联不同，首联并不要求对仗，杜甫却使用了对仗，从形式上强化了这种对照。

颔联的强烈移情效果也让它获得了两种解读的可能。或者是诗人因为花和鸟而溅泪、惊心，或者是花本身溅泪、鸟自己惊心。两层意蕴交融形成的歧义表现出学者们所称的中国诗的“浓缩”特质或者“双重语法”。读者或许会问，鸟为何会让诗人惊心？或许是因为它们的迁徙反衬出他深陷敌城的困境。在诗歌传统里，花鸟经常是给人带来欢乐的景物，但中国诗人用它们，尤其是鸟的叫声来抒发悲伤，或烘托主人公的痛苦，也并不罕见。

颈联由感慨国家的危难转到沉思个人的哀痛。烽火在古代是守军之间传递警讯的手段，所以象征着战争，从而点明了让花溅泪的混乱时局因何而起。第五句告诉我们，紧急的战况已经持续三个月，正如“三月”与“万金”对仗，整个颈联也与颔联平行，对家书的渴望呼应着鸟“恨别”的情绪。

最后三句从客观的描绘转向主体反应的记述，头发日渐稀疏的意象既伤感，也有一丝滑稽。虽然尾联并未减缓主人公的哀伤，它却有可能传达了情绪的某种变化，就是从前文的痛苦转为戏谑的自嘲。杜甫在757年不过四十五六岁，白发不断掉落或许也暗示战争让他未老先衰。抒情主人公有可能是用拔掉头发的方式来发泄无助的焦虑情绪吗？中古诗歌里有许多这样的例子，由于无力反抗时代的命运，诗人只能选择接受，面对死亡人数仅次于“二战”的安史之乱就更是如此了。虽然叛乱平定后，唐朝又挨过一个半世纪才最终覆灭，但在晚唐的诗歌里，人类努力的残酷幻灭感和短暂人生固有的悲哀已融汇在一起。

豪放

和杜甫的厌世情绪不同，其他诗人更喜欢“豪放”。回溯历史，这个标签可以贴在与杜甫同时代的李白（701—762）身上。作为一位特立独行的旁观者，一位求仙访道的出世者，李白深受不合流俗的人推崇；他代表了一类中国诗人，他们纵情饮酒，有时是为与知己欢宴，有时是为挣脱遮蔽现实的日常意识。“三杯通大道，一斗合自然。”李白在《月下独酌·其三》中如此写道。

到了宋朝，由于越来越多的文人不再将诗歌与一个宏大的意义体系联系起来，诗歌的抒情和教化功能孰轻孰重便成为激烈争论的话题。与许多唐诗的哀婉精致不同，宋诗在结构上更灵活，语汇上更贴近生活，有时甚至到了随意为之的程度。到了12世纪早期，文人，尤其是那些不谋求或者未获得官职的文人，开始结成诗歌群体。虽然早先的诗人也有群体，宋朝的诗人却形成了明显的“派”（“派”的原义就是水的支流）。由于诗歌传统汇聚的文本越来越多，诗人越来越难以全面掌握，这些派别所确立的经典范围就趋于狭窄。这类诗歌因为刻意为之而倾向学究化，豪放的诗人认为这是一种缺陷，决心摆脱。

诗人政治家苏轼（1037—1101）反对学究气，他用带有挑衅色彩的想象来对抗贬谪生活的痛苦。他虽然尊重过去的传统，却不缺乏批判的精神，这在《读孟郊诗二首·其二》的第一节和第三节表现得非常明显：

夜读孟郊诗，

细字如牛毛。
寒灯照昏花，
佳处时一遭。

初如食小鱼，
所得不偿劳，
又似煮彭越，
竟日嚼空螯。

在第五节也就是最后一节，苏轼提出了另外一种选择：

何苦将两耳，
听此寒虫号。
不如且置之，
饮我玉色醪。

苏轼身上既有佛家色彩，也有道家色彩，他这种包容的态度促进了所谓“豪放派”的发展，后来人们常将豪放风格与更细密含蓄的婉约风格相对照。

印刷术让更广泛的阅读群体接触到诗歌，13世纪出现的重要诗话、韵书扩大了写诗者的阵容，于是这种风格的区分以及与之相伴的关于诗歌目的的争论也更加激烈了。在其中一个阵营里，出现了一股很有影响的复古潮流，这些人强调，写诗者应熟谙从前代大师，尤其是盛唐诗人那里习得的“诗歌风格”。[①] 与之

① 应指明代的前七子、后七子“诗必盛唐”的主张。

抗衡的派别则认为唐朝以后的许多诗作都是平庸无趣的仿作，他们担忧模仿会窒息诗人的创造力，主张个性化的表达，推崇情感而不是道德意图，并且以一种享乐主义的态度对待文学。[①] 当各个文学群体为诗法与个人独创力孰长孰短而争执不休的时候，即使看重个性的作者其实也相信前人诗法的价值，只不过他们把诗法比作佛教譬喻中的“筏”，一旦登岸，就应抛弃。诗歌团体的影响不断扩大，其中一些甚至欢迎女性和圈外人参加，越来越多的读者都熟悉了这些论争的内容。

写诗论诗的女性日益增加，到了 17 世纪中叶，王端淑、黄媛介这样的女作家已开始创造一种迥异于传统的生活。她们有男性师长的引导，有知音般的丈夫鼓励，还有文人家庭赞助作品的出版，不仅可以写诗作文，还可教授其他上层女性，甚至编辑文选。她们还时常泛舟赏玩，饮酒唱和，王端淑的《名媛诗纬》（1667）之类的文集更在促进女性写作方面起到了开创性的作用。在书的序言中，她的丈夫俏皮地责备她为写诗忽略了家务，但现存的记录表明，她对丈夫和小妾都尽心尽责，关心备至。

先前的女诗人大多只以相思怀人为题材，这些新的女诗人却有不少表达了对明朝故国的忠诚。她们对个性表达有一种新的信心，因而敢于翻新传统的比喻和语汇，黄媛介的《题山水小幅》就是一例：

懒登高阁望青山，
愧我来年学闭关。
淡墨遥传缥缈意，

① 应指明代的公安派、竟陵派和清代的性灵派。

孤峰只在有无间。

她的这首诗表达了转向内心的愿望，我们于此可以发现诗人们面对满族征服和清初统治的艰难处境。抵抗或屈从的文人形成了两大阵营，他们越来越将美学信念与政治立场绑在一起。以前的诗派往往建立在地域或者师徒关系基础上，在清朝的盛期，理论原则成了划分派别的关键。例如，大师级诗人袁枚（1716—1797）为了对抗卷土重来的复古主义，举起了“性灵”的大旗，主张一种非常现代的个人主义态度，下面这几句诗可为证：

人生行乐耳，
所乐亦分类。
但须及时行，
各人自领会。[①]

① 出自《小仓山房诗文集·书所见》。

第三章

文言叙事：史书、笔记和志怪小说

中国最早的散文体叙事作品至少可以追溯到公元前5世纪，但中国作家究竟何时开始有意识地创作小说，仍然没有答案。这些作品虽然并不被视为文学创作，许多却生动有力地表现了情感、鬼神以及种种自然和超自然的现象。然而人们由于深信孔子“述而不作”（《论语·述而》）的教诲，便以为历史仅仅是记录事实，后世归于孔子的编年史[①]的简洁风格便反映了此种观念。不以历史为蓝本的故事被人们认为“小说”，这个词很久之后变成英语 fiction 的汉语译名。然而，尽管当代讨论小说时经常把早期历史和哲学经典著作中的寓言和虚构段落包括进来，这些作品在古代是极不可能被人们蔑称为早期史家所定义的“小说”的。对于史家班固（32—92）来说，“小说”仅仅是“巷语”，这些记录对政治有参考意义，却没有文学价值。后来的几个世纪里，这个标签一直用来表达温和的贬斥。

然而，在中国最早的长篇叙事作品《左传》里明显能够找到虚构成分。这部作品据称为盲人史家左丘明（约前4世纪）所撰。在它的第一条编年记录里，有一长段文字赞美了孝道的救赎力量。深受母亲嫌恶的郑庄公阻止了母亲试图推翻自己的密谋，然后将她囚禁起来，发誓不到黄泉不再相见。然而，当他得知管

① 指《春秋》。

理疆界的官吏颍考叔省下食物是为与母亲分享时，不禁深受触动，悲叹道："尔有母遗，繄我独无！"他向颍考叔坦承了自己的悔恨之情，后者向他献计，挖地道直达泉水，既不违背誓言，也可与母亲相见。当母亲走出地道时，母子都吟诗表达欣悦，故事最后称赞了这位官吏的至纯孝心[①]。

直到8世纪，刘知几（661—721）才在《史通》（710）里正式区分了历史和小说，他把与严肃历史著作相对的文本称为"调谑小辩"[②]。后来的许多学者便按照内容而不是真实性将叙事作品分为两类。历史讲述公共话题：军事、政治、外交以及宫廷事务，而小说描绘的则是私人生活。然而，很多早期作品无法纳入这种二分结构。例如结合了历史传奇和游记的《穆天子传》（约前4世纪）虽然记述的是帝王巡游天下的事，却充满了各种虚构主题，颇具超自然色彩的地理著作《山海经》（约前320）也是如此。

在自觉创作小说之前的一千三百年里，文人们如何理解这类作品的功能与目的？像下面这篇选自干宝（活跃于320年前后）《搜神记》的故事，我们应当如何看待？

> 苏易者，庐陵妇人，善看产，夜忽为虎所取，行六七里，至大圹，厝易置地，蹲而守，见有牝虎当产，不得解，匍匐欲死，辄仰视。易怪之，乃为探出之，有三子。生毕，牝虎负易还，再三送野肉于门内。[③]

---

① 引文和故事出自《左传·隐公元年》。

② 出自《史通·书事第二十九》。

③ 出自《搜神记·卷二十》。

这则简短的故事颇能代表后来所称的“志怪”小说。干宝这样的记录者兼编纂者借用了官方史书的记录风格，为这些怪异现象的记述蒙上一层历史的高贵色彩。这则故事将同情、机智和感恩的高贵品质赋予老虎，让它们成为道德的榜样。此类故事先是在口头流传，然后被文人记录，它们的目的与官方历史是一致的，那就是鼓励人们相信宇宙充满善意，受益于传统的道德观和合乎礼仪的行为，人类所行之事都有意义，遵行伦理也一定有回报。

礼：臧否的史书

在古代中国，写作的首要功能似乎是辅助记忆。周朝（前1027—前256）太史寮的官员[①]负责记录祭祖仪式、朝廷谕令、公文信函以及天子的言行。到了战国（前475—前221）中期，写作又获得了伦理教化的功能。面对战争和诸侯国的兼并，思想家们日益频繁地在历史中寻找先例，以促使人们信仰一个规范有序的宇宙。统治者也急于用道德和自然的原因来解释各种变化，所以允许甚至奖掖史学家们著书立说，好为他们的政府披上合法的外衣。

儒家总将道德与天意相联系，为了强化这种传统信仰，早期史家在记录事件时下了一番筛选的功夫，极力为自己的恩主赢得声誉，而将罪责推到他们的竞争者头上。如果某个星座的位置预示着自己国家的兴盛，而某场战役发生在该天象出现之前或之后，那么记录的日期就会被篡改。从一开始，确定事件的日期就是服务于政治意图的，当《庄子》《孟子》等哲学著作表明，

① 此处英文原文为 scribes（文书、抄写员），当指小史、外史等官员。

故事天生的感染力使它成为宣扬思想的有力工具时,写作的意识形态功能就得到了更广泛的使用。

早期史家的著作并不仅仅是为了传播事实,而是自命负有从历史中提炼道德教训的重任。《春秋》位居托名孔子的“五经”之列,为它作传的史书影响尤其巨大。这些传相信,《春秋》简洁的记述通过省略、双关和风格的微妙暗示表达了道德判断,由此它们确立了一种以恰当的仪礼为基础的伦理规范体系。在这些传里,因果关系遵循报偿原则:道德和仪礼的过犯引发战争和动荡,而严守礼法和历史传统则会带来和平和公正。

以史为鉴就必须严肃对待文字的力量,中国第一部既叙事也记言的史书《左传》证明了语言的强大作用。例如,当郑国人聚于乡校,指责他的政策时,子产没有听从毁乡校的提议,认为与其强迫臣民沉默,不如虚心听取他们的意见:

> 我闻忠善以损怨,不闻作威以防怨。岂不遽止?然犹防川也:大决所犯,伤人必多,吾不克救也;不如小决使道,不如吾闻而药之也。

这段文字的最后是托名孔子的评论,他在听说子产的故事后说道:“以是观之,人谓子产不仁,吾不信也。”[①] 在一部以史实叙述为主的书里,偶尔插入这样的议论(一共八十四处)可以表达一种清晰的立场和记述者的道德用意,即让读者相信,善有善报,恶有恶报。

许多早期史书都突出了史家兼说教者捍卫这种道德正义的强力角色。例如在《国语》(前4世纪)中,统治者尽可忽略臣下

---

① 出自《左传·襄公三十一年》。

基于天道循环和历史兴废提出的建议，但结果一定是他们自己或者所爱之人遭遇厄运。晋献公出征骊戎前，史苏警告说，战事虽会胜利，结果却不吉利，晋献公不听，获胜后将敌酋的女儿骊姬封为妃子，并且相信她的诡计，废黜了世子申生，把她的儿子立为继承人。故事里的申生是孝道——百善之先——的化身，然而正是这一美德毁灭了他。在他眼中，孝道的绝对律令甚至比生存还重要，虽然他已得知骊姬的阴谋，却不肯采取任何有辱父亲名声的行动。既然申生最终在祖庙里自缢身亡，读者应当如何看待三位大臣关于骊姬阴谋的慷慨争辩呢？里克感叹史苏的预言即将成为现实，荀息认为事君者的义务就是"君立臣从"，丕郑反驳道："吾闻事君者，从其义，不阿其惑。惑则误民，民误失德，是弃民也。"[①] 虽然从申生个人的角度看，奉行孝道以悲剧收场，但故事却可能暗示，历史反思本身以及仗义执言的大臣能够发挥阻止道德堕落的作用，并让钟摆复归美德一方。

早期文献经常会对事件作道德评判，这些文字可能是后代编者所加，而且往往托名孔子（或者被理解为孔子的"君子"），并不突出作者。第一部有心强调作者的著作是记录早期历史的杰作《史记》（约前 100），该书由史家司马迁（前 145—？前 87）撰写。其父司马谈临终前嘱咐他不仅要继续家族世代记录宫廷历史的事业，而且要拓宽史家的职责，将历史上杰出人物的功绩也纳入写作范围。当司马迁因为替战败的将军李陵辩护而被控以"诬罔主上"的罪名时[②]，他毕生修史的宏愿遭遇了严峻考验。他宁可接受残忍的腐刑，也不肯为避免羞辱而像士人那样自杀，正是为了完成父亲托付的使命。

---

① 出自《国语·卷七·晋语一》。

② 英文原书称司马迁的罪名是"libel"（诽谤），不准确。

司马迁的史书虽然是更早历史文献的汇编整理，却有开创性的意义；它在编年体的传统外补充了纪传体的新样式，这就为个人和群体的性格刻画提供了空间。全书长达五十多万字，分为一百三十章，覆盖了约二千五百年的历史，各章的内容有一定交叠。作为二十五史的第一部也是最具创意的一部，《史记》确立了后代史家普遍遵循的许多规范和主题。书中的传记叙事鲜活，引言精炼，节奏明快，让读者身临其境。除了以帝王、将相、刺客和其他人为对象的个人传记外，司马迁还为酷吏、循吏、儒林、游侠、佞幸、滑稽、货殖等各类人群撰写了集体传记，还不忘加上一篇《太史公自序》。

为了教育国人，司马迁重点渲染了他欣赏的事件，省略或只是简短记录了他憎恶的事件，借此暗示出自己的态度。通常出现在每章末尾的“太史公曰”部分则明确表达了他的评价。“悲夫”或“呜呼哀哉”是他惯用的开场语，为读者的思考定下了基调。借助这些情感化的反应，司马迁的《史记》在中国史书传统中第一次将作者本人作为一个角色和评论者带入了作品中。（后世的许多断代史书则选择了更客观的叙述语气，叙述者代表了一种集体声音。）

在《报任安书》里，司马迁为后世保存了一份珍贵记录，亲身讲述了自己的生平、观点和愤懑的心境，也为《史记》的创作雄心提供了证词：“欲以究天人之际，通古今之变，成一家之言。”这些话表明，司马迁认为历史和历史书写都系于人的决定。

纯文学传统

汉朝的作品多半服务于实际的目的，公元220年中央政府的崩溃使得许多题材和形式不再受限制。从3世纪到6世纪，文人们逐渐建立起了一个纯文学传统,写作的声望也提高了。由于尊经的传统抑制了大规模的哲学写作,文学主要采用了评语、散文、书信、游记以及其他短篇形式。一些文选和理论著作为这一传统确立了规范,相应的体裁、文学谱系和评价语汇也发展起来。

在或许是最早的文学专论里[①],魏国(220—265)皇帝曹丕(187—226)将文章称为"经国之大业"。他指出,"年寿有时而尽,荣乐止乎其身,二者必至之常期,未若文章之无穷"。因此,文学成了对抗时间暴政的武器。曹丕尤其赞美坚忍的品格和"清气"。他认为"气"是天生的,所以后来的文学评论就深刻地受到"人物品藻"习气的影响,所谓品藻就是品评人的才能、外貌、气质与风格。

至少从曹丕的《论文》开始,文人们便有意识地思考文学的

图 7　当文人逐渐凝聚为一个阶层,他们中的许多人都表现出深厚的友情,彼此扶持。这幅仇英的画(约 1550)描绘的是一位穷书生的文人朋友们攒钱买了一头驴赠给他的场景,便反映了这种风尚

① 指《典论·论文》。

功能，并通过这样的思考，逐渐形成了一个阶层。正因为他们有了这种意识，20 世纪作家鲁迅（1881—1936）把 3 世纪初期称作"文学的自觉时代"[①]。虽然出仕的重要性使得颂、辩、祝之类官方文体颇受尊崇，这一时期的作者也关注个人的种种情感，从而强化了文学的疗治功能。例如，文人李密（224—287）在《陈情表》中就颇为动情地以第一人称讲述了自己的经历，请求皇帝恩准辞官回乡。他写道："伏惟圣朝以孝治天下……臣密今年四十有四，祖母今年九十有六，是臣尽节于陛下之日长，报养刘之日短也。乌鸟私情，愿乞终养。"

到了 4 世纪，一些既非历史也非哲学的内容被文人们当作"笔记"存录。这些作品都采用了典雅的古文，深受士大夫青睐，因为其中不仅可以有历史掌故、社会评论、个人感悟、旅行见闻、山水美景，还有日记、笑话以及我们今日可以称为小说的内容。许多这类作品都是逐渐汇集而成的，当时难以出现自觉创作的小说，这是其中一个因素。然而，由于更看重叙事性而不是说教性，它们逐渐远离了史书的传统，而聚焦到想象的现实上了。

志怪小说

"志怪"小说是一种新文体，其最初的动因或许是控制奇异现象对人们心理的影响力，让它为道德规范服务。为了让读者相信他们的笔记，编者常会遵循史书纪年的传统，并且采用真实的地名人名。然而，我们却不能不佩服这些作品的想象力和艺术技巧。许多故事都与神灵、鬼怪、僧尼、道士、奇人、奇地、奇事相关。正如 4 世纪的干宝在《搜神记》序言中所说，他希望自己

① 出自《魏晋风度及文章与药及酒之关系》。

搜集的故事能证明“神道之不诬”，也能为将来的文人提供“有以游心寓目”的材料。

虽然后来被看成“小说的起始”，志怪故事在当时却是作为非官方的稗史来读的。它们在形式上借用了正史的许多特征，例如使用托梦、兆象、预言等手法，但它们的叙事风格却能容纳更复杂的情节，也提供了通过心理描写来塑造人物的空间。在《搜神记》的四百六十四则记录里，有些像苏易和老虎的故事一样，只有寥寥数十字，但另一些却相对复杂，描绘了多重冲突、多种人物。而且，有些故事突出了人与兽之间的界限，不像在苏易的故事里，人和兽共处一个道德宇宙中。或许是为了控制人身上的动物本能，许多故事都用动物形象来启示人类道德。

和苏易的故事一样，许多志怪小说的主题都离不开“报”的概念。在干宝这本书的另一个故事《董昭之》里，主人公因为救了一只蚂蚁的命而获得好报。他梦见一位乌衣人（蚁王）带着一百多人来向自己致谢，并告诉他：“若有急难，当见告语。”十年后，董昭之蒙冤被投入大牢，他记起蚁王的话，于是在掌心放上几只蚂蚁，向它们求救。在第二个梦里，乌衣人嘱咐他逃到山中，等待大赦。醒来后，董昭之发现蚂蚁已经啃断镣铐，于是依计行事，果然很快遇赦。

虽然一些故事有清楚明了的寓意，在另外一些故事里，由于缺乏一个预定的价值体系，其道德含义就不容易把握了。某些主题和结构暗示，即使人类最高贵的情感也可能与天意产生悲剧性的冲突。《韩凭夫妇》（也出自《搜神记》）常被看作歌颂至纯爱情和至深忠诚的作品，但它也是一曲悲歌，慨叹平民在权贵面前的凄惨无助。虽然故事似乎表现了文字对抗不义行为的力量，但它也凸显了阐释的含混暧昧。宋康王抢夺韩凭之妻后，她给丈夫写了一封隐晦的信，这封信启示我们，文字的道德力量究竟会按怎样的轨迹运行，其实是不可预测的：

其雨淫淫，
河大水深，
日出当心。

当困惑的国王将截获的信交给身边的大臣时，苏贺解释说，“其雨淫淫”象征她的忧愁和思念，“河大水深”意味着这对夫妻无法见到彼此，“日出当心”表明她赴死的决心。虽然作品没有告诉我们韩凭是否收到了信，但他还是自杀了。此后，他的妻子暗地里腐蚀了自己的衣服，结果当她从高台跳下寻死时，国王的侍从没能拽住她。她在遗书里要求将骸骨葬在丈夫的坟里，国王大怒，故意将她葬在韩凭的坟对面。一夜之间便有大梓木从两座坟上长出，十天之内它们的树干就彼此相倾，根交于下，枝错于上。一对鸳鸯停在树上，交颈悲鸣。宋人为夫妻二人感到悲伤，把树称为“相思树”，将鸳鸯视为他们的精魂。

这个故事也突出了决心和意志的力量。韩凭妻耐心腐蚀自己的衣服显示了她的决心，她给国王的遗书声称死对她有利，表达了掌握自己命运的意志。通过选择她所能选择的唯一抵抗方式，她或许多少唤起了国王的怜悯，至少他没让两人的坟相距太远。然而，这篇作品的谜团在于苏贺对她第一封信的破译。“其雨淫淫”的“淫”被他解作“连绵不绝”，但它也可指“淫乱”，如果这样，第一句就可能暗指国王对她的性欺凌。换一个角度想，既然“雨”和“日”都可滋养树，这封信也可能预示梓木相交的结局，这样它就成了在结构上将全篇统摄起来的一个预兆。

志人小说与自觉虚构

正如志怪小说记述据信发生过的事,志人笔记通常描绘的也是据信真实存在的历史人物。后一类作品的道德内涵一般都更明晰,记录了数百则故事的《世说新语》就是证明,它所聚焦的乃是善行与恶习。

这本书编于公元430年左右,收录了许多颇富文人气息、幽默诙谐的轶事与对话。有些笔记非常简单,例如记述东晋简文帝因为不识田里的稻子深感羞愧,藏在宫中反思三日:“宁有赖其末而不识其本?”其他一些片段经常拿两人作比较,来说明道德品质、性格缺陷、智力水平和性格类型。

《世说新语》因此成了“清谈”的重要来源。在这样的谈话中,文人们竭力摆脱政治俗务的羁绊,以高雅趣味的裁判者自居。在这本书的影响下,后世出现了许多“世说体”的文集,现代学者认为这类所谓的“志人”笔记小说是精英阶层追求自我标识的重要手段。

当更多的文人摒弃了主流的出仕价值观,转而追求审美的生活态度和与之相伴的快乐时,写作就成了他们服务于文学目的的一种私人行为,他们的散文体铭赞、墓志、传记就和诗歌一起成为抒发个人情感的普遍形式了。例如,诗人陶潜(365—427)在《五柳先生传》里戏仿了官方传记的写法,以揶揄的口气勾勒了一幅儒道合一的自画像:“闲静少言,不慕荣利。好读书,不求甚解;每有会意,便欣然忘食。环堵萧然,不蔽风日;短褐穿结,箪瓢屡空,晏如也。常着文章自娱,颇示己志。”

如果自觉创作小说部分地取决于一种作者观念,而这种观念只有当文人凝聚为一个阶层才能成型,那么让陶潜这样一位有着清晰文学身份意识的诗人来创作一篇最早的自觉的虚构小说，就是最合适不过的了。寓意深远的《桃花源记》最初是一首诗的序，讲述了一个渔人的经历，他缘溪而行，穿过山的一处小口，发现了一个乌托邦社会，这里完全不受渔人所处世界的政治纷争的困扰。渔人羡慕他们的惬意与慷慨，不顾他们保密的叮嘱，在返回途中作了标记，并向太守汇报。然而，他再也没能找到原路，这个故事也成了乐园消逝的一个隐喻。

中国社会最终认可文学是独立的体裁，文人是独立的阶层，与 6 世纪《文选》的编纂有很大关系。在序言中，编者萧统（501—531）将文学与历史和哲学区分开来，历史处理事实，哲学处理思想，而文学则是通过艺术化设计的形式和语言来处理人类的经验。《文选》确立了诗文的基本经典篇目，成为读书阶层广泛接受的终极选本。由于有了这个共同的背景文库，文人们无须像后世评注者那样解释典故。《文选》和 605 年创立的科举制一起，促进了文人阶层的形成。

虽然《文选》没选入“小说”，但到了宋朝早期，这种文学体裁已经空前繁荣，宋太宗专门下令，将从公元 1 世纪初以来的约七千篇小说汇编成书，人们甚至为印刷这部《太平广记》（977—978）准备了雕版。然而基于道德理由的反对意见阻止了它的出版，直到 1566 年才付印。（出书受阻或许表明了社会对小说力量的恐惧。）由于这本书是收录宋初以前许多小说的唯一资料，它的最终出版极大地推动了中国早期小说的研究。

传奇

尽管早期志怪小说不乏虚构成分，学者们还是普遍接受了胡应麟（1551—1602）的观点，将篇幅更长的“传奇”看成中国最早自觉创作的小说。这些自唐朝（618—907）以来创作的故事也描绘了奇异的事件，但它们的焦点是私人生活，而且经常点明了作者，并解释了记录该故事的动机。我们尚不清楚，对写作的这种关注是否意味着作者自觉承担了艺术创作的使命。因为虽然多数核心故事是用全知的无人称视角叙述的，许多故事却采用了由某位目击者向叙述者转述的框架，仿佛故事只是一段客观的记录。

这些叙述框架在故事本身和读者的世界之间架起了桥梁，并且时常对核心故事的伦理内涵做出评判。对道德说教如此重视，或许揭示了作者对文人地位和传统儒家价值观的忧虑，因为在海纳百川的唐朝，佛家和其他流派的思想获得了很大的影响力。如此一来，这些以文言文创作的故事就与摒弃骈文、回归汉朝和先秦的“古文”运动发生了共鸣。

然而，在这些故事里却能发现彼此冲突的价值观和声音，因此最后的道德教训有可能只是给作品一个正统的伪装，以利于它的流传。无论如何，核心故事经常都着力刻画人物心理，从而超越了更为传统的外层伦理框架。表达异议的声音也出现在直接引用的对话里，或者是小说人物所写的诗歌、信件里，这些经常是人物最出彩的地方。

这些文言小说的作者和读者都是文人，所以经常直言不讳地宣扬十年寒窗、应试做官的思想，但它们也体现出时人对个性情感的日益尊重，而这对主流伦理规范和等级秩序构成了挑战。给人印象最深的批判功名思想的作品是沈既济（约740—约800）的《枕中记》（781），它取材于《搜神记》的一则笔记。在沈既济的时代，官学体系的膨胀制造了一大批科举制度容纳不下的书生，故事开头就是一位书生（卢生）和一位老道士（吕翁）

在邸舍相遇的情景。虽然两人交谈甚欢，卢生却感慨自己衣衫褴褛，生不逢时。当吕翁指出他“无苦无恙”时，卢生又哀叹自己没能建功立名，过上富足的生活。

于是吕翁送给他一个枕头，保证他能获得向往的荣耀与幸福。卢生从枕孔进入枕中[①]，命运大变。他娶了名门之女，官运也一路亨通，还因主持开凿运河赢得国人的赞誉。然而，和许多显贵的命运一样，他两次遭谤外放，直至隐居不出。待到冤屈昭雪，他的官位甚至超过了先前，五个儿子也各有建树。在豪奢人生的终点，他一病不起，向皇帝上书请辞，这封信表达了故事作者对传统价值观的嘲讽。但是当卢生一觉醒来，却发现自己仍和吕翁在一起，“主人蒸黍未熟”。卢生不禁问道，刚才的一生是否只是一场梦。道士答道：“人生之适，亦如是矣。”虽然起初很失望，卢生还是感谢吕翁：“夫宠辱之道，穷达之运，得丧之理，死生之情，尽知之矣。此先生所以窒吾欲也。敢不受教！”

和《枕中记》一样，这些传奇里最丰满的角色经常都是追求功名的书生。他们写得一手好文章，擅长绘画书法，最后金榜题名。如果有重要的女性角色，经常都是颇有才学的贵族女子[②]或“狐精”。虽然她们能够助应试的书生一臂之力，但常被塑造成危险的红颜祸水形象。在许多故事中，女人都变成狐精或鬼魂，

① 这里英文原书称“卢生醒来后”，与《枕中记》故事不符，译文根据原作更正。

② 在这里和下文，英文原书多次用 courtesan 来指称中国古代才子佳人小说中的女主角，很不准确。courtesan 是指不受雇于妓院的独立揽客的上层妓女，而在才子佳人小说中，贵族小姐、狐精鬼魂这两大类角色都不符合这一定义，只有一些名妓勉强可算 courtesan，所以译文并未遵循原文的这个说法。

这种反复出现的情节或许表现了人们对爱情关系乃至一切激情的恐惧，也表达了一种流行观念，那就是男人需要通过节欲来保存自己的生命力。

虽然这些女性角色的忠贞与其他美德都堪称典范，她们的结局却几乎总是悲剧，仿佛是因为她们力量超凡，不值得人类关心。例如，在沈既济的《任氏传》（781）里，潦倒的郑六爱上了狐精任氏，虽然她越来越喜欢郑六的朋友韦崟，因为他更有内涵，但仍然信守对郑六的承诺。甚至当一位巫师警告她西行必遭灾祸时，她仍然跟从郑六西行，结果被一群恶犬袭击，她变回狐狸原形，最后丧身犬口。在小说结尾，叙述者称自己就是作者，故事是从韦崟那里听来的；他感叹任氏"遇暴不失节，徇人以至死"的美德，惋惜郑六是俗人，只喜欢她的容貌，不懂得欣赏她的情性："向使渊识之士，必能揉变化之理，察神人之际，著文章之美，传要妙之情，不止于赏玩风态而已。"这样的道德评论经常出现在小说末尾，但它们很少能恢复在核心故事里遭到破坏的道德秩序。

尽管复仇的故事在早期史书里很常见，中国最早的一批侦探小说却出现在这些传奇里。李公佐（770—850）的《谢小娥传》就是一例，它讲述了主人公女扮男装为父亲和丈夫报仇的故事。冤魂托梦给谢小娥，但只告诉她两句隐语，故事的叙述者从中破译出了两位凶手的名字。谢小娥于是装扮为男子，混迹江湖，委身为仆，用两年时间搜集证据，最后将一位凶手斩首，另一位送交官府处决。虽然这种以梦为凭据杀死嫌疑犯的"民间正义"可能引发争议，但在小说末尾，叙述者兼作者却以"士大夫"的身份赞颂了她的美德，解释了自己创作的动机。

正义与忠诚的问题也出现在裴铏于9世纪晚期所写的《聂

隐娘传》里，这是中国最早的武侠小说之一。聂隐娘幼时被一游方尼姑偷去，经过五年训练，成为武艺高强的杀手，其武器是嵌在脑里面的一把匕首。然而，当她被派去行刺节度使刘悟时，却发现对方神机妙算，于是转而效忠于他。刘悟大度地接受了她

《莺莺传》

《莺莺传》(804)或许是中国最著名的爱情故事，也是“才子佳人小说”(描绘追逐功名的书生与美丽女子之间的爱情浮沉)这个类别的代表作品。这篇据称元稹(779—831)所撰的小说生动地呈现了儒家伦理义务与影响日渐扩大的情感崇拜之间的冲突。主人公张生在动用自己的关系保护了寓居普救寺的众人后，爱上了姿容艳异的莺莺。虽然莺莺因为张生急于引诱自己而先是戏弄、继而拒绝他，后来还是主动委身于他。她最初的矜持冷峻逐渐化为热烈的情欲，在张生赠给她《会真诗》后，两人每天都在西厢幽会，直至张生赴京赶考。虽然莺莺在欢爱之时一言不发，她写的情书却分外缠绵动人，表明她希望控制这段感情的方向。但是故事的结局却令人悲哀，张生抛弃了莺莺，借口是“予之德不足以胜妖孽”。他借此发了一通议论，质疑天下所有美丽的女子：“大凡天之所命尤物也，不妖其身，必妖于人。”虽然对美丽女子的妖魔化早已是传统，虽然张生的朋友，包括故事的叙述者可能都支持他以伦理义务为先的观点，但将莺莺的情书纳入这则故事却突出了爱情的价值。和她的一片挚情相比，张生的理性论证显得僵硬麻木。在后世的诸多改编作品中，最受人欢迎的是13世纪的戏剧《西厢记》，篇幅是原作的六倍，主角也从莺莺变成了她的丫环红娘。

的道歉，称“各亲其主，人之常事”。在16世纪中期的短篇小说集《剑侠传》中有许多救人危难、匡扶正义的侠客形象。但和女扮男装的谢小娥或者男性化的侠客聂隐娘不同，这些故事中的女主人公仍然保持着女性气质。

晚期文言短篇小说

直到20世纪初，多数诗歌、散文和小说仍然采用文言。当白话小说逐渐和文言小说分庭抗礼（自12世纪开始），用高雅文言叙述的作品就更加引人注目了。借助这种高度文学化的语言，作者凸显自己继承了诸如中庸、孝义等传统的儒家价值观。这些文言小说经常以真实故事的面目示人，声称是从亲戚、文友、僧侣或百姓口中听来的。文人们也越来越喜欢搜集此类故事，作为特定哲学主张的论据。例如，历史学家洪迈（1123—1202）就花了六十年光阴编纂当时规模最大的一部口头轶闻记录《夷坚志》，该书的编目结构遵循了理学家的宇宙模型。[1]

代表文言短篇小说最高成就的蒲松龄（1640—1715）的《聊斋志异》（1766[2]）却打破了这种整齐的结构，也模糊了志怪小说和传奇小说的界限。蒲松龄虽然满腹才学，很早就通过了院试，但从未通过乡试，更不用提会试与殿试了，所以从未获得官职。或许是仕途的失意以及对黑暗现实的关切点燃了他的愤怒，让他无情嘲讽了权力的种种虚伪面目。

---

① 《夷坚志》分初志、支志、三志、四志，每志按甲、乙、丙、丁顺序编次。著成甲至癸200卷；支甲至支癸、三甲至三癸各100卷；四甲、四乙各10卷，共420卷，今存206卷。

② 《聊斋志异》写成后先是在民间传抄，1766年才首次刻印。——编注

在大约五百篇以恋人、鬼魂、狐精、妖怪为主角的奇闻轶事里，蒲松龄通过诙谐的语言、广泛的主题和抒情化的性描写生动地呈现了人生诡异难测的本质。正如其中的人物穿越了自然与超自然的界限，小说本身也揭示了自我身份和性爱行为的变幻无定。

这些小说或许令人惊讶，因为它们对性题材的处理是坦率直接的，人物也经常变换性对象，甚至毫不羞惭地同时拥有多位情人。一些女性角色（经常都是鬼魂和狐精）情不自禁地耗尽了恋人的元气，然而狐精里最体贴的那些却表现出惊人的自觉和正直。在《莲香》里，书生桑晓因为与两位纵欲的情人轮流幽会，几乎因虚弱而丧命。这两位情敌一位是狐精（莲香），一位是鬼魂（燕儿），为了挽救桑晓的性命，她们欣然联手，融洽相处。后来，燕儿神秘消失，书生发现她附体复活，变成了一位富家小姐，便上门去提亲。为了减轻莲香的嫉妒，他也同时娶了她。三人一起幸福度日，直至莲香死于难产，留下的儿子由转世的燕儿代为抚养。若干年后，一位老妪领来一个女孩要卖给桑晓夫妇，结果她就是转世的莲香。历经两世，三人再度聚首，共续前缘，还合葬了前世两位女子的尸骨，以此表达密不可分的情谊。

清朝的但明伦点评道："鬼狐若此，鬼狐何害？"这类点评经常穿插在中国古代小说里，以突出儒家的价值观。莲香告诫桑晓说，盛年男子行房后三日才能恢复精气，每日交欢将会伤身。读到这里，另一位点评者冯镇峦赞道："名言，后生小子敬而听之。"这些段落和评论都表明了时人对性行为的普遍焦虑，尤其是担心女人可能毁掉男人的健康。然而在蒲松龄的小说里，这些超自然的女性角色获得了美满的结局，这在相当程度上颠覆了传统。

在蒲松龄的杰作《娇娜》里，一个狐精家族不仅具有超自然的能力，而且体现了最美好的人类情感，他们博学多才，精于医道，品行也无可指摘。在闵福德的英泽本里，标题改作了“娇娜和松娘”。故事开头，书生孔雪笠因为身无分文，无法归家，只好答应给一位神秘的富家子弟皇甫公子做老师。孔雪笠先是对皇甫的侍女香奴动了心，后又被她绝美的妹妹娇娜彻底迷住。当孔雪笠因为疮疖疼痛不已，几乎死去时，娇娜用手术和巫术治好了他。然而，在这段充满了性欲望和性象征的接触后，娇娜便消失了，只留下饱受相思之苦的孔雪笠。因为娇娜尚未成年，皇甫安排了同样美艳惊人的表妹松娘与他成婚。雪笠虽然也喜欢松娘，但仍对娇娜念念不忘。后来，皇甫公子御风送新婚夫妇回归故里，雪笠这才意识到自己的朋友并非凡人。

雪笠此后好运不断，考中了进士，获得了延安司李的官职，还和松娘生了一个儿子。但他从未忘记娇娜先前的救命之恩，当皇甫告诉他自己的家族即将遭受大难的时候，雪笠对朋友的感激之情迎来了考验。皇甫终于说出了真相：“余非人类，狐也。今有雷霆之劫。君肯以身赴难，一门可望生全；不然，请抱子而行，无相累。”雪笠发誓与姻亲共生死。他持剑与鬼物相拼，夺回了险被劫走的娇娜，自己却因此丧命——这一壮举证明了他勇敢的品质。狐精们用魔法救活雪笠之后，都愿意和他一起回家，然而娇娜因为需要照顾公婆，无法离开。这时，上天成全了他们的心愿，原来娇娜的夫家也在同一天罹难，无人幸存，娇娜终于和大家一起成行。“既归，以闲园寓公子，恒反关之；生及松娘至，始发扃。”

这些故事尽管神秘离奇，但经常有这样浪漫的结尾，暗示宇宙充满善意，其伦理原则终能占上风。这些奇幻的小说或许让人怀疑传统的出仕为官之途，但它们仍然强调了儒家的价值观。蒲松龄模仿司马迁的做法，在小说末尾总要加上一段“异史氏曰”来发表尖锐的社会评论，尤其不忘提醒读者虚伪行为的种种危险。对蒲松龄和喜欢博学正直之士的读者而言，孔雪笠这样的角色甚至可以做知己。他对狐精姻亲的忠诚明显盖过了对仕途的关心，和《枕中记》里的书生一样，他通过宦游生活的浮沉领悟到，功名利禄是不必过于挂怀的。不仅如此，他对娇娜热烈的精神之恋（有些评点者认为它才是小说的主线）让他进入了一种超越身体之爱的亲密境界。正如蒲松龄精致的语言保持了作者兼叙述者的超脱立场，小说情节的娴熟控制也为我们映射出一个富于个人梦幻奇思的细腻感性世界。

第四章

白话戏剧和小说：园林、草寇和梦

园林里的草寇

在中国最卓越的小说《红楼梦》（1792）里，主人公和他的女性朋友们住在与外界几乎完全隔绝的家庭园林——大观园里。在古代中国，园林象征着财富的快乐、感官的享受和长生的渴望，它们在远离尘嚣的地方以缩微的方式摹仿着一个秩序井然的宇宙。虽然在荣国府、宁国府的其他地方和府外的红尘里，道德的朽败已肆意蔓延，这个园林才是小说主题聚焦的地方，业力、因缘、世俗的义务与情感的牵挂，它们之间的深层冲突于此呈现。

发现绣春囊意味着淫秽力量对大观园的渗透，家族随后的恐慌表明，人们对道德秩序的脆弱普遍感到焦虑。社会日益恐惧物欲和淫欲的诱惑，《红楼梦》这类作品就是见证，它们打破了古典传统中深沉的哲学乐观主义。许多古典文学作品植根于儒家信仰中，认为宇宙是善的，和谐的伦理之道是可行的。然而早在 11 世纪，就已经有来自文学的证据显示，经历了皇皇大唐（618—907）的覆灭以及宋朝（960—1279）的物质文化与社会结构巨变之后，早先的信仰受到了剧烈冲击，已经矛盾重重。

到了宋朝，城市的崛起和货币经济的驱动促成了职业阶层

图 8　中国园林是"红尘"之外的隐身地，是复制了大宇宙秩序的小宇宙。这座花园里的岩石象征山，池塘代表海

的壮大。由于公元 8 世纪发明了印刷术，在不断扩张的市民阶级（由城市商人、工匠和其他专业人士构成）中，识字率和教育水平都迅速提升。娱乐业非常繁荣，虽然由于表演者社会地位低，相关的记录很少，但可以肯定的是，它对职业说书人、名妓和优伶的行会起到了支撑作用。这些技术和社会的变化导致了书面白话的兴起，由于它更接近日常口语，文人之外的阶层也能读懂。多数严肃作品仍然使用作为上流社会标记的文言文（一直到 20 世纪），但从 13 世纪开始，白话成了大众小说、戏剧和歌曲的主流语言。

这些作品表达了一种日益强烈的质疑之声：伦理行为和人

类情感冲动真能和谐共存吗？虽然它们多数仍然出自文人之手，但许多作品已经反映了一个覆盖面更广、凝聚力更弱的读者群体的价值观。当人数日增的文人通过科举为有限的官职拼抢，许多失意者难以分得一杯羹，成为远离政坛的边缘人。到了明朝（1368—1644），随着经济的加速发展，和许多早期现代社会一样，政治圈、经济圈和文化圈日益分离，文人更加明显地成为一个单独的阶层。原来国家是作品的主要赞助人和发行者，从大约16世纪开始，民间书商成了大规模出版流行文学的重要角色。

白话作品虽然仍需进行伦理说教，但它们对人类愚蠢无知的尖锐刻画经常让读者怀疑，道德教化的力量是否真能控制住欲望泛滥的危险。和先前的许多诗歌和笔记体叙事作品不同，长达数十折的杂剧和时常超过一百回的长篇小说不再刻意抑制情感，而是将人物的情感冲动和行为置于宏大复杂的框架之中。由于这些作品越来越多地描绘了主流价值观之间的冲突，它们在探讨爱情、占有欲以及如何追求荣誉与幸福时就体现出一种新的多元主义倾向。

说唱文学：表演与讲述合一

戏剧和长篇小说都发源于一个漫长的讲故事的传统，而后者又植根于古代宫廷娱乐、皮影戏、相声以及各种形式的闹剧。因为书面资料过于偏重文人及其价值观，关于上述体裁的口头传播过程我们知之甚少。然而，能识文断字的读者当时仍是少数，流行文学、民间故事、幽默笑话主要是通过口头表演来传播。无论单独表演还是间或结成二人或三人组合，这些说唱者的收费都比剧团低，因而能吸引更多的底层观众。

在唐朝，佛教的影响日盛，从印度翻译的佛经和佛教故事带来了新的体裁，促进了中国白话文学的兴起。“变文”经常伴着图画和音乐来表演，以诗文相间的形式重述诸如佛陀弟子目连（梵文音译为摩诃目犍连）到阴曹地府拯救亡母脱离苦海的故事。

学者们将许多从这些作品演化而来的体裁统称为“说唱文学”。“弹词”经常由女性创作表演，题材多是朝廷纷争，比如主角女扮男装，考中状元，好在官场有所作为。说唱文学的其他体裁还包括“宝卷”（尼姑表演的佛教传说）、新出现的白话套曲、“诸宫调”和杂剧等。

“诸宫调”成型于宋朝的勾栏瓦肆之中，采用较短的散文说白来解释较长的歌唱韵文。规律出现的悬念段落可能标明了表演者的停顿之处，他可趁此机会向观众收钱，或者在持续数天的表演中吸引回头客。这种流行体裁的成熟形式可参考《西厢记诸宫调》①。这部长达八卷的作品脱胎于9世纪的《莺莺传》（见第三章），丰富了故事情节，将结局改成男女主人公私奔，颠倒了原作将伦常置于情感之上的立场。

这部诸宫调本身虽然不知名，却为最著名的北杂剧——13世纪晚期王实甫的《西厢记》——提供了灵感。王实甫的剧本因为尊重私人的情感关系甚于传统的伦理道德而广受喜爱，作品对情欲的宽容与理解堪称前无古人。虽然长达二十一折，剧作的结构却浑然一体，这得益于反复出现的月亮意象（五十多次）、天道循环的主题和恋人情感体验的主线。从一见倾心，到早期的憧憬，到中间的沮丧，再到最后的沉醉，张生与莺莺在唱词中

① 金代董解元所作。

赞美了自己的情感之旅，这部作品也借此表现了磨难成就深情的力量。

杂剧

到了元朝（1279—1368），描绘人类愚蠢与恶习的戏剧往往将诗歌、文言段落、口语对白与音乐、哑剧表演和舞蹈糅合在一起。事实上，直到 20 世纪初“话剧”的出现（部分原因是西方的影响），中国戏剧通常都是歌剧。许多戏曲的情节都来自传奇小说，内容多是忠臣与奸臣争斗、恶人遭到报应、才子佳人喜结良缘、和尚道士点化度人之类。

传统戏曲并不追求现实主义，而是通过一套象征的程式表达感情。这些剧作刻意拉开了剧中世界与现实生活的距离，揭示出人生经历的做作与虚幻。它们的符号和程式都是固定的，角色类型也几乎没有变化（演员有时会反串）：男女主角，忠心的仆人，各类年长的角色（例如迂腐的学究、拙劣的医生、骗子、贪官等等）。初次登场时，角色经常自报家门，解释故事背景或者回溯剧情，但总的来说，剧作更关注情感而不是情节。

遵循这些常规的戏曲在元朝空前繁荣。剧场、私宅、世俗节日、宗教庆典，随时随地都有剧团表演。在北“杂剧”（字面意思是“混合的戏剧”）中，正末或正旦要唱完四套曲子，与此同时，独白、对白和事件会推动情节往前发展。高潮通常出现在第三折，到了收场的第四折，和谐的秩序通常会恢复，但这些结局很少能解决作品的伦理质疑。

在马致远（约 1250—1323）《黄粱梦》（改编自《枕中记》，见第三章）这类剧作中，普遍弥散着对官场的怀疑情绪。他在《汉宫秋》里讽刺唯利是图的宫廷画工毛延寿更是毫不留情。这部历史剧吸收了前代许多诗作和画作的元素，重述了王昭君的故事。汉元帝（前48—前33在位）爱上了这位宫廷美女，却为了“和亲抚夷”的现实政治需要牺牲了她。

作品开场便聚焦于卑鄙的毛延寿。他受皇帝委派在民间寻找美人，因为昭君出身农家，不肯向他行贿，他就故意在画像中丑化昭君，但仍推荐她入宫。汉元帝看到画像，对她毫无兴趣，十年后才偶然发现这位备受冷落的美人。元帝听昭君弹琵琶，感受到她丰富的内心世界，坠入了情网。毛延寿在欺君行为败露后，逃往匈奴，将真实反映昭君之美的画像献给了呼韩邪单于。单于向元帝索要昭君为妻，并以武力入侵相威胁。元帝接受了大臣的建议，忍痛割爱，命昭君与匈奴和亲。

在先前的传说版本里，昭君最终嫁给了单于，而在马致远的剧中，她却在汉帝国边境投水自尽。通过保存她的贞洁，作品反映了对胡汉通婚的强烈忧虑。将毛延寿的口水打油诗与正面人物的典雅诗歌并置，这部剧也突出了阶级身份的差异。然而，无论汉元帝有多少文采风流，最终仍只能反复责骂自己的无能。在剧的末折，他梦见一位番兵掳走了心爱的昭君，醒来不禁哀歌连连，这些曲子将他的绝望推到了顶峰。他将悲伤之情投射到盘旋不去的大雁（它本该南飞）身上，觉得它不停的叫声印证了自然节令的紊乱。（剧的全名《破幽梦孤雁汉宫秋》将季节的有序消逝作为背景，反衬元帝痛失爱侣的茫然。）他空有甲兵无数，却无猛将可用，身边尽是腐败无能的官员。元帝悲叹道：“不见他花朵儿精神，怎趁那草地里风光？”

其他一些元杂剧谴责了法律制度与伦理体系，认为它们比恶人更能置人于死地。关汉卿（约1225—1302）的《窦娥冤》讲述了一位被枉法处决的年轻寡妇的故事。剧作开头，即将赶考的穷书生窦天章为抵债将七岁的女儿窦娥给蔡婆婆做童养媳。十三年后，二十岁的窦娥已是寡妇。曾救过蔡婆婆的张驴儿向她提亲，却遭拒绝。张驴儿本欲毒死蔡婆婆霸占窦娥，却弄巧成拙害死了自己的父亲，于是嫁祸窦娥，无辜的窦娥在官府屈打成招。被处决前，她坚信上天会为自己申冤，预言三种超自然的现象将证明自己的清白。她的预言全部应验：血溅白练（不沾地）、六月飞雪、楚州大旱三年。这些事件，尤其是著名的“六月飞雪”，以诗意的方式表达了正义，虽然最终的正义要等到窦天章归来，以朝廷高官的身份惩罚真凶，为女儿平反昭雪。对于看重家族声誉甚于个体生命的观众来说，这样的结局或许可以补偿窦娥的牺牲。然而这部作品也表现了恶行与不公所造成的悲惨后果。

传奇

明朝宫廷对戏曲的扶持使得传奇剧的篇幅更长，音乐表演更趋繁复。这些南方的传奇戏比北方的杂剧更自由，包含十到二百四十出（通常三十至五十出）内容，所有角色都可演唱。它们往往是有说教意味的情节剧，题材大都是儿女孝行、情侣离别、乔装改扮、破镜重圆之类。在传奇里，第一出往往是剧情概述，爱情和战争的情节、插科打诨的场景以及皆大欢喜的结局似乎都是不可或缺的元素。

明朝贵族戏的代表作是汤显祖（1550—1616）的《牡丹亭》（1598）。开篇的场景突出了爱情唤醒生命的力量，杜丽娘的思春之情（受了《诗经》的激发）让她分外可爱，与闺塾先生的沉闷生活形成了鲜明对照，这位麻木的老学究对爱情和自然都极其漠然。丽娘在花园亭子里梦见与一位年轻书生（柳梦梅）幽会后，相思成疾而死，但她的游魂继续通过梦境追求自己的爱情。

柳梦梅在爱上丽娘的画像后，遇见了她的鬼魂：

（柳梦梅上）小生自遇春容，日夜想念……小姐小姐，则被你想杀俺也……想来小生定是有缘也……（内作风吹灯）好一阵冷风袭人也。[①]

梦梅根据丽娘的嘱咐掘墓开棺，丽娘起死回生，梦梅却因盗墓被她父亲囚禁。然而，和同时代莎士比亚笔下的罗密欧与朱丽叶不同，《牡丹亭》赋予了爱情超越生死和道德陈规的伟大力量。这部极具抒情色彩的传奇戏将情侣僭越礼法的行为置于梦幻之中，巧妙地挑战了伦理传统，提升了性爱的地位，当这对情侣的血肉之躯结合到一起时，性爱的救赎力量更完全地展示出来。

在孔尚任（1648—1718）的《桃花扇》（1699）这部极其文雅的传奇戏里，阻碍爱情的力量变得难以逾越。[②]这个爱情故事是以加速南明王朝灭亡的历史斗争为背景的，当时叛军[③]占领了北方，崇祯皇帝自杀，部分皇族逃到南京，阴云密布的情节就在这里展开。为了抵制朝廷的贪腐集团，年轻的主人公侯方域与其他忠贞之士重建了复社，希望以纯正的儒家理想实现明朝的中兴。

标题中的桃花扇是侯方域和名妓李香君的定情之物，是在婚宴上赠给她的诗扇。得知妆奁和酒席皆是阮大铖（宫廷戏曲作家出身，工于心计的奸臣）出资，穷困的方域受到杨龙友花言

---

① 出自《第二十八出・幽媾》。

② 这段英文的情节叙述也不够清楚，译文根据《桃花扇》原文作了少量的增补和修改。

③ 指李自成等人的军队。

图9 16世纪《牡丹亭》中“游园惊梦”这一出戏在中国和世界长演不衰,这个版本是奥地利的“未来艺术实验室”在2007年上海电子艺术节上推出的

巧语的迷惑,仍愿意接受馈赠,但香君义正词严地退回了这笔不义之财。后来方域遭到阮大铖的报复陷害,被迫逃往戍边的史可法军中避祸,阮大铖等人强迫香君嫁与漕抚田仰为妾。

众恶人企图强行劫走她之时,香君以头撞地,血染诗扇。她让人把血迹画作桃花,将扇捎给方域,这暗示文化终能战胜暴虐。虽然两人在祭奠崇祯皇帝的仪式上重聚,再续前缘的梦想却被主持仪式的道士张瑶星砸碎了。张斥责他们在国破家亡之际只关心花月情根。为了不背叛明朝，方域和香君决定分道扬镳，各自归隐求道：

> （张）男有男境，上应离方；快向南山之南，修真学道去。（侯）是。大道才知是，浓情悔认真。（副净领侯从左下）（张）女有女界，下合坎道；快向北山之北，修真学道去。（香君）是。回头皆幻景，对面是何人。

话本：底本？

在宋朝，由于说书的兴盛，用白话创作的话本发展起来。这些故事经常都在传奇小说的基础上扩展而成，目标读者更加广泛。作品中的人物不仅有传统的才子、佳人、贪官，还包括了狡诈的商人、忠诚的仆人、智慧的和尚。鬼魂也时常出现，但这些超自然的元素主要是为了满足现世报的功能。

得益于说书文化的流行，这些更具艺术自觉的叙事作品从13世纪末开始兴起。到了16世纪末，话本小说已经频繁借用说书人的陈规与套话（例如"话分两头"表明场景即将转换）。和说书人相仿，叙述者经常用对联、诗词和道德说教打断故事的进程。但和文言传奇小说用诗词来表现人物的做法不同，话本中的诗词通常发挥了说书人开场白的功能（以让中间加入的听众也能了解完整的情节）。长期以来，学界都认为"话本"是这些早期说书人的稿子，所以将其译作"底本"（promptbook）；然而说书人的大纲已有另外一个名字（"底子"），所以"话本"更有可能是作家刻意发明的新体裁，用来吸引日益扩大的阅读群体。

这些故事反映了新崛起的市民阶层的理想，无论是立志进取的平民、品行纯洁的名妓，还是其他真诚追求幸福的人，在作品中都有改变自身地位的机会。在一些出人意料的处境中，女性也获得了主宰命运的可能。例如《快嘴李翠莲记》的女主人公告诉公婆，如果不喜欢她的快嘴，就只能休了她，最后她出家做了尼姑。在《花灯轿莲女成佛记》里[①]，一直没有孩子的张元善夫妇收留了一位失明的婆婆，婆婆去世后，妻子王氏便怀上了一个女儿。出生后，这个女孩与她的前身有许多相似之处，笃信佛法，丝毫不牵念尘世。最后，她在迎亲的花轿中坐化而死，避免了婚姻的羁绊。

这类故事总是包含了令人惊讶的内容，两部最著名的话本集的标题也体现了这一点，一部是冯梦龙（1574—1646）编的《醒世恒言》（1627，他的三部话本集之一），另一部是凌濛初（1580—1644）的两卷本《拍案惊奇》（1628 和 1632）。和许多文言故事一样，这些白话小说通常也强调了善恶到头终有报的观念，但它们也同情人性的弱点，理解人们在应对困境时做出的妥协。

在《醒世恒言》的《卖油郎独占花魁》中，也有一位自主决定命运的女性。小说开篇追述了京城花魁美娘先前的悲惨经历，然后进入故事的主要部分。吃苦耐劳的秦重沿街卖灯油，第一次瞥见了有倾城之色的美娘。为了能一亲芳泽，他一年多省吃俭用。约定共榻的晚上，美娘回来迟了，而且饮酒过度，很快就困倦入睡，但秦重依然心满意足。美娘半夜呕吐，他用自己的袖子接住，给她递茶漱口，一夜拥着她，没有亵渎的举动。清晨醒来，美娘记起他的好心之举，意识到他的一片痴心："难得这好人，又忠厚，又老实，又且知情识趣，隐恶扬善，千百中难遇此一

① 两篇小说都见明代洪楩《清平山堂话本》。

人。可惜是市井之辈,若是衣冠子弟,情愿委身事之。”此后,秦重又多次帮她,美娘被他的至诚打动,决心改变自己的生活。虽然她幼年逃难时被人卖入上等青楼,做惯了王孙贵胄的玩物,她也留了心眼,暗中积攒了一小笔钱。赎身之后,她与地位卑微的卖油郎结为夫妻,资助他开办油铺。靠着美娘的这些积蓄,这对平民夫妇勤俭持家,生意日渐兴隆,孩子获得功名,还不忘周济邻里。

章回小说

和话本小说一样,明代兴起的长篇“章回小说”也受到说书传统的很大影响。(“回”很可能指说书表演的一个时间单元。)如果说篇幅较短的话本倾向于突出情节和人物,章回小说则经常以抒情的笔调表达了对世界的整体洞察。例如,许多长篇作品都体现了理学家的理想,那就是天理统治着一个有序的伦理宇宙,这样的信念有利于中国在元朝统治结束后恢复汉族文化的特征。

与此同时,这些小说也以现实主义的态度描绘了多样化的人性,读者禁不住会怀疑,在一个被贪婪与淫欲败坏的世界里,各种彼此冲突的价值观是否能达成妥协。许多此类作品都既沉醉于佛教徒所称的“尘世”里,又试图超越它。它们尖锐真实地刻画了叛贼、草寇和道德秩序的其他反抗者,有些读者在其中发现了英雄,另外的读者则看见了控制颠覆性思想和女性等边缘群体的企图。

学者们有时把传统小说比作中国的园林和山水画,二者都邀请我们流连其中,而不是从一个固定的角度去观赏。它们经常有一百多回,片段化的情节一般都以季节、地理或神话的模式作为结构框架。章回末尾通常都是“欲知后事如何,且听下回分解”,但这种衔接并不保证全书有统一的宏观结构。许多长篇小说借鉴了戏剧的常规,情节在三分之二处到达高潮,然后缓慢进入结局部分,让人感觉生命仍将如此延续。

明代四大名著

《三国演义》取材于历史,描绘了汉朝的覆灭和三国的兴起(3 世纪早期)。(“演义”字面意思是“详细阐发意义”。)小说手稿诞生于 14 世纪,1522 年刻印,后又历经数代作家兼编者的修改,最通行的版本是带评点的毛宗岗(1632—1709)本(1679)。《三国演义》曾被多次精心改编成影视作品,包括中国中央电视台 1994 年推出的轰动一时的八十四集电视连续剧。这是中国迄今为止最昂贵的一部电视剧,参与演出的人员达四十万,吸引了全世界十二亿的观众。

这部小说叙述部分用的是浅近文言,对话部分更接近口语,一百二十回的篇幅赋予了它史诗的规模和气魄。它将众多脍炙人口的历史故事融汇成一部长篇传奇,强化了历史遵循特定宏观模式的观念。小说的情节暗示,在历史的伦理秩序的演进中,个人发挥的作用是有限的,毛宗岗在序言中阐述了这种见解:“话说天下大势,分久必合,合久必分。”

虽然描绘的是历史事件,《三国演义》也极富感染力地呈现了人物的个人奋斗,正因如此,小说中的许多形象成了人们谈论阴谋、恶行和权斗时经常引用的典型。魏王曹操被塑造成一位阴险残忍的诗人君主,蜀汉皇帝刘备和他的两位结义兄弟——勇敢却自负的关羽和跋扈而暴躁的张飞——则是正面角色。三人统一天下的梦想屡屡碰壁,直到刘备请道家智者诸葛亮出山才有起色。[1]在关键性的赤壁之战中，诸葛亮召来了火攻所需的东南风，曹军溃逃，此次胜利奠定了三足鼎立的局面。

虽然小说将刘备视为恢复汉室的正统人选，他却过于看重个人义气，时常做出固执的决定。因为诸葛亮必须服从刘备的选择，他的谋略有时也难以施展。尽管他的忠诚堪为儒家教科书的典范，他却无力阻止刘备为两位小弟复仇。刘备盲目攻吴，惨遭失败，含恨病死，蜀国也到了覆灭的边缘，诸葛亮虽然有所不甘，还是尽心竭力辅佐懦弱的后主。

小说对道德报应的强调或许能让读者更愿意相信历史的轮回，但最终的结果并非如此明确。作品是想暗示，虽然要历经数百年的沧桑，分合的循环终能把贤德的君主推上宝座？还是通过记述历史的轮回来嘲讽王朝治乱的理想，如小说中那句著名的话所说，“谋事在人，成事在天”？

另一部明朝名著《水浒传》（约 1550）描绘了 12 世纪初一群大碗喝酒、胆大妄为的草寇。一百〇八位好汉中，三十六位是重点刻画的主要人物，他们来自社会的各个角落，因为不同的原因被逼上梁山，有的是对官府的腐败不满，有的是为了报仇，有的是被其他草寇胁迫，或者像大方却冷酷的首领宋江那样，是因为妻子的背叛。小说的打斗、结拜、吃喝场景都极具现实感，故事的高潮是为庆祝好汉人数达到天定的一百〇八人（包括三个女人）而举行的盛大酒席。这些忠诚的草寇打着替天行道的旗帜，抢劫富豪，击败官军，争取招安，然后又为朝廷征讨叛军。然而，他们对无辜的孩子和女人没有任何怜悯心，书中血淋淋的屠杀、剥皮和吃人肉的描写让一些学者忍不住谴责这些好汉的暴

① 将诸葛亮称为道家很不准确，他的道德修养像儒家，施政方略像法家。

虐。支配他们的是一种帮会意识，依靠一套严苛的规则来维系，其基础是复仇心和对女性的憎恶。他们深信女人既软弱又淫邪，所以把禁绝性欲视为阳刚的标志，把残杀出轨的女人视为兄弟义气的证明。

和《三国演义》相比，《水浒传》的口语化更彻底，大量使用了成语和民歌，能让更多的读者理解，因而点评者更觉有必要控制这部小说的社会影响。它是一曲农民起义的颂歌，还是一则揭露帮会意识的恐怖后果的寓言，读者对此争论不休。（由于它经过多位作者和编者的修改，或许本来就没有一以贯之的意识形态。）即使读者崇拜小说里那些叛逆的冒险者，当他们看到没有儒家伦理加以约束的复仇欲望造成了怎样的毁灭与混乱时，也很难不心生怵惕。

这类小说都是在缓慢的累积中演化而成的，和重写前代诗歌的做法相仿，文人们经常为了某些意识形态的目的改写更早的版本。在提高劝服力和扩大销量的双重欲望驱动下，重要的小说付印时，往往会在前面加上导读，在正文中间、书页边缘和每回末尾插入宣扬儒家观念的点评。（必要时他们会声称，如果读者发现点评和正文有冲突，那是他们自己阅读不够仔细。）点评者和编者也会讨论佛家和道家的主题，例如自然的变化之道和伦理行为的因果报应，他们也会评价作品在结构、风格和节奏等方面的优缺点。

这些点评将小说也视为值得阐释的严肃文学，极大地拓展了文学理论的范围，因为此前几乎只有诗歌才有这样的待遇。一些编者还对经手的材料作了实质性的改动，例如金圣叹（1608—1661）就将《水浒传》从一百二十回删成了七十回（1641）。不同的点评本有时会造成严重的争议，《三国演义》就是如此。[①] 有人认为它描绘忠勇行为是在宣扬明朝最为看重的价值观，有人却觉得，这些人物的自负造成了灾难，因而作品是在隐晦地批评明朝的帝国宣传。

《西游记》（1592）或许是最脍炙人口的东亚文学经典。小说对历史上高僧玄奘（596—664）犯险远赴印度的故事加以艺术的虚构，来讽刺当时社会的痼疾。这部长达百回的作品（作者可能是吴承恩，约1500—1582）脱胎于《大唐西域记》以及以玄奘为题材的各种传记、变文、戏剧，但它比此前的长篇小说更具结构上的统一性。小说里的玄奘还在襁褓之中时，寡母就惨遭恶匪抢夺奸污。在取经路上，他总是惊慌失措，忧心如焚，但最终他还是到达西天，取回了三藏佛经（“三藏”也是他的法号），并把它们译成中文。

这部记行小说为信念坚定而性格怯懦的唐僧配备了四位有超自然法力的同伴：机智而冲动的孙悟空、贪吃好色的猪八戒、沙僧和白龙马。最重要的角色是美猴王孙悟空，作品就是以他的早期经历开场的。他足智多谋，但就像人心一样狂野躁动，直到被佛法管束住。他极受读者欢迎，在无数漫画、电影、电视剧和电子游戏里都有他的身影。靠着一根金箍棒，孙悟空经常是同伴的救星，但若没有玄奘的紧箍咒，他那肆无忌惮的神通就会让大家都身陷险境。

如果把《西游记》当作一部象征性的小说，那么玄奘就是求道者，悟空是他的心智，白龙马是他的意志，八戒是他的生理欲望，沙僧是他与大地的联系。取经之路代表心智的修行，作品中

---

① 《三国演义》最重要的版本有：“嘉靖元年本”“周曰校本”“夏振宇本”“三国志传”“李卓吾评本”“毛宗岗本”。

的危难与妖怪代表遮蔽顿悟之光的种种扭曲的幻象。小说对精神追求的描绘在多大程度上表达了反讽,学者们各执一词。它是严肃的史诗还是史诗的戏仿?它是鼓吹用佛法度人,还是主张儒释道三教合一?

许多续篇和后行篇进一步扩大了这部小说的名气和影响力。[①] 和它的母小说一样,《西游补》[②](1641)既是辛辣的社会讽刺作品,也是高明的佛教寓言,表现了"情"对心的种种禁锢。孙悟空被鲭鱼精("鲭"和"情"谐音)所迷,困在一系列幻境中,但他却借此开了心窍,洞察到欲望的本质:它如何蒙骗人,自己又如何受制于它。当他悟到这一点时,作品便从聚焦于他的第三人称叙事切换为全知式叙事,视角的变化仅是本书刻意采用的文学技巧之一。按照当时的标准,这部十六回的小说不算长,但其内容却为精神分析派的解读提供了宝藏,里面有时空穿梭的"万镜楼台",一大群凿天的"踏空儿",以及其他许多超现实的景象,简直是焦虑征候的"梦文本"[③]。

另一部续篇《后西游记》[④](1715)讲述了唐半偈、孙小圣、猪一戒、沙弥师徒重回西天求取佛经真解的故事。其中一处险关叫解脱山,山上有七十二堑,堑名最终都与七情六欲有关,猪

① "续篇"(sequel)和"后行篇"(midquel)都是叙事学术语,前者叙述的是被设置在原作的虚构环境之后的故事,后者叙述的是发生在与前作相同的时间和环境下的故事。

② 明末清初董说(字若雨,法名南潜)作。

③ "梦文本"(dreamwork)是弗洛伊德《梦的解析》中用来描述显梦的术语,与描述隐梦的"梦寓意"(dream thoughts)相对。

④ 作者不详,现存版本仅标明"天花才子评点"字样。这段英文的情节叙述不准确,译文根据《后西游记》原文作了少量的增补和修改。

一戒因为受不住众妖奉承而被擒，多亏孙小圣使用分身术才被救出。[①]

明代四大名著的最后一部《金瓶梅》（1618）因为性描写而闻名，它生动地呈现了一个沉溺于金钱、地位和肉欲的社会。这是最早的风尚小说之一，关注社会背景、社会角色和社会期望，揭示了阶级习俗和阶级教养如何决定了个人的情感和行为。在一百回的故事里，为了赢得西门庆（一位不择手段的药商和权力贩子）的欢心，六位妻妾争风吃醋。《金瓶梅》的背景、西门庆和小妾潘金莲等角色都取自《水浒》的一段故事，但戏仿手法却让作品摆脱了《水浒》《三国演义》和《西游记》的神话框架。在这本书里，驱动情节的是欲望本身。虽然虚拟的场景是12世纪，它所描绘的家庭纠葛却纤毫毕现地反映了16世纪中国社会的面貌。

《金瓶梅》没有让草寇武松为报杀兄之仇而处死淫乱的嫂子和她的情夫，而是给了西门庆自己毁灭自己的机会。（传说署名作者兰陵笑笑生其实是观念正统的王世贞，他因为父亲死于首辅严嵩之手，为了报仇，专门写了此本淫书，随后在书中沾毒，送给严嵩放荡的儿子严世蕃，结果严世蕃看书时中毒而死。[②]）西门庆与邻居李瓶儿（标题中的“瓶”）偷情，她丈夫被活活气死，西门庆将两家的财产合并，建了一座豪华的府邸来炫耀自己的财富和地位。虽然他胸无点墨，却在“书房”里摆满了文人的玩好。然而，不加甄别地陈列一大堆字画暴露了他的低俗品位，发生在书房里的政治算计和淫乱行为也表明，他不过是个市侩小

---

① 此处情节见《后西游记》第十八和十九回。这里的英文原书称孙小圣无法摆脱野心（而被擒），与《后西游记》情节不符。

② 这里英文原书因为过于简略，没有解释清楚，译文作了增补。

人。在瓶儿成为西门庆的新宠后，心生怨恨的金莲在翡翠轩偷窥他俩交合，得知瓶儿已经怀孕。西门庆被惹恼，在葡萄架下用金莲的脚带把她绑起来，然后灌她一通酒，变着方儿逗弄她，最后受尽折磨的金莲趿着一只拖鞋逃回了房。①

虽然此书并不像李渔（1611—1680）滑稽的色情小说《肉蒲团》（1657）那样，通篇都是露骨的性描写，但它里面许多细致入微的性虐场景还是探究了肉欲败坏人心的力量、欲望不可满足的本性和权力交易带来的痛苦。妒忌的金莲害死了瓶儿的儿子，瓶儿伤心而死，金莲又用印度僧人的春药引诱西门庆纵欲贪欢，最终让他死于非命。"不可多用，戒之！戒之！"僧人曾告诫西门庆，但这反而刺激了他的淫心。他夭亡之后，那些利用他往上爬的食客除了在祭文中称赞恩主一番，便不再管他了。他的正妻在他咽气的同一刻诞下了一个儿子，结果儿子后来也出家了。

在许多评论者看来，这些报应始终传递着佛教和儒家的价值观。而在另外一些人眼里，小说中各种异质元素（先前的歌诗、佛教故事、戏剧、小说）的并置使得道德批评多了反讽的味道。用儒家《大学》的模式来分析，西门庆个人的道德缺陷不仅造成了家庭的失序，而且也应为社会的衰落和王朝的政治崩溃承担责任。评论者经常把这样一个前后统一的设计归于单个作者，尽管我们无法排除多位作者的可能。作者似乎与小说人物老套的世界观保持着反讽的距离，所以作品有可能是在抗议而不是维护儒家规范。

虽然现代的许多左派学者声称，此类白话作品代表了群众

① 此处情节见《金瓶梅》第二十七和二十八回。"金莲趿着一只拖鞋逃回了房"的说法与《金瓶梅》情节不符。

的立场，但多数小说杰作都出自**文人**之手。从17世纪开始，小说家们倾向于改写、戏仿和颠覆先前的作品，这似乎成了一种文学游戏。

考虑到原作者的经典地位，我们似乎难以断定，这些作品最终的目的究竟是为主流的政治社会状况辩护，还是在批判它们。

18世纪讽刺小说

对地位的痴迷也是吴敬梓（1701—1754）《儒林外史》（1750）的核心主题。这部小说质疑了道德理想的效力，尤其是被人僵化固守的那些理想，它戏仿了正史的传记，奚落了大约七十位文人最琐屑无聊的偏执想法。虽然开篇的诗谴责了“功名富贵”的虚妄，书中的多数人物却汲汲于通过传统渠道获得富贵，即使放弃科举与官场，他们的动机也同样可疑。

为了掩饰他们的不安全感，即使那些放弃科举的角色也极力寻求个人价值的认可，作品辛辣的讽刺表达了一种文化危机意识。和先前的小说不同，《儒林外史》没有在人物初次登场的时候贴标签，而是通过其行为揭示性格。这些人物积攒文化资本的手段五花八门：科举考试，与进士、举人交结，与权贵联姻，发表应试范文，甚至冒名顶替。带有吴敬梓个人烙印的主角杜少卿慷慨好施，几乎散尽了家财。他不过是当时反体制的一位怪人，通过赞助各种耗费巨大的活动来换取地位，无论是梨园选美的盛会，还是泰伯祠的祭礼，出资的都有他。评论者普遍将这场祭礼视为小说的高潮，但它除了留下怀旧的感伤外，并无多少用途。参加祭礼的每个人后来都未能重建道德秩序，泰伯祠逐渐沦为废墟，当年的仪注单也湮没尘土下，不可辨识了。杜少卿徒劳无功的仪式让我们想起《桃花扇》结尾的祭奠会，或许也曲折隐晦地表达了对异族统治的抗议。

在一些读者看来，这部“文人小说”仍可宽慰人心，因为书中有一批正直的人物潜心学习经书、艺术、仪礼，致力于道德修养。如果这样解读，那么作品第一回对画家王冕（唯一取自历史的角色）的理想化描写和最后一回对四位底层文人的记述就至关重要了。[①] 王冕看见百十颗小星坠落时，认为这是上天垂怜，降下这些星君来“维持文运”；与此呼应，这四位分别擅长琴棋书画的书生丝毫没受功名思想的沾染，与其他角色唯利是图的功利主义形成了鲜明对比。然而，小说对各种虚伪行为的揭露固然可以理解为弘扬高贵的文人传统，却同样可以看成一种批判，尤其当我们考虑到它史无前例的逼真程度。（这部作品虽有许多离题的长段落，但较少依赖文言套话和既有的材料，因而其白话风格更有连贯性。）

《红楼梦》

《红楼梦》（1792）迄今已经售出一亿多本，是世界历史上第五畅销的长篇小说（也位居包括《圣经》和《古兰经》在内的图书畅销榜前十五名）。它又名《石头记》（最优雅的英文译本就采用了 *The Story of the Stone* 的书名[②]），开篇讲述了这个故事颇具神话色彩的起源。一块女娲补天剩下的奇石化身为玉，进入了富庶的贾家。衔玉而生的宝玉生来就有一种不可抑制的爱与被爱的欲求，他与表妹黛玉之间注定有一段因缘。她欠着他一笔超时空的债，因为前世他是神瑛侍者，而她是一株绛珠草，神

① “对四位底层文人的记述”不是在最后一回（第五十六回），而是倒数第二回（第五十五回）。

② 指戴维·霍金斯的译本。

瑛侍者曾以甘露灌溉,使她获得了灵性。为了报答他的恩情,这位绛珠仙子决心用一生的眼泪来补偿他的甘露。[①]

在作品最生动的一个场景中,宝玉发现黛玉正将落花埋起来,以免它们被人践踏。“那畸角上我有一个花冢,如今把他扫了,装在这绢袋里,拿土埋上,日久不过随土化了,岂不干净。”宝玉放下书来帮忙,黛玉要看他读的是何书,结果发现是《西厢记》,后来黛玉还记起了书中怀春的莺莺的悲叹:

> 花落水流红,
> 闲愁万种。[②]

既然她的前世是花,那么在神话的层面上,敏感的黛玉也是在埋葬自己。她时刻都在担心宝玉会娶别人,忧心成疾,她的脆弱也部分地促成了她最害怕的结果。贾家让宝玉和宝钗定亲,黛玉伤心而死,回头再看葬花的场景,就更觉凄惨。这些花象征着被人冷落的美,也连接着黛玉和莺莺——她和宝玉共读的《西厢记》的主角。

宝玉渴望摆脱一切人生之苦,却又分外依恋环绕身边的诸位女子,这种冲突在一些人看来是这部小说的核心主题。虽然

---

① 英文原书的这段叙述有两个重大错误,译文都作了更正。第一,根据最权威的脂本,第一回的奇石并非投胎成了贾宝玉,而是被僧人幻化成了一块宝玉,所以它就是宝玉出生时衔着的那块玉;换言之,这块无才补天的石头只是宝黛故事的见证人,并非男主角。第二,宝玉的前生是赤瑕宫神瑛侍者,并非石头,用甘露灌溉绛珠草的不是石头,而是神瑛侍者。

② 这个场景见《红楼梦》第二十三回。

宝玉最终出家，道教和佛教的解脱理想似乎占了上风，但作品里的许多声音却在为情感牵挂辩护，认为它是仁的本质。小说中嵌入的许多诗词、戏剧和谜语也与超脱出世的思想唱反调。文学作品固然可以揭示红尘世界的虚空，它们却同样可以证明，艺术创造具有影响业力果报的潜力。

在终极意义上，《红楼梦》暗示，人世流行的各种爱的观念都是有缺陷的。这对年轻情侣和他们的家庭面对的都是悲剧性的幻灭，它不仅让我们看到包办婚姻的害处，也指向爱情本身如梦的本质。梦未醒的时候爱情是如此真实，又是如此重要以至于角色渴望将它无限延长，但最终它不过是过眼云烟。

沿着这样的思路看，作品的许多形式元素都强化了关于真实与虚幻的探讨。小说开篇不久，就有一组诗预示了宝玉身边众女子的命运，在最后四十回，它们一一应验。① 正如这些诗和图暗示了宝玉脱离凡尘的结局和贾家即将遭受的灾难，作品里的文字游戏、成对的象征符号和其他起结构作用的细节进一步暗示，宇宙的秩序是人无法参透、无法控制的。（“贾”姓与“假”同音，与之对称的是与“真”同音的“甄”姓。）被小说的多重主题、双重手法和纹心结构所包围，故事中的许多镜子呼唤着清晰反映现实的梦想和镜像式知识的力量。

《红楼梦》也进一步戳穿了小说与点评之间的脆弱边界。曹雪芹（1715—1763）这位没落世家的公子撰写了前八十回，他死后一位编者完成了我们今天所见的一百二十回版本。由于在小说印行之前，已经有各种不同的点评版流传，到底哪些修改反映了曹雪芹的意图，人们争论不休，这也导致文本中有许多前后不

① 指第五回警幻仙姑让宝玉看的《金陵十二钗》正册、副册、又副册里面的诗。

一致的地方。

这些争论催生了一门称为“红学”的产业，众多个人投身其中，考证作者、版本和隐含的意义。一些学者认为，这部小说抨击了封建社会的腐朽。在他们看来，贾府注定的衰败符合中国的王朝循环论，强盛者走向没落是由于道德崩塌，天命收回。这样的历史解读为作品中据称带有自传色彩的元素增添了宏观寓意。小说聚焦的不仅是个人的失落，还包括整个贵族文化传统的命运。

作品既描绘了上层特权所滋生的愚蠢与腐败，它也是世界上关于文学文化之美的最动人的见证之一。《红楼梦》的无数读者从中体悟了爱与憧憬，进入了主人公的内心，当他们面对自己的失恋之苦时，也能在书里寻得慰藉。小说启发了三十多部续篇，包括满族诗人顾太清（1799—1876）的《红楼梦影》，这部遗作很可能出版于1877年，也许是中国现存最早的由女性创作的长篇小说。

如果你想知道19世纪和20世纪的战争与动乱如何改变了人们对理想的认识，请听下回分解！

第五章

现代文学：创伤、运动和车站

在高行健（1940—　）的话剧《车站》（1983）里，八位角色困在郊区，等待一趟公共汽车。虽然舞台声响表明不时有公共汽车经过，却没有一辆停下来，大家越来越绝望，感觉永远进不了城。“大爷”没法去见棋友，“姑娘”错过了她的约会，“愣小子”害怕失去尝酸奶的机会。“做母亲的”试图教“愣小子”学会礼貌，安慰害相思病的“姑娘”，一边担心自己的丈夫和孩子，他们的衣服每周末都等着她去洗。在这之前，“沉默的人”一声不吭地离开了，要走着回去，当其他人发现转眼十年已过去时，都后悔当初没学他的样子。

每隔一段时间，观众都会看见“沉默的人”的剪影，同时听到代表他的音乐。他的行进反衬着其他角色的等待，这些人的困境让人想起塞缪尔·贝克特的《等待戈多》（1953）中的弗拉季米尔和爱斯特拉冈。高行健的角色既有中国传统戏曲（声音和情节互相映衬）的影子，也吸收了法国荒诞派戏剧的特点，他们有时仅仅是为了说话而说话。但是他们的对话也表达了深沉的渴望和对社会的尖锐批评。“戴眼镜的”错过了最后一次高考机会，对他来说这样的等待已经无法忍受：“我们被生活甩了，世界把我们都忘了，生命就从你面前白白流走了。”后来，当演员跳出虚构的角色，同时说着各自的台词时，“扮师傅的演员丙”反驳道，“等不要紧。人等是因为人总有个盼头。”

高行健的剧作是一则寓言，解读了中国从乡村进入城市的变化，隐含着对中国文学的现代化和全球化至为关键的五个主题：对民族自豪感、人文主义、进步、记忆和快乐的追寻。

追寻民族

虽然早在16世纪中国就出现了现代社会的许多特征，但在19世纪欧洲列强武力入侵时，中国在军事上却毫无准备。当英国偷运鸦片引发的纠纷演变为一场战争时，一系列不平等条约强迫中国接受了西方的重商主义（现在应该称为自由贸易），开放商埠，在主要城市设立租界，并将香港割让给英国。

洋务派担心中国被瓜分，在“中学为体、西学为用”的理念指导下，发起了一场有限西化的运动，直到日本在1894—1895年的争夺朝鲜的战争中击败中国。日本也将自己的不平等条约强加给中国，除其他羞辱性条款外，台湾岛也成了日本殖民地。许多中国人将日本的崛起归因于明治维新的西化路线。严复（1853—1921）等人翻译了托马斯·赫胥黎、赫伯特·斯宾塞、亚当·斯密、约翰·斯图亚特·穆勒、孟德斯鸠等思想家的著作，“适者生存”以及其他来自西方社会科学的语汇越来越深刻地塑造了中国知识分子对民族困局的理解，他们因而主张中国应该更彻底地西化。

在民族救亡思潮的推动下，中国文学发展成为一个独立且受尊崇的领域。改革者们深信，中国若要生存，就必须有受过良好教育的公民，所以他们出版白话小说，创办报刊杂志。从1898年北京大学建校开始，许多新成立的大学都大力发展人文学科的研究，包括中国文学和外国文学，以重要大学为中心涌现了许多文学团体。1905 年废除科举后，知识分子更加摆脱了政府的束缚。

为了支持新的民族观念，改革者们吸收了西方文学中的许多观点和形式。在这方面，林纾（1852—1924）等人贡献甚大，他翻译了柯南·道尔、司各特、狄更斯、巴尔扎克、托尔斯泰等人的百余部长篇小说。革新派的梁启超（1873—1929）将欧美和日本的持续进步归功于西方小说，所以在自己主办的《新小说》杂志（1902—1906）上发表了很多西方作品。1902 年，他明确提出了"小说界革命"的主张："欲新一国之民，不可不先新一国之小说。"[①]

在 1911 年清朝被一系列起义推翻之后，这些想法变得更加迫切。新建立的中华民国似乎无力应对民族的各种难题，在第一任总统试图恢复帝制之后，1911 年的革命在人们眼中就成了"被出卖的革命"。军阀控制了中国的大片土地，直到蒋介石（1887—1975）领导的国民革命军通过北伐（1926—1928）实现了重新统一。

在这一时期，《新青年》（1915—1926）等杂志抨击了父权家族制和其他儒家的"封建"传统，相信它们是民族衰败的根源。急于让中国适应未来的知识分子们发动了一场新文化运动，倡导个人自由、妇女解放、科学和更通俗易懂的白话文学。这场运动有时被称为中国的"启蒙"。后来，北大学生创办了自己的刊物《新潮》（1919—1922），并且抗议协约国在巴黎和会上将德占中国领土转给日本的计划，于是运动的政治色彩日浓。1919 年 5 月 4 日开始的示威活动让民主和民族的理念深入人心，许

① 见《小说与群治之关系》。

多“五四运动”的参与者也转向左翼，并在1921年组建了中国共产党。

在外国列强对中国虎视眈眈之际，培养现代公民的使命愈加紧迫，许多改革者相信，描写个人意识是这一现代化进程的关键。自我抒发成为小说、戏剧和诗歌的主流，但这种个人主义却深植于社会责任以及评论家夏志清后来所称的中国现代文学的“中国情结”。

甚至信奉欧洲浪漫主义和“为艺术而艺术”口号的作家也对中国的地位深感忧虑。在半自传性质的短篇小说《沉沦》（1921）里，郁达夫（1986—1945）笔下的主人公感觉受了“世人的虐待”，他将个人的绝望与中国的民族命运绑在一起：“中国呀中国！你怎么不富强起来，我不能再隐忍过去了。”极力主张诗歌的音乐美、图画美和建筑美的诗人闻一多（1899—1946）在《死水》（1926）末尾，用了一个不祥的比喻来形容中国，当我们想到他后来被国民党特务暗杀，就更觉措辞的恐怖：

> 这是一沟绝望的死水，
> 这里断不是美的所在，
> 不如让给丑恶来开垦，
> 看他造出个什么世界。

吴组缃（1908—1994）等左翼作家的作品里更是渗透了民族主义精神。在他的讽刺小说《官官的补品》（1932）里，年轻的自述者被家人宠坏，滋补身体用的是一个奶婆挤的奶，先前他受伤住院时还买过她丈夫的血。官官得意地感叹：“这世界真是个有趣的好世界，有了钱，原来什么东西都好买的。”虽然官官对于支撑自己懒汉生活的政治经济结构一无所知，他还是引用了堂兄的尖锐时评：

> 地方上一天天败下去，并不是什么数。依我说，是把钱给外国人骗夺去了的缘故。……这些东西都是外国人想尽法子制了来骗中国人的钱的……你叫地方不穷吗？还说什么数？

台湾文学，尤其是反映日据时期（1895—1945）现实的，也探讨了民族身份的话题。吴浊流（1900—1976）在《先生妈》（1945）里讽刺了一位痴迷于追逐地位的医生钱新发，记录了日本殖民者对台湾身份的压制。钱新发给自己起了日本名，时常款待日本官员，几乎创造了一个"日本语家庭"。他的台湾妈妈却抵制他的做法，用菜刀砍断了自己的和服，还经常资助乞丐。家人都因她的固执疏远了她，但她的善心在临终前却得到了回报，乞丐买来了她最喜欢吃的油条。在她的日式葬礼上，唯一真心哀悼的就是乞丐。

虽然台湾在1945年光复，在共产党取得内战（1946—1949）胜利并建立中华人民共和国之后，这个省又进入了政治上的分离状态。当国民党逃到台湾，共产党接管大陆之后，台湾岛上的知识分子开始以传统中国文化的守护者自命。与国民党反攻大陆的宣传攻势相呼应，台湾出现了怀日小说。一部代表性的历史小说是姜贵（1908—1980）的《重阳》（1961），故事发生在1923到1927年（国共分裂之年）之间的上海和武汉。主人公洪桐叶虽然想有一番建树，但生活困窘。他在法国商人烈佛温的洋行里干活，烈佛温的家庭代表了西方帝国主义的两副面孔，他本人是贩卖毒品的军火商，妻子是热衷传道的基督徒。小说集中反映了革新派四处施暴的两面派手法。当桐叶以建设新社会的理想为借口，准备抛弃穷困潦倒、卧床不起的母亲时，妹妹反诘道："连自己的母亲都不能照顾，我们还有资格设想那许多人的事吗？"小说暗示，国民党的道德败坏和对帝国主义的纵容促成了共产党的胜利。

追寻人性

虽然高行健的《车站》表现出先锋戏剧的特点，它的现实主义细节却遵循了中国现代文学的主流——批判现实主义。"做母亲的"没法和丈夫孩子住一起，是因为她没有关系，不能把工作单位调到城里。"大爷"责备供销社的"马主任"用大前门香烟走后门。马主任开始还在炫耀自己的特权，不在乎错过一次吃饭喝酒的机会，但他越来越生汽车公司的气，非要进城不可了。

> 马主任：走！我得进城告他们汽车公司去！我要找他们经理，问问他们到底替谁开车，是他们自己方便，还是为乘客服务？这样折腾乘客，他们要负责任！我要去法院起诉，要他们赔偿乘客的年龄和健康的损失！

高行健用剧中人物代表典型的社会角色，这种手法让人想起传统戏曲中的常规角色。但是他的现实主义与挪威剧作家易卜生关系更密切。易卜生的戏剧，尤其是《玩偶之家》(1879)，对中国新出现的"话剧"体裁影响甚深。在支持新文化运动、支持妇女解放的知识分子中间，易卜生的女主人公娜拉成了一个著名的话题。“娜拉走后怎样？”鲁迅（1881—1936）在1923年一篇同名的演说和文章中问道。

鲁迅常被视为中国现代小说的先锋，他的作品是新文化运动的重要驱动力。在晚清，已经有“谴责小说”记述了社会的腐败和人性的冷酷，到了民国时期，作家们更以批判迷信、阶级不平等和奴役女性的制度为己任。革新派指控传统的文言文学是封建主义的反映，转而从帝制时期的白话文学和西方文学寻求营养，来发展现代的书面汉语。白话更接近口语，构成了标准书面语的基础，使得文学更容易为社会转型服务。鲁迅的《狂人日记》（1918）以幻觉式的现代主义手法对剥削制度发出了抗议。在一段文言的短序后，小说换成了白话，根据序言的解释，这后面的部分摘录自一部日记，作者最终心智恢复了正常，已不承认日记中的“洞见”了。然而，即使疯病的细节和种种错觉表明日记作者处于狂乱状态，但既然他意识到，古书其实在暗中鼓动大家“吃人”，他就把自己当作了群狼中间唯一的“真的人”：“你们立刻改了，从真心改起！你们要晓得将来是容不得吃人的人。”日记结尾是郑重其事的呼吁“救救孩子”，后面的省略号却让人怀疑，狂人是否真像序言所称“已早愈”。

《狂人日记》等小说包含了现代主义的元素，但“新文化运动”的多数作品都用直截了当的现实主义手法来描绘父权家族制、贫穷和其他不公正的现象所导致的苦难。许多作品都呼唤同情之心，例如鲁迅在《孔乙己》（1919）中对一位无业书生的刻画。主人公接受的旧式教育毫无用处，沦落底层，只能靠盗窃为生，屡屡被人嘲笑，最后因为偷东西被人打断了腿，只能爬着走。正如残疾的孔乙己代表了一个因为传统被时代抛弃而陷入瘫痪的阶层，这个故事的叙述者——那位毫无同情心的孩子——也代表了鲁迅最害怕的冷漠。在叶绍钧[①]（1894—1988）的《遗腹子》（1926）里，一对夫妇[②]一心要得到儿子，却生了七个女儿，终于诞下一个男婴，却很快夭折。小说在为丈夫自杀的结局作铺垫时，斥责传统是他绝望的根源："人生路上一枝照例的刻毒的冷箭射中他的心窝了。"然而，这样的循环没有终结。三年之后，被彻底摧垮的寡妇仍在想象自己怀孕，已经"颇有些人来为大小姐二小姐说亲了"。

从许地山（1893—1941）《商人妇》（1921）里丈夫卖妻的故事，到萧红（1911—1942）《生死场》（1934）中让人丧尽尊严的贫苦乡村，20和30年代许多作品中的角色都无法凭决心和辛劳克服他们所面对的经济和政治障碍。在老舍（1899—1966）描绘北京穷人的《骆驼祥子》（1937）里，年轻的人力车夫虽然不甘沉沦，心地善良，还是无力对抗残酷的竞争和他忍受的种种考验：从堕落成小偷，到虎妞难产而死，到心爱的小福子自杀，再到故事的高潮——他出卖的罢工组织者阮明被公开处决。

抽象的人文主义理想固然有美好的许诺，但也可能变成威胁，这是左翼小说和戏剧经常表现的内容。在巴金（1904—2005）激情澎湃的《家》（1931）里，充满理想主义情绪的年轻作家觉慧奋力反抗封建家庭制度。然而，他积极投身政治运动，却冷落了深爱他的丫环鸣凤，结果鸣凤为了不给老恶棍冯乐山做妾，投水自尽，所以觉慧其实成了他所憎恶的等级制的帮凶。巴金的杰作《第四病室》（1946）描绘了一家战时医院的悲惨境况，其实是当时穷人普遍遭遇的一个缩影。在巴金的二十部长篇小

① 即叶圣陶。

② 英文原文形容这对夫妇是"loving couple"，与小说实情不符，译文未体现。

说中,《寒夜》(1947)最具感染力,曾树生为了追求个人的幸福和职业的发展,抛弃了患肺结核的同居伴侣汪文宣。

台湾作家也在作品中表现了自由人文主义的主题,尤其是在台湾数十年的戒严时期(1949—1987)。当美国的军事和经济援助促进了西方文学和哲学的传播,受到西方影响的现代派作家也关注起放逐、异化、代际冲突等主题。另外一些作家则反对台湾接受美国的资本主义制度与文化,用富有活力的"本土文学"来抗衡,黄春明(1939—)的《儿子的大玩偶》(1967)以扣人心弦的语言讲述了一位贫苦的父亲放下尊严,靠做小丑打广告来挣钱的故事。它和陈映真(1937—)的十五部有深刻道德寓意的作品都属于这个流派。

在陈映真的《六月里的玫瑰花》(1967)里,美国黑人士兵巴尼在台湾养病期间,爱上了酒吧女艾密,然而艾密却让巴尼想起了他在越南杀害的一个小女孩,还有她给白人做妓女的母亲。这段精神创伤又重新激活了他不堪回首的童年记忆:母亲为了养家,让白人玩弄,父亲则泄愤殴打她。巴尼住进了精神病院,艾密每天都给他送去一朵玫瑰。在小说结尾,怀孕的艾密收到了美国军队的一封公函,读者或许以为巴尼将履行诺言和她结婚,但最后一段却击碎了艾密的幻想,公函没有带来擢升的喜讯,而是宣布了巴尼阵亡的消息。在多数台湾人都支持越南人所称的"美国战争"之时,陈映真的这部小说却表达了异见者的反对立场,或许它也是作者因为"颠覆活动"而被监禁(1968—1975)的一个罪证。

大陆当代最优秀的许多作品也继承了中国的人文主义传统,包括余华(1960—)的《活着》(1992)和《许三观卖血记》(1995)。

追寻进步

《呐喊》(1923)自序中曾提到“熟睡者”,鲁迅不知道是否应该唤醒他们。他把中国比作“一间铁屋子,是绝无窗户而万难破毁的,里面有许多熟睡的人们,不久都要闷死了”,担心大喊反而会使醒来的人徒受折磨。然而朋友反驳说,醒来的人或许能够毁坏铁屋子,于是鲁迅的想法改变了:“是的,我虽然自有我的确信,然而说到希望,却是不能抹杀的,因为希望是在于将来。”

相信人所主导的进步,这种思想已经远离了传统的天道循环和天意的观念。革命者之所以努力改变政治、经济和社会制度,是因为他们相信,这些制度和命运不同,是能够改变的。鲁迅、茅盾(1896—1981)和其他作家决心让世人明白,不公和苦难的制造者是掌权的人,而不是天命。他们在1930年成立了左翼作家联盟。

茅盾的名字(笔名,和“矛盾”谐音)表明了他对马克思主义的接受,他的小说也见证了阻碍中国经济发展的结构性矛盾。在《春蚕》(1932)里,诚实厚道的老通宝一家精心养蚕,结出许多茧,却因为他们的迷信禁忌而看不到这个市场的破产。在茅盾具有自然主义特色的《子夜》(1933)中,一位开丝厂的老板吴荪甫在一连串的挫折中认识到,民族资本是无法对抗外国的经济帝国主义的。因为描绘社会经济状况的残酷重压为民族革命提供了理由,左翼作家都支持这样的现实主义小说和戏剧。现实主义的重要性在《中国新文学大系》(1935)中得到了印证,当抗日战争(1937—1945)、国共内战和共产党的文化政策限制了其他资料的数量时,这部选集的影响力不断扩大。

文学应当服从于进步政治,这是共产党领袖毛泽东

（1893—1976）在《延安文艺座谈会上的讲话》（1942）中提出的要求。毛泽东决心让中国成为国际共产主义运动的先锋，他灵活运用马克思主义，让土地改革、阶级斗争和大规模动员农民成为他执政三十年的主要支撑。他相信人民的集体意志能够改变中国的物质基础，认为思想改造是实现共产主义所需的“革命精神”的关键。为此目的，共产党统一管理全国的出版事业，并通过 1953 年成立的中国作家协会来管理作家。

从中华人民共和国建立（1949）到文化大革命（1966—1976）发动的“十七年”间，以集体化纲领为蓝本的小说几乎成了指导干部们的手册。1951 年斯大林奖章获得者丁玲（1904—1986）的《太阳照在桑干河上》（1948）就反映了她在土改中的真实经历，作品形象生动，对土改中的激烈报复也有令人不安的描绘。

毛泽东时代的历史小说始终体现了进步的愿景，其中一些作品现在仍然很受欢迎，尤其是杨沫（1915—1995）的《青春之歌》（1958），它已经被译成二十种语言，售出五百多万本。这部成长小说以 20 世纪 30 年代为背景，讲述了女主人公林道静从忧郁的知识分子到坚定革命者的转变过程。在接触到马克思主义理论之后，她接受了社会主义：“从这里，她看出了人类社会的发展前途；从这里，她看见了真理的光芒和她个人所应走的道路。”

为社会主义进步呐喊的作品把乐观当作一种义务。茹志鹃（1925—1998）的《春暖时节》描绘了一位年轻母亲静兰从消极到积极的转变，代表了这类激情燃烧的作品。为了给妻子的单位设计一件关键的工具，已生隔膜的夫妇又变得团结起来，这个故事彰显了个人前途和集体前途在利益上的一致性。被称为

"革命样板戏"的京剧和芭蕾舞剧更热烈地歌颂了自我牺牲的工人、士兵和农民,浩然(1932—2008)的多卷本小说《艳阳天》(1964—1965)和《金光大道》(1972—1974)等反映集体化的小说也是如此。这些作品忽略了毛泽东纲领的负面遗产,例如饥荒和大炼钢铁对环境的破坏,而突出了革命历史的憧憬,这与党的政策和毛泽东日益上升的偶像地位是一致的。

在毛泽东逝世后,许多作家都支持农业、工业、科技和国防的"四个现代化"。与毛泽东晚年加强农村力量的努力不同,共产党的改革派领袖邓小平(1904—1997)更强调工业化和城市化。"改革文学"探讨了现代化需要付出的个人代价,例如张洁(1937—)的心理小说《沉重的翅膀》(1981)讲述了尽忠职守的父母和力求实现个人价值的青年的故事。[①] 张洁也是最早重新拾起爱情题材的作家之一,这在毛泽东时代是一个禁忌的话题。在有争议的小说《爱,是不能忘记的》(1979)里,作为叙述者的女儿对婚姻的思考构成了她阅读亡母日记的框架。母亲对一位有妇之夫的无果之爱引发了她对婚姻的五种定义:"商品交换"、社会义务、繁殖手段,但也可能是爱情关系和自由选择。小说在两方面激起了热烈的讨论:一是面对社会文化所强加的婚姻时,婚外恋是否合乎伦理;二是允许年轻人推迟结婚、寻找真爱是否标志着社会主义的进步。

在修订的宪法(1982)将国家工作重点从阶级斗争转到经济发展之后,思想领域的气氛变得宽松,另外一些激烈的文化论争和文学实验也随即出现。虽然仍定位为"人民民主专政的社会主义国家",从20世纪80年代以来,中国已经实行鼓励私人

① 这里的英文原文有些莫名其妙,与《沉重的翅膀》(主要反映围绕经济体制改革的冲突)似乎没有关联。

企业的市场化改革，向外国文学、科技和资本敞开大门，并且创造了人类历史上规模最大的崛起进程。文学追踪了这个让人晕眩、冲劲十足的发展过程。无论是新现实主义作品、先锋派作品，还是日渐增加的报告文学，都对崛起的消费主义、大规模的城市化、环境恶化以及中国危殆的“人文精神”深表担忧。

中国的发展也促使娱乐文化迅速繁荣起来，其中一些作品体现了中国对技术优势和文化“软实力”的追求。自从叶永烈（1940— ）的《小灵通漫游未来》（1978）售出三百多万册以来，中国已经成为科幻小说的领头羊，《科幻世界》是当今全球发行量最大的科幻杂志。许多现实主义文学作品也支持进步的社会愿景。至少从陆天明（1943— ）的《苍天在上》（1995）以来，反腐流行小说已成趋势，并塑造了人们对共产党改革的理解。互联网文学或许也让人们对社会经济和政治的发展产生了更高的期望。

追寻记忆

在毛泽东逝世、“四人帮”倒台（1976）之后的政治解冻期，勇敢的作家开始反思反右运动（1957）和“文革”的创伤。甚至在官方放松思想管制之前，卢新华（1954— ）的《伤痕》（1978）和其他“伤痕文学”作品已经见证了长期被压抑的痛苦和悲悯。张洁《忏悔》（1979）中的主人公因为被开除党籍而失去了勇气，不许儿子参加一个群众悼念活动（其实是对“文革”的隐晦抗议）。当精神完全崩溃的儿子因病去世，他虽然恢复了党籍，仍没觉得安慰：“他甚至没有做到最起码的这件事：把对真理的信仰、对生活的信念、为事业而献身的精神传播给他那至亲至爱的儿子。”负罪感同样折磨着戴厚英（1938—1996）《人啊，人！》

（1980，英译本标题为“墙石”，*Stones of the Wall*）里的主人公。在这部小说中，多重叙述视角和生动的闪回片段表现了记忆和历史理解的碎片化特性。但是当1957年被他出卖的同学今天反过来安慰他时，两段历史的和解打开了宽恕与新生活的大门。

接踵伤痕文学的其他见证文学样式包括“新现实主义”（与“革命现实主义”有显著区别）、“反思文学”和“大墙文学”［因从维熙（1933）的《大墙下的红玉兰》（1979）而得名］。从维熙笔下的主人公葛翎尽管在军队里忠心服役几十年，却因为日记本里有几行批评神化毛泽东的文字，就被草率地判处终身监禁劳改。然而和许多大墙文学作品一样，监狱生活对葛翎来说也是一种净化体验，苦难反而坚定了他对党和共产主义的信仰。虽然他为了给敬爱的周总理编花环，爬上梯子去摘玉兰花，结果被农场政委枪杀，但小说结尾却有一个“亮尾巴”：一位老战友怀揣着染了葛翎鲜血的玉兰去北京告状了。张贤亮（1936— [①]）的半自传小说《男人的一半是女人》（1985）对劳改营生活的描绘更令人震惊，在这部作品里，阳痿成了政治镇压的标志性征候。

在毛泽东时代的文学管制下，现代主义作品销声匿迹了近四十年，此时也重新浮出水面，以隐晦的方式对抗民族的集体历史创伤。受到闻一多等20年代诗人的启发，年轻作家们借助“朦胧诗派”重启了象征主义传统[②]，而“寻根”小说则深入探究文化和传统的历史遗产，尽管这些遗产有时造成了灾难。这些作品和其他先锋作品一起，不仅向前看、向外看，也向后看、向内看，

---

① 张贤亮已于2014年去世。——编注

② 这话不太准确，根据朦胧诗人的自述，30年代现代派和40年代西南联大诗人对他们的影响更大。

借以挑战官方的现代化宣传。在许多这类作品中，历史决定论的色彩很重，但它们描写的经常是堕落，而不是进步。

在卡夫卡和福克纳的现代主义以及加西亚·马尔克斯的“魔幻现实主义”影响下，莫言（1955— ）的《红高粱家族》（1987）讲述了五个彼此交叉（但也时常不一致）的故事。叙述者在这部写于1985年的作品中想象了自己的祖父母在1939年日本人野蛮侵占村子时的经历。和《红高粱》一样，苏童（1963— ）的《我的帝王生涯》（1992）也以强烈意象和暴力渲染见长。这个故事发生在未指明的遥远过去，但切掉小妾舌头的行为或许会让读者联想起“文革”的“批斗会”，红卫兵也曾切掉受害者的舌头，不许他们呼喊“毛主席万岁”的口号。

姜戎（1946— ）的畅销小说《狼图腾》（2004）呼应了20世纪80年代寻根文学对自然遭受破坏、少数民族濒临消失的忧虑，也促使读者关注内蒙古脆弱草原逐渐毁灭的可能。这部小说取材于作者的亲身经历（“文革”中他曾作为一千二百万城市知青的一员接受农民的再教育），讲述了一个“下放”青年的故事，他对游牧的蒙古民族日益尊重，也越发珍视狼所象征的生态平衡。

追寻记忆（包括探讨怀旧情绪的力量和危险）也是台湾小说的核心主题，尤其是在白先勇（1937— ）优雅的短篇小说集《台北人》（1971）等现代主义作品中。在《永远的尹雪艳》（1965）中，白先勇描绘了上海籍外来客构成的上流社会，在看似令人羡慕的体面生活下面，可以瞥见道德堕落的凄凉场景。灯光、色彩、香气等愉悦感官的细节将美丽的女主人笼罩在神秘的氛围里，然而重回过去的幻想最终毁掉了她的恋慕者，也让她变得不近人情。自从解除戒严令（1987）以来，台湾作家也在面对政治创伤的可怕后遗症，陈映真的《赵南栋》（1987）就是一例。它对台湾“白色恐怖”的记述令人不寒而栗，小说里交织着两条线，一条是叶春美回忆一位被判死刑的政治犯把襁褓中的儿子（南栋）托付给她；另一条是三十年后，南栋的父亲试图理解已经成人的儿子为何与自己格格不入。[①]

追寻快乐

在《车站》里，当“姑娘”抱怨说她不在城里，没法穿一种时髦的裙子时，“做母亲的”抚摸着她的头发安慰她：“想穿什么就穿什么，别等到了我这年纪。你还算年轻，会有小伙子看上你的，你们会相亲相爱，你会给他生孩子，他对你会更加恩爱……”这位“做母亲的”并没因为自己乏味的婚姻而变得愤激，有些令人惊讶，她对爱情的浪漫想象表达了追求个人幸福的憧憬，这在为集体作牺牲的狂热气氛中是被禁止的。然而，通过爱情、事业和物质享受来获得满足的渴求却是戏剧性地爆发出来的。

虽然学者们经常强调伦理的一面，中国文学其实很久以来也不乏娱乐享受的功用。与“雅”的历史、哲学和诗歌相对照，许多“俗”的小说和戏剧为大众提供了消遣和逃避现实的渠道，在1875年引进西方低成本的印刷技术后，这个市场迅速崛起。现代书面白话让阅读变得更轻松，读者群不断扩大，文学杂志纷纷涌现，最畅销的流行小说杂志《礼拜六》（1914—1916，1921—1923）发行量达到了五万份。感伤爱情小说、武侠小说、侦探小说、社会讽刺小说和所谓的丑闻“黑幕”小说都被统称为“礼拜六小说”，从20世纪10年代到30年代盛极一时。

① 英文原书对《赵南栋》情节的概括不准确，译文根据《赵南栋》的内容作了修改。

有人指责这些小说让读者忘记了民族救亡的大义，但它们还是很受欢迎。大众文学虽然也以当代为背景，通常却替读者过滤掉了同时代批判现实主义所涉及的话题。当左翼的现实主义作家强调经济决定论的时候，许多流行作品中的人物却能自己决定命运，这或许是它们的魅力所在。在张恨水（1895—1967）的《啼笑因缘》（1930）中，近乎超人的侠女关秀姑没得到什么世俗的报偿（她终生未婚），但她却有不可思议的力量，杀死了腐败的刘将军，解放了被他虐待的妻子，还把他的金银财宝分给穷人。

并非所有的严肃文学都遵循左翼批判现实主义的路线。“创造社”的作家推崇浪漫主义情感的表达，而沈从文（1902—1988）的小说也极具抒情性，他喜欢描绘的是自然景色、乡村风俗和其他尘世的快乐。他的田园小说《边城》（1934）借助自然景致讲述了一位老船夫和孙女翠翠相互爱护、相依为命的故事。在上海的“新感觉派小说家”具有现代主义色彩的作品里，对快乐和感官经验的追逐也盖过了对社会问题的关切。这些作品受到了弗洛伊德精神分析理论的影响，突出了性和自我意识，例如施蛰存（1905—2003）的《梅雨之夕》（1929）就描绘了一个职员对一位年轻女子的性幻想。

对感官满足的痴迷经常牵涉到对权力和财富的追逐，这些都是张爱玲（1920—1995）笔下那些落寞人物难以割舍的东西。她的众多杰作极具洞察力，大都以日据时期的上海和香港为背景。在她的《倾城之恋》（1943）里，年轻的白流苏在经历一次离婚后，竭力要通过新的婚姻获得经济上的保障，这让她的追求者范柳原怀疑起她的感情来，但在日本轰炸香港后，这对劫后余生的情侣却意外发现，现状已经令人满足。在《色，戒》（1979）里，做过学生的女演员王佳芝被派去勾引汉奸老易，却真的爱上了他，于是将刺杀他的密谋泄露给他，结果老易处死了她和其他参与者。

王安忆（1954— ）经常被比作张爱玲，她在抒情中篇三部曲里大胆表现了性欲潜在的破坏力。在《荒山之恋》（1986）中，一位敏感的大提琴手和他倔强的情妇陷入了婚外恋，败露后双双自杀。《小城之恋》（1986）则深入骨髓地记述了一对舞蹈演员的性觉醒和伴随的羞耻感，以及两人充满侵犯意味的肉体之爱。《锦绣谷之恋》（1987）里，黯淡的婚姻让一位编辑对一位作家充满了可望不可即的憧憬。物质的快乐转瞬即逝，这是王安忆获奖小说《长恨歌》（1995）传达的讯息，主人公王琦瑶早年就是杂志上的名人，还差点儿成为 1946 年的"上海小姐"，这样的记忆让她难以承受后面四十年的政治动荡。

20 世纪 80 年代中期，政府大幅削减了给出版社的拨款，于是许多出版社都转向了大众文学，包括以"流氓"自命的王朔（1958— ）的痞子小说和棉棉（1970— ）、卫慧（1973— ）等"美女作家"的"身体写作"。在王朔的《玩儿的就是心跳》（1989）和卫慧的《上海宝贝》（1999）之间的十年，一些小说也探讨了性方面的反常行为。

香港的许多小说也表达了对隐秘快乐的迷恋，刘以鬯（1918— ）等外来作家和本土作家都是如此。香港被英国统治了 156 年（1841—1997），享有较大的出版自由，但自我审查的习惯使得作家选择非政治的题材，聚焦于私人生活。在刘以鬯的短篇小说《对倒》（1972）里，年轻女子亚杏和中年外来客淳于白在一个电影院并排而坐，作品就在两人的沉思之间来回切换。淳于白回忆着他过去在上海的生活，回顾着他在香港二十年来目睹的变化；亚杏却被一张猥亵的照片勾起了春心，想象自己成了模特、歌星、影星。故事结尾，两人各自做着春梦，亚杏梦见了英俊的情人，淳于白则拾回了年轻时的雄风。

追寻“文化中国”

高行健的《车站》虽然对白充满批判性，结尾却带着亮色。“戴眼镜的”和“姑娘”之间似乎萌发了爱情，所有人都开始往前走。“愣小子”帮“做母亲的”扛着大包，“做母亲的”扶着“大爷”，甚至开始最不肯走的“马主任”，也喊大家等他。这个结尾肯定了以社会责任为导向的价值观，也暗示中国将加入一个日益现代化的世界。

不愿让地缘政治限制中国文学研究的人有时用“华语”这个词来概括亚洲和世界其他地方的作家用中文创作的文学。对全球的中文读者来说，“华语”或许是个合适的标签。它也可能吸引追求中国文化价值的那些人，这些价值包括金庸（1924—，大概是健在的中文作家中读者最多的一位）武侠小说所美化的克制与崇古。然而，若要包含闽南语、其他方言或其他民族语言的文学，“华语”就难以胜任了。

得益于一批热忱译者的努力（他们的工作都是出于爱好，很少有经济回报），许多有价值的中国作品都慢慢有了正式出版的译本。然而，由于用英文和法文创作的中国作家囊括了主要奖项，在大多数世界读者眼中，他们已经成了全球中国文学的代表。许多读者是从戴思杰（1954—　）那里了解“文革”的，他于1984年移居法国，国际畅销小说《巴尔扎克和小裁缝》（2000）就以他上山下乡的亲身经历为蓝本。[①] 年轻的主人公罗明和马剑铃意外发现了一箱禁书——19世纪的法国小说，这个令人

---

① 英译本（*Balzac and the Little Chinese Seamstress*）2001年出版。

心碎的故事表明，即使面对操纵和压制，文学也有改变心灵的力量。

美国人现在尤其喜欢买华裔作家的英文书，而不是中文书的译本。哈金（1956— ）于1985年移民后仅仅五年就出版了他的第一本英文诗集，风格简峻的长篇小说《等待》（*Waiting*, 1999）为他赢得了声誉，书中的军医林孔按照军规，苦等十八年熬到离婚，却发现对当初的情人已失去激情。[①]比他更晚的李翊云（1972— ）原本是到艾奥瓦州学习免疫学，却成了一位作家，她的短篇小说令人震撼，许多都反映爱情的幸福与局限。这些作品都汇集在《千年敬祈》（*A Thousand Years of Good Prayers*, 2005）和《金童玉女》（*Gold Boy, Emerald Girl*, 2010）两个集子里。她描写的重心逐渐转移到美国的华人，目前她的年龄还不大，这意味着她的身份有可能从"中国人"变为"华裔"。然而文学是超越将人们放进不同盒子的名称的，文学文化的这种整合性力量也为生生不息的中国文化传统昭示着一个扣人心弦的未来。

① 这里的英文原文对情节的叙述过于简略，信息量太小，译文稍作了增补。

索 引

（条目后的数字为原文页码）

D

E

F

G

H

I

J

N

O

P

Q

R

S

T

U

W

X

Y

Z

Sabina Knight

CHINESE LITERATURE

A Very Short Introduction

For Joseph S. M. Lau, my teacher

Contents

List of illustrations

Preface

"Climbing Stork Tower" 登鸛雀樓

Wang Zhihuan 王之渙 (688–742)

白日依山盡
黄河入海流
欲窮千里目
更上一層樓

Sunlight reclines on the mountains and ends;
The Yellow River flows on, to the sea.
If [you] desire to see all of a thousand leagues,
Come up another flight of the tower [with me].

This eighth-century poem recalls the traditional Chinese view of culture as a continuous river. Although full of bends and tributaries, this powerful river has nourished the inhabitants of what is now called China for more than three thousand years. Chinese thinkers have long sought to discern the principles of this vast flow, and their understandings have in turn shaped the river's course. Belief in cycles of chaos and order, conflict and resolution, for example, may have inspired the four-part structure of regulated quatrains whereby four lines begin, continue, turn, and resolve the poem's theme. In Wang's poem, this neat pattern offers a view of a vast horizon, and, despite a tinge of sadness over the sun's disappearance, the poem ends with encouraging words. Best seen from a height, the river's twists and turns form a meaningful course.

This book tells the story of Chinese literature, from antiquity to the present, in terms of the central role literary culture has played in supporting social and political concerns. Taking literary culture as a collective effort to navigate the flow of experience, the book approaches Chinese literature as a vast river of dynamic human passions, especially moral and sensual passions, and of aesthetic practices for cultivating and regulating those passions. The major traditions of Chinese thought share a conviction that much distress results from failures of perspective, and that literature can open people's eyes, minds, and hearts.

China's earliest records present literary culture as fundamental to steering good government and promoting social betterment. To illustrate the close tie between aesthetics and ethical teachings, this book foregrounds the genres of lyric and narrative, and also touches upon philosophy, history, and drama. Since a more restricted concept of literature developed only in the late nineteenth century, this scope honors traditional Chinese culture's broader understanding of literature, history, and thought as parts of a whole.

In Chinese contexts, the study of literature nurtured devotion to this larger whole. To understand dynamic processes of change, literature addressed nature's cycles of vigor and exhaustion. Such attention fostered literary theories that placed individual writers, movements, and the rise and fall of genres within a larger landscape formed by shifting winds of historical and natural processes. As the regulated poetry of the Tang dynasty lost favor, the genre gave way to lyrics and arias; as verse as a whole declined, narration rose. Such theories often attributed to cultural developments a life of their own, but the story of Chinese literature is also a story of its service to specific interests. Elite patronage played a powerful role, and habits of transmission and canonization tended to serve those interests. Reading individual works brings the pleasure of gazing at reflections on the surface of the river. To see the depths below means addressing not only questions of language and cross-cultural understanding but also dynamics of power, including class, gender, ethnicity, and nationalism.

Interweaving general themes with specific examples, the book introduces its principal concerns as conversations between texts. This comparative method allows sensitivity to crosscurrents and undercurrents as well as dominant directions. It also underscores the syncretism and diversity within China's literary traditions. What does it mean to be human? How might benevolent people convey the Way, express feelings, tell stories, entertain and influence one another, and develop a humane society? The perspectives offered in Chinese literature are eminently relevant to present ethical, aesthetic, social, and environmental concerns, and this book aims to empower readers to enter and further these conversations. Following the sage Confucius (551–479 BCE), who trusted his students to complete the square once he held up one corner, this rough sketch offers a guidebook through the vast landscape of Chinese literature. Though much remains to be explored, these glimpses of a powerful tradition may inspire the reader to continue, just as Wang's poem emboldens his listener to ascend another story.

Acknowledgments and credits

This book was an unanticipated labor of love, and I am grateful to Nancy Toff and Jeffrey Wasserstrom for proposing it. Many teachers shaped my understandings of classical and modern Chinese and their literatures, and I am especially indebted to Cyril Birch, Tsai-fa Cheng, Samuel H. N. Cheung, Robert Joe Cutter, William H. Nienhauser, and, above all, Joseph S. M. Lau. Vicky Knight and Samuel A. Richmond closely edited, and Lev Navarre Chao offered perceptive suggestions from a student's view. For helpful comments and discussion, I also thank Michael Puett, Kidder Smith, and anonymous readers for Oxford University Press. Finally, deepest thanks go to Wilson Chao for his great faith, incisive editorial advice, and love of clear writing.

Credits

"Deer Fence" and final line from "Nineteen Old Poems II" from *An Anthology of Chinese Literature: Beginnings to 1911,* edited and translated by Stephen Owen. Copyright © 1996 by Stephen Owen and The Council for Cultural Planning and Development of the Executive Yuan of the Republic of China. Used by permission of W. W. Norton & Company, Inc.

Excerpt from *Peony Pavilion,* from *Scenes for Mandarins: The Elite Theater of the Ming,* by Cyril Birch. Copyright © 1995 Columbia University Press. Reprinted with permission of the publisher.

Excerpts from *The Peach Blossom Fan* by K'ung Shang-jen, translated by Chen Shih-hsiang and Harold Acton. Copyright © 1976 by the Regents of the University of California. Used with permission of the University of California Press.

Sixteen words from *The Story of the Stone, Vol. 1: The Golden Days* by Cao Xueqin, translated with an introduction by David Hawkes (Penguin Classics, 1973). Copyright © David Hawkes, 1973.

"Dead Water," translated by Kai-yu Hsu, from *Twentieth Century Chinese Poetry* by Kai-yu Hsu, translated by Kai-yu Hsu, translation copyright © 1963 by Kai-yu Hsu. Used by permission of Doubleday, a division of Random House, Inc. For online information about other Random House, Inc. books and authors, see the Internet website at http://www.randomhouse.com.

Chapter 1
Foundations: ethics, parables, and fish

The paths to knowledge in Chinese literature may sometimes surprise. Readers sympathetic to intuitive understanding will find inspiration in the collection named after the legendary sage Zhuangzi 莊子 (lit., "Master Zhuang," ca. 369–286 BCE). Here is Zhuangzi's conversation with the logician Huizi as they wander on a bridge above the Hao River.

> "The fish swim at ease, for they are happy."
> "You're not a fish," says Huizi. "How do you know the fish are happy?"
> "You're not me. How do you know that I do not know that the fish are happy?"
> "I am not you; surely I do not know you. You surely are not a fish; thus you do not know that the fish are happy."
> "Please let me trace back to the root of this," Zhuangzi continues. "The reason you asked how I know the fish are happy is that you already knew that I knew. I know it just by being here above the Hao."

Zhuangzi first engages Huizi's logic, but then offers another path to wisdom. Just as Huizi could know what Zhuangzi knew even if he did not agree, Zhuangzi sensed that the fish were happy. For the logician, language is the only means of communication. For Zhuangzi, since he and the fish are part of the same universe, he can be attuned to the fish. To be so attuned means continually broadening one's perspective, as the River Spirit learns in another parable attributed to Zhuangzi. Having journeyed to the ocean, the River Spirit realizes he has seen but part of the whole. The Ocean Spirit comments, "You cannot speak of the ocean to a well-frog."

The desire for a broader perspective, shared by all the major schools of Chinese thought, is memorably voiced by one of China's most beloved poets, the optimistic statesman Su Shi 蘇軾 (1037–1101). In "First Rhyme-prose on a Red Cliff" 前赤壁賦, Su describes a boat outing on the Yangtze River. The drinking party turns somber when they pass a famous battle site. Because defeat at this site effectively sealed the downfall of the Han dynasty, the visit inspires a dialogue on questions of change and continuity. How can one make sense of the destruction of former kingdoms? At one point a guest laments the insignificance of human existence.

> [Like] mayflies thrown between heaven and earth.
> One grain in a boundless green sea.

To assuage his friend's anxiety, Su evokes the moon that waxes and wanes and rivers that flow on and on but never disappear. Recalling nature's constancy, he encourages a more philosophical attitude toward change.

> If you view things from the aspect of change,
> Then heaven and earth can last no longer than the blink of an eye.
> But if you view things from their unchanging aspect,
> Then material things and I will never end.

Su's eleventh-century reflections on impermanence and constancy address a guiding theme of the Chinese literary imagination. How can one respond to the transient nature of human existence? Concern about time's passing added urgency to questions of benefit and harm, imperatives of public service, and desires for friendship, family, and other achievements. Literary culture helped people pursue these questions and desires, and this focus on human pursuits guided them in facing the changes wrought by time. *Zuo's Commentary* 左傳 of the late fourth century BCE documents this reliance on words as one of three ways "to die but not to perish": First is to establish virtue; second to establish good deeds, and third to establish words.

Conveying the Way: the power of patterns

The antiquity of early Chinese texts is astounding by Western standards. Although modern Chinese differs from early Chinese as much as English differs from Latin, experts today can still read the Chinese inscribed on tortoise shells and sheep scapulae dating from the Shang dynasty (1600–1046 BCE). Used for divination, these oracle bone inscriptions asked questions composed of individual characters (*zi* 字), the answers to which were divined by interpreting cracks formed when the bones were heated over fire.

These characters became the foundation of Chinese culture. Although their forms and meanings evolved over time, modern Chinese still uses characters from ancient texts, and the continuity of the writing system has been crucial in helping China's central traditions to cohere. The writing system's uniformity across the continent has also enabled communication despite wide variations among the spoken languages of different regions. Often called "dialects," but better named "topolects" (languages of places), many of these regional languages are as different orally as German from English.

China's survival over three thousand years may owe more to its literary traditions than to its political history. Unlike the Roman Empire, China repeatedly reunited as a polity in part through faith in the power of writing (*wen* 文), and written Chinese played a key role in sustaining a tension-ridden yet resilient civilization. A peaceful counterpart to the military realm, writing was seen as the root of civil practice, an indispensable means to nourish

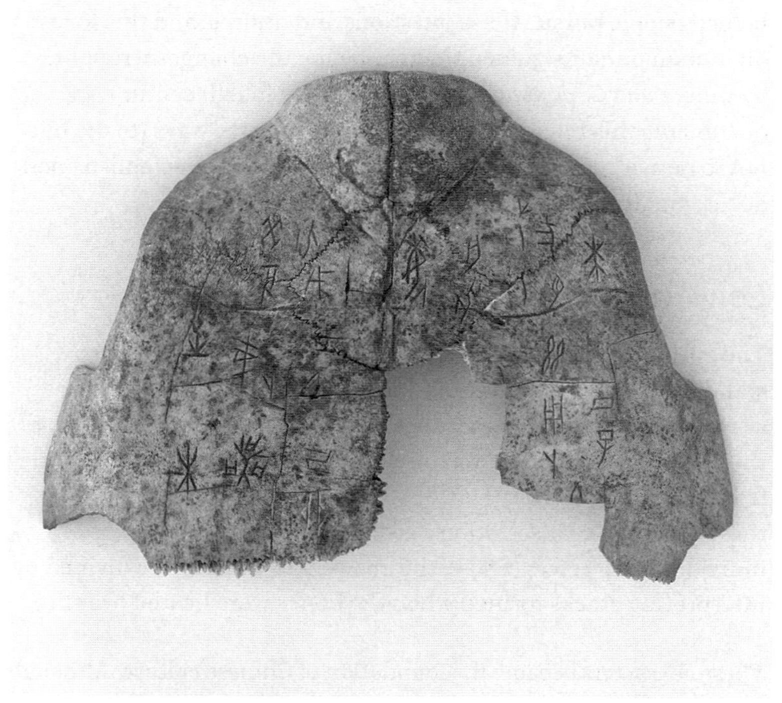

1. Early Chinese characters can be seen on this "oracle bone inscription" carved on a tortoise shell (ca. 1300–1050 BCE).

cultural harmony. The end of Lu Ji's 陸機 third-century "Rhyme-prose on Literature" 文賦 praises writing's power to serve as a bridge across time: "Looking down, it bequeaths patterns to the future; gazing up, it contemplates the examples of the ancients."

More than merely a mirror of an already existing world or of ideal forms, literature was understood to be a tangible means by which the world comes to be. The patterns of writing were thought to be concrete forms of the principle (*li* 理) of natural structures, and so writing played a key role in passing on the natural and moral Way (*Dao* 道).

Crafted writing thus promoted faith in an ordered and moral universe. The power of this ideal, later captured in the proverbial "Texts serve to convey the Way," explains the central role accorded written texts and the scholars who commented on them. The sage Confucius encouraged his disciples to study writing whenever strength remained after fulfilling moral duties, and this study was seen as fundamental to education for public service.

Though "the study of writing" (*wenxue* 文學) later becomes the Chinese term for literature, the term *wen* refers etymologically to a pattern, as in a woven fabric. Closer to the idea of the liberal arts, *wen* can refer to any patterned art form, and "carefully patterned writing" well describes literature's broad scope in early China. The ancient Greco-Roman world saw liberal arts as the education proper to a free man, and Confucian scholars saw the study of writing as essential to the cultivation of human-heartedness. To access the inherent order of the universe, no priests or other intermediaries were necessary, but people needed teachers and texts.

The literati

Perhaps nowhere else in the world has literature been as conscious a collective endeavor as in China. Reading and writing integrated individuals in an enduring stream of humanity, and members of the scholar-official class bore their privilege as a heavy responsibility. Because the Way of nature and of moral conduct was thought to lie in recurrent patterns, emphasis on recognizing patterns fostered a strong historical consciousness.

The importance of historical reflection grew during the decline of the Zhou dynasty (1027–256 BCE). As the development of iron revolutionized warfare, during the Warring States period (475–221 BCE) well-armed feudal states annexed their neighbors until the northern state of Qin established China's first unified dynasty (221–207 BCE). (The English word "China" comes from Qin.)

One key to the Qin's success was its development of a bureaucracy of able scholars granted official positions. As this new class of educated gentry sought political influence, the Qin forged a bond between written culture and politics that would last until the late twentieth century. For most of the thirteen centuries between 605 and 1905, governments reinforced this bond by recruiting officials through an examination system based on classical literary study.

The difficulty of classical Chinese restricted literacy to this elite scholar-official class. Learning to read and write required tutoring, time, and access to books that were economically feasible only for a very limited group. Until the Song dynasty (960–1279), when printing enabled a great increase in literacy, most writers were part of the government bureaucracy. These scholars read a fairly stable canon of works, and their shared education made the scholar-official class more cohesive and powerful than any analogous group elsewhere. Scholars depended on the patronage of rulers, and rulers relied on scholars' commentaries on the classics to bolster the legitimacy of their reigns.

The classics

Despite the "bibliocaust" in which the first emperor of the Qin dynasty (r. 221–210 BCE) burned books other than legal and essential professional texts, many works of pre-Qin literature survive, thanks to their preservation in those historical works that were spared burning. The designation of select texts as "classics" (*jing* 經) promoted the prestige of these early writings. These classics evolved through the accretion of commentaries, most of which interpreted earlier texts in order to legitimate given rulers or political orientations.

Since the Han dynasty (206 BCE–220 CE) the "Five Classics" refer to a divination manual, the *Classic of Changes* 易經; the oldest anthology of poems, the *Classic of Poetry* 詩經; a collection of speeches and decrees, the *Classic of Documents* 書經; a historical chronicle, the *Springs and Autumns* 春秋; and three handbooks of rules for behavior named together as the *Ritual* 禮. Thanks to the invention of paper (second century BCE), these classics were carved in stone to produce rubbings and memorized by almost all educated Chinese.

A broader sense of authoritative writings came with the fourth-century division of texts into four main categories. This taxonomy made classics primary and history secondary, followed by the "masters" (thinkers later called philosophers), and collections of belles lettres. Rich in aphorisms, lively dialogues, fables and anecdotes, texts in the "masters" category were usually composites of later date that collected a given master's dialogues with disciples or opponents. The rubric also included professional medical, military, and religious texts, including the Daoist and Buddhist canons. Texts that would later be labeled fiction did not generally merit inclusion in any of these categories, all centrally concerned with conveying the Way.

Debates about the Way had taken shape during the pre-Qin period when the lack of a political center permitted the rise of professional thinkers and diplomats. As these concerned scholars sought to persuade rulers of better paths to peace and good government, those unable to serve as officials often became teachers of disciples. These thinkers made the Warring States China's richest period of philosophical debate, a time famous for its "Hundred Schools of Thought." Of these schools, the historian Sima Tan 司馬談 (d. 110 BCE) identified six that, thanks in part to his formulation, would come to have a sustained influence. In addition to identifying as schools the Naturalists 陰陽家, Confucians 儒家, and Moists 墨家, Sima invented the categories of Legalists 法家, Logicians 名家 ("Sophists," lit., the "School of Names"), and Daoists 道家.

Buddhism, too, would soon contribute profoundly to debates about the path of right living. Originally from India, Buddhism became a major branch of Chinese thought, and Buddhist stories from India were among the earliest fictional works in China. By the second century, poetic renderings of the life of Sakyamuni Buddha and other Buddhist parables were translated into Chinese, and these parables and *sutras* (threads) became essential elements of the literary tradition. (The esteemed term for "classics" [*jing* 經] was also used for *sutra* titles.) Often synthesized with Confucian and Daoist ideas, Buddhist concepts of illusion, predestined union, karma, and reincarnation soon took root as folk beliefs; beliefs with especially wide appeal during the disunion following the collapse of the Han dynasty in 220. By the Tang dynasty (617–907), when a reunited China expanded militarily and welcomed broader dealings with foreign ideas and people, Buddhist themes and forms had influenced many major developments in Chinese literature. Understanding of this influence was revolutionized by the early twentieth-century unearthing of almost 40,000 manuscripts from a cave sealed since the eleventh century near Dunhuang in western China.

Despite different emphases, these major schools of thought shared many overlapping beliefs, including belief in an ultimate Way of harmony grounded in the unity of heaven, earth, and humanity. Each school saw the others' teachings not as wrong but as possessing only a partial understanding of the greater whole. As centuries of debate and cross-fertilization created an evolving syncretism, these schools' shared concerns became major currents in the literary tradition. The foundations of Chinese literature can be mapped as overlapping paths for approaching the Way.

The Way of change

Chinese language and literature possess a rich vocabulary for exploring the subtle operations of change. Whereas Indo-European languages often privilege nouns, essences, and substances, classical Chinese privileges verbs, processes, and situations. Seeing historical transformations as fulfillments of

2. Among the discoveries near Dunhuang was the world's oldest known printed book, the woodblock *Diamond Sutra* 金剛經 of 868 CE.

more gradual processes of change, Chinese literature frequently resists precise definitions and static categories.

This emphasis on change is as ancient as the *Classic of Changes*, a work that began as a divination manual early in the first millennium BCE. From ancient roots in "fortune telling," the text evolved into one of world literature's most important wisdom books (one of few known in English by its Chinese name, *I Ching [Yi jing]*).

The core of the classic gives sixty-four short prophecies each corresponding to a diagram of six lines called a hexagram. Composed of solid lines (*yang* 陽) signifying movement, and broken lines (*yin* 陰) signifying yielding and rest, the hexagrams represent stages in the cycles and sequences of a cosmos that, thanks to such patterns, could be seen as ultimately tending toward order. These sixty-four hexagrams, metaphors for life's crucial transitions, offered a symbolic universe through which an individual might comprehend his predicaments, or an emperor might reckon opportunities of statecraft.

3. "Dispersion" (*huan* 渙), the fifty-ninth of the sixty-four hexagrams, is composed of the trigram for "wind" over the trigram for "water." The hexagram might be interpreted to suggest the dissolution of rigidity, or the letting go of regret.

The *Changes'* first two hexagrams, heaven, or the creative (*Qian* 乾), and earth, or the receptive (*Kun* 坤) correspond to the primal *yang* 陽 and the primal *yin* 陰, characters whose root meanings refer to the sunny and shady sides of a hill. As light and shade mingle on a hillside, the stimulating *yang* and responsive *yin* interact according to natural contingencies. Although beyond human control, these contingencies were seen to follow regular patterns. Sensitivity to these dynamics fostered awe for the potentials underlying natural dispositions (*shi* 勢), plus profound faith in human capacities to navigate these propensities. Here, for example, is the text's judgment of the situation symbolized by the second hexagram:

> The receptive brings about sublime success,
> Furthering through the perseverance of a mare.
> If the superior man undertakes something and tries to lead,
> He goes astray;
> But if he follows, he finds guidance.
> It is favorable to find friends in the west and south,
> To forego friends in the east and north.
> Quiet perseverance brings good fortune.

Because such judgments on evolving propensities and long-term consequences allowed a measure of freedom from immediate impulses and pressures, the *Changes* established a paradigm for written culture's power to provide ethical guidance.

The *Changes* ends with appendices known as the "Ten Wings." Though traditionally attributed to Confucius, these appendices apply naturalistic theories that date after his life, closer to the third century BCE. According to these theories, the ceaseless interaction of *yin* and *yang* generates *qi* 氣, the life force of the universe made tangible in breath, air, energy, and matter. This vital force cycles through five phases of metal, wood, water, fire, and earth. To these five phases are correlated the five viscera, the five colors, the five odors, and the five notes of the Chinese musical scale. On a principle of resonance 感應 (lit., "stimulus and response"), happenings in one domain affect corresponding agents of the same "category" 類 in other domains. This correlative cosmology, called "*yinyang* five agents" 陰陽五行, fostered regard for dynamic ecosystems and encouraged flexibility in drawing on diverse schools of thought. Just as the balance of *yin* and *yang* changes with the seasons, governments could employ different policies at different times.

These holistic beliefs inspired appreciation for cycles of order and disorder, and sensitivity to the interplay of hard and soft, stillness and movement, silence and speech, the hidden and the visible. Just as joy and sorrow intermingle, the direct and indirect fit different situations. This principle is reprised in discussions of confrontation in Sunzi's 孫子 *Art of War* 孫子兵法 (ca. fourth century BCE), in physical practices of *taiji* and *qigong*, in theories of hot and cold in Chinese medicine, and in the emphasis on suggestion and indirectness in Chinese poetry.

The received *Classic of Changes* was also shaped by influential Daoist and Confucian commentaries, interpretations that made its profound reverence for nature's changes a major current in Chinese thought. Buddhist insights into impermanence furthered these earlier schools' appreciation of change, an influence particularly evident in landscape poetry. In such poetry, as in certain genres of prose, the use of grammatical and semantic parallelism often reflects the correlative patterns. This framework

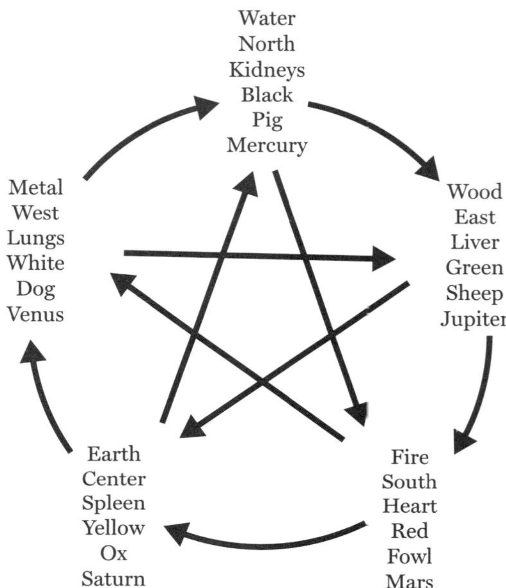

4. This chart shows various phenomena that correspond to the "Five Agents" through whose phases the vital *qi* force circulates.

can be seen even in short "broken line" quatrains that encapsulate the brevity of human perception. In Li Shangyin's 李商隱 (813–58) "On Merry-Making Plain" 登樂遊原, for example, the "toward evening" of the first line invokes the movement of time beyond human control, whereas the second line's "driving carriage" names movement through space within the speaker's influence.

> Toward evening my mood is not quite right.
> Driving a carriage and ascending the ancient plain.
> The evening sun is limitlessly beautiful,
> It is only that dusk is near.

Similarly, the closing invocation of dusk echoes the "toward evening" of the opening to create a circular movement reminiscent of the sun's daily return. Yet dusk's approach also suggests the insignificance of the speaker, especially as the boundlessness of the sunset's beauty underlines a contrast with the many limits of human existence. In this way, the poem's focus on concrete scenery expresses intangible feeling. The speaker's sadness at the end of a beautiful day resonates with a sense of his own mortality and perhaps of foreboding concerning the dynasty's decline.

The Way of benevolence

Alongside these naturalist theories, China also developed a powerful tradition of ethical humanism. First expounded by Confucius 孔子 (lit., "Master Kong," 551–479 BCE), this classical tradition was developed by a group of scholars (*ru* 儒) who saw themselves as his inheritors. Given the great value this "Rujia" 儒家 school put on following tradition to foster harmony and stability, rather than "Confucianism," as it came to be known in the West, this school might better be called "traditionalism."

In the *Analects* 論語, a record of short sayings and conversations probably compiled in the third century BCE, Confucius speaks to pragmatic considerations of benefit and harm. Although not a systematic treatise, this influential source of the master's teachings presents a judicious thinker dedicated to goodness and sincerity. Ready to admit not knowing as half of knowledge, Confucius declines to speak about anomalies, spirits, or life after death in favor of addressing this-worldly matters he could know. In contrast to the Naturalists and Daoists, who exalted nature's Way, Confucius and his followers emphasized the moral Way of harmonious human relations. Troubled by the strife and moral decline of his own era, Confucius looked to history and especially venerated the Duke of Zhou.

Confucius made the Duke of Zhou's concept of benevolence (*ren* 仁) central to his teachings. Sometimes translated as "human-heartedness," or simply "humanity," *ren* combines the root "person" 人 with the number two 二, an etymology that reflects Confucius's conviction that cultivated humanity depends on interaction with others. For Confucius, family relations and filial piety were the building blocks, the center from which one could extend benevolence to others. "A person of humanity, wishing to be established, also establishes others, and wishing to succeed, also helps others to succeed." Asked whether one word could guide action throughout life, Confucius proposed reciprocity as the most dependable guide. "Is not reciprocity such a word? Do not do to others what you would not want done to you."

For Confucius, the goal of a cultivated gentleman was to promote social and political order by following early Zhou rules of courtesy and ritual. Music and literary culture were essential to ritual interaction, and first and foremost in developing virtue was to accord words and actions, what Confucius called "rectifying the names." Confucian teachings thus grant a powerful place to the literary arts in the cultivation of moral virtues. Confucius appreciated the musical qualities of the *Classic of Poetry*, and he repeatedly invoked the poems as valuable for moral and rhetorical training: "If one does not study poetry, one will be without the means to speak." Nor did Confucius see learning the moral Way as a dreary affair: "To know it is not as good as to love it, and to love it is not as good as to take delight in it."

Mencius 孟子 (372–289 BCE) promoted even greater optimism about people's power to better their world through the cultivation of benevolence, moral courage, and ritual propriety. The *Mencius*, the text named for him, was as influential as the *Analects* in initiating the tradition that later become known as Confucianism. Holding that all people have "four hearts"—compassion, dutifulness, ritual propriety, and a sense of right and wrong, Mencius linked these virtues to "the flood-like *qi*," the vital energy that could fuel moral courage. For Mencius, the common impulse to save a child from falling into a well and the inability to bear the suffering of others demonstrate that human nature tends to do good as naturally as water flows downward.

Confucius's follower Xunzi 荀子 (ca. 300–230 BCE) disputed Mencius's contention that people were inherently good. Seeing people as by nature asocial, partial to their loved ones, and even selfish, he believed that only education and ritual could lead them to acquire goodness and behave harmoniously in society. Xunzi's skepticism about humanity's inherent goodness led to an emphasis on rules developed by Han Feizi 韓非子 (d. 233 BCE). Seeing morality as too shaky a basis for regulating behavior, Master Han Fei advocated developing a system of laws and strong bureaucratic institutions that would lead to the intellectual tradition later known as Legalism. Yet even the sayings in the *Xunzi* and the systems of the legalists recognize historical precedents as providing values and norms of conduct, and this vision underpins these traditions' shared optimism about the efficacy of moral education, self-cultivation, and social interaction. Such historical-mindedness nurtured a powerful fundamentalist poetics dedicated to aligning literature with public service.

The Way of learning

Though legalism, with its reliance on rules and punishments, held sway during the short-lived Qin dynasty (221–207 BCE), during the long Han dynasty (206 BCE–220 CE) traditionalist thinkers turned to classical texts to learn from historical precedent the best ways to cultivate moral behavior. Like many texts compiled during the Han, the *Record of Ritual* 禮記 makes explicit morality's dependence on learning. In it, Confucius links deep study of the classics with the habituation of virtues:

> When people are warm, gentle, and guileless,
> surely they have been taught the *Classic of Poetry*.

The passage goes on to link broad-mindedness with the study of history, generosity with the study of music, and honesty with philosophy:

> When people are pure and quiet, refined yet humble,
> surely they have been taught the *Classic of Changes*.

In its efforts to legitimate its imperial rule, the Han promoted traditionalist learning by codifying the classics and institutionalizing a synthesis of Confucian, Daoist, and naturalist thought. Han scholars argued for a moral basis to the five-agents correspondences whereby, as Confucius taught, moral conduct follows heaven's will. Seeing natural changes as transformations of *qi*, these thinkers saw regulating one's *qi* as integral to developing intuition and wisdom. While Daoists offered other techniques, traditionalist scholars made studying texts an important method for refining one's *qi*.

Although Daoism, Buddhism, and other schools of thought were as influential as Confucianism from the collapse of the Han through the period of disunion and the Tang dynasty, traditionalist learning was restored to a central place during the Song dynasty (960–1279). For though the Song reunified China and reestablished a centralized bureaucracy for the first time since the devastating An Lushan rebellion (755–63), the dynasty never sought the Tang's military power or geographical reach. Since warlords had brought down the Tang, Song emperors sought to privilege civil rule above military might. To this end, they recruited officials through an expanded examination system based on mastery of classical Confucian texts. This system raised the power of literary culture to unprecedented heights and fostered a gentry class of elite families whose prestige depended on literary education and office holding.

During the Song, watershed political, social, and economic changes led to new understandings of literary culture. With its flourishing cities, the largest and most advanced in the world, Song culture included a hitherto unknown variety of new occupations, manufactured products, and popular entertainments. During the "Northern Song" (when the capital was in the northern commercial center of Kaifeng), a commitment to literary culture required a commitment to service and vice versa. Yet after invaders conquered northern China in 1126, the Song lived under constant threats of war, and by the late "Southern Song" many thinkers turned to reworking Confucian thought into a more personal moral philosophy.

Seeking certainty in traditionalist texts, a school of "Way Learning" 道學 developed to establish a source of authority among the many conflicting schools of thought. Also known as "Principle Learning" 理學, and called Neo-Confucianism in English, this school's most important philosopher was Zhu Xi 朱熹 (1130–1200). Making rational principle (*li* 理) the foundation, Zhu boldly combined his predecessors' disparate theories into a creative synthesis.

Though Zhu himself suffered political disgrace, after his death his synthesis would become orthodoxy for more than half a millennium. According to his philosophy, people were born with the goodness of principle, but their material energy (*qi*), subject as it was to chance, could become muddy. To realign one's mind with natural principle, Zhu Xi recommended "quiet sitting" and the "investigation of things." Furthering traditional optimism about the efficacy of moral education, neo-Confucian thinkers thus relied more than ever on self-cultivation through textual study.

Though the idealist neo-Confucian philosopher Wang Yangming 王陽明 (1472–1529) later argued against Zhu Xi's emphasis on rational knowledge in favor of intuitive knowledge inseparable from action, Zhu Xi's emphasis on study of the Confucian classics continued to dominate elite education and the recruitment of officials. After the invading Mongols established the Yuan dynasty (1279–1368), their discontinuation of the civil service examinations briefly left the literati without a unified educational curriculum. Yet from the reinstatement of the exam system in 1313 until its abolition in 1905, all candidates studied Zhu Xi's commentaries on the "Four Books" he selected as the core neo-Confucian canon: the *Analects,* the *Mencius*, the *Great Learning* 大學, and the *Central Mean* 中庸.

After overcoming Mongol rule, the governing elite of the Chinese Ming dynasty (1368–1644) took even more seriously their responsibility to educate younger men in the textual patrimony. To bolster cultural unity, the Ming reconstructed a common orthodoxy based in the neo-Confucian tradition, and this orthodoxy endured even after the northern Manchus established the Qing dynasty (1644–1911). Anxious about their legitimacy, the Qing rulers were even more concerned about orthodoxy, and their examinations required candidates to write a particularly rule-bound "eight-legged essay" rather than poetry. Qing scholars also reinforced the rationalist tradition by developing methods of evidential research and by producing gigantic dictionaries, anthologies, and encyclopedias. With the *Complete Library of the Four Treasuries* 四庫全書 (1773–82), a huge compendium of 3,461 works accompanied by an extensive annotated bibliography, the Manchus appropriated the Chinese textual tradition, co-opted Han scholars as compilers, and, by controlling and preserving permissible texts, marginalized works that might threaten their rule. This compilation, which excluded plays and novels, profoundly influenced the legacy of pre-modern Chinese literature.

The Way of nature

The foundations of an alternative literary aesthetic can be found in the earliest texts later classified as Daoist. These texts present nature as a potter's wheel molding the "ten thousand things" according to its Way (*Dao* 道), the holistic path of eternal generation and decay. The foundational text of this tradition is the *Laozi* 老子, better known in the West as the *Daodejing* 道德經. Probably compiled in the third century BCE, this collection records the teachings of the Old Master(s) 老子 (ca. sixth century BCE). The foundation for almost every lineage of Daoist philosophical and religious schools, these elusive sayings celebrate yielding to the flow of what is (*ziran* 自然, lit., "the self so" and later the term for "nature").

Seventy-Six

When born, people are gentle and feeble;
When dead, they become unyielding and tough.
Living, ten thousand creatures and plants are pliant and crisp;
When dead, they become withered and parched.
Thus the unyielding and tough are death's apprentices;
The gentle and feeble are apprentices of life.
A military reliant on toughness will not triumph;
A tree too tough will be broken.
The tough and great dwell down below.
The gentle and feeble dwell above.

Deeply distrustful of the imposition of names and categories, the *Laozi* celebrates intuitive apprehension. Seeing all forms of coercion and grasping, including mental abstractions, as misleading people from the Way, the text encourages an appreciation of emptiness. Just as it is the space in a bowl that makes it useful, it is often the empty space in a painting that makes it beautiful, and the spontaneous movements that create a dance. Such esteem for effortless action and for negative space would have a profound influence on Chinese poetry and painting.

The second foundational Daoist text, the *Zhuangzi* 莊子, offers parables directly critiquing coercive effort. In one, a young man journeys to Handan because he admires the Handanites' gait. He mimics them but cannot learn, and in trying he forgets his own way of walking and has to crawl home. Full of such satirical anecdotes, lyrical allegories, puns, and word plays, the *Zhuangzi* may be China's earliest fictional work. A composite probably compiled in the fourth century CE, its first seven "Inner Chapters" may have been written by the skeptical nonconformist Zhuang Zhou 莊周 (ca. 369–286 BCE). Unlike

Confucius, who longed for political influence but accepted his role as a teacher, Zhuangzi had no taste for politics. When asked to become an administrator, he declined by asking the envoys a simple question: Would they prefer to be a preserved tortoise venerated in a temple or a live tortoise lugging its tail in the mud?

Keenly aware of the great diversity of the "ten thousand things" (including creatures), Zhuangzi was acutely critical of preconceptions, morals, laws, and institutions that impose uniformity. Seeing only convention as accounting for the naming of objects, Zhuangzi opposed the moral precepts of traditionalist scholars. Rather than using words to conceptualize, categorize, and artificially differentiate between right and wrong, benefit and harm, self and others, the *Zhuangzi* encourages attending to an undifferentiated whole.

Zhuangzi's humility before the world of phenomena led to his deep trust in wandering. Through free spontaneous movement one could become attuned to the natural Way and respond with sensitivity and equanimity to natural tendencies. By cultivating such attentiveness in lieu of deliberate control, one could ride the chariot of the six energies of *yin* and *yang*, wind and rain, dark and light. To Zhuangzi, the operations of emotions, from rage to joy to recklessness, were but "mushrooms forming in ground mist." Of unknowable provenance, their flow might or might not be in anyone's control. "Without them there is no me, and without me they have nothing to hold on to." And yet Zhuangzi found joy whenever he could, as in his insistence that the fish are happy in his famous conversation above the Hao River. By highlighting the relativity of judgments, this parable conveys the role of language and communication not only in creating knowledge and points of view but in giving rise to happiness and other emotions.

Thousands of rewritings testify to the profound influence of Zhuangzi's parables and other Daoist allusions. In "Old Air Nine"

古風其九, for example, the poet Li Bai 李白 (701–62) invokes Zhuangzi to dispute the value of conventional worldly pursuits.

> Zhuang Zhou dreamt of a butterfly,
> The butterfly then became Zhuang Zhou.
> A body continually changes,
> Ten thousand things in nature's tow.
> The vast Penglai waters you now know
> Will return to a clear and shallow flow.
> The Green Gate melon grower
> Was Count of Dong-ling long ago.
> Since wealth and status pass so,
> Why this restless seeking to and fro?

Zhuangzi's emphasis on nurturing life offered an important alternative to traditionalist poetics that made it literature's purpose to better the state. Against the traditionalists' emphasis on effort and book learning, the *Zhuangzi* celebrates the wisdom of experience. Praising a cicada catcher, a woodcarver, and a swimmer, among others, Zhuangzi most memorably celebrates a cook who uses his spirit rather than his eyes to cut up a steer. Effortlessly wielding his blade through natural cavities, never hacking, he sharpens his knife only after nineteen years. In the *Zhuangzi*, such easy mastery through practice fares far better than reading the ancients. As a wheelwright tells a studious duke, since the ancients have died and a skill such as cutting a wheel cannot be told in words, what he is reading is "nothing more than the dregs of the ancients."

Emphasis on nature gained influence after the collapse of the Han dynasty (206 BCE–220 CE) led to serious questioning of Confucian doctrines and system building. Turning away from writing devoted to public service toward quests for personal and spiritual meaning, works such as Ji Kang's 嵇康 (223–62) essay "Nourishing Life" 養生論 and Ge Hong's 葛洪 (284–364) *The Master Who Cherishes Simplicity* 抱朴子 introduced methods for pursuing immortality, and a school of "profound learning" developed out of reflections on the *Classic of Changes*, the *Laozi*, and the *Zhuangzi*. Dedicated to this form of mysticism, thinkers sought union with the Way through contemplating nature. For a scholar-official alienated from political influence, nature provided a home, a framework, and an expansive view beyond worldly frustrations. The cultivation of this wider view also conferred a sense of worth on the connoisseur. By contemplating mountains and rivers, rocks and streams, one could understand the balance of movement and quiet and, through writing, manifest both the natural order and one's own cultivated virtue.

The Way of feeling

Seeking the Way also meant confronting the powerful role of emotions and desires. The term *qing* 情 came to mean emotions and passion only during the Han dynasty; the word originally referred to genuineness. This notion of genuineness informed early debates about whether goodness originated in human nature or had to be developed through moral education. In recounting landmarks of his life, Confucius noted that at seventy he could follow the desires of his heart without transgressing moral principles. If the heart is aligned, this avowal implies, one's desires will guide one to moral action. With faith in the four innate tendencies of compassion, shame, modesty, and a sense of right and wrong, Mencius valued feelings as noble sentiments grounded in genuine yearnings for goodness. According to Mencius, by nurturing vital *qi*, courage, and temperament, one could strengthen moral intentions, avoid distraction from the heart-mind, and achieve resonance with the universe. Though less sanguine about human nature, Xunzi also recommended controlling passions for good ends. Nurturing desires and feelings thus became one of literary culture's key functions.

As poetry and other forms of writing developed as important means of expressing and regulating emotions, attention to subtle moods became a staple of poetic theory. Growing esteem for emotion is voiced in the first systematic work of literary theory, Liu Xie's 劉勰 fifth-century *Writing the Heart-mind, Carving the Dragon* 文心雕龍: "People are endowed with seven emotions. Responding to things of the world these emotions are moved. So moved by things, they sing aspirations; none of this is unnatural." Such positive views of emotions have remained an important stream of Chinese thought, and Liu's text is just one in a tradition that viewed feelings as heavenly dispositions fundamental to inspiration, nurturing *qi,* and the balance of "wind and bone," continuity and transformation, and the hidden and manifest. If literature was "written in the stars," as Liu Xie claimed, it was because the heart-mind could be aligned with heaven's will.

Yet early texts also express concerns about regulating resentment and other negative emotions. The *Record of Ritual* warns of becoming a slave to desires, and its most famous chapter, "The Great Learning," presents anger, terror, worry, and other passions as obstacles to rectifying the mind in accordance with heavenly principles. By the Han dynasty, thinkers began to associate the goodness of original human nature with *yang* and the cloudy nature of the emotions with *yin.* This distinction gained currency as later thinkers likened the mind to water, its ground of calm granted by natural principle but disturbed by the flow of emotions and waves of desire.

Concerns about emotions disordering the mind increased with the spread of Buddhism. The Buddha's teachings of the Four Noble Truths counseled a wariness of the wages of desire. Life is filled with suffering, and suffering is caused by desire; teach the first two truths, and to lessen suffering one must eliminate desire, adds the third. The fourth outlines an eightfold path, where "right intention" includes a commitment to resisting desire, anger, and aversion.

Yet while passions and desires may be primary causes of accumulated *karma,* emotion was also seen as a path to enlightenment. During the medieval period (from the Han through the Tang dynasties), thinkers influenced by Daoism advocated abandoning traditionalist norms and rites. Blaming these rites for spoiling the genuineness of human nature, they encouraged following the organic cycles of the natural world. Paradoxically, this union with natural principle also meant liberation from individual personality and personal desires. Such paradoxes would become major themes of poems, stories, plays, and novels. In the ninth-century tale "Du Zichun" 杜子春, for example, the protagonist of the title forfeits his chance to achieve immortality when, after swallowing three pills to embark on a spiritual journey, he ultimately breaks his Daoist benefactor's injunction against speaking. He manages to free himself from desires and aversions throughout many trials, but when incarnated as a woman whose husband kills their baby out of frustration over her silence, (s)he succumbs to love and cries out "No."

Over time more and more works explicitly endorsed using feeling to awaken to the Way. Seen as the source of aesthetic, imaginative, and subjective consciousness, the term *qing* came to encompass not only all the richness of the English word *love* but also affection, emotions, and sentience. Poetry, fiction, and drama all valorized feeling, and tended to portray emotion rather than rational principle as the driving energy of human affairs. As many traditionalist thinkers came to view feeling as vital to fostering Confucian virtues, feeling was elevated to a cultural and national ideal. This expanded interest in feeling stressed both romantic love and loyalty to the state and emperor, an emphasis that encouraged martyrdom among Chinese literati in the face of the Manchus' conquest and rule. These shifting notions of *qing* suggest feeling's centrality to understandings of how people relate to the world, understandings developed above all in poetry, China's most revered literary genre.

Chapter 2

Poetry and poetics: landscapes, allusions, and alcohol

Dwelling poetically

In "Reed Bank and Fishing Boat" 蘆灘釣艇圖, Wu Zhen's 吳鎮 (1280–1354) poem occupies more space than the fisherman subject, albeit less than the bank of reeds that frames the water on which both float. As the calligraphy, the painting, and the poem's meaning form an integrated whole, the hand scroll serves as a microcosm of the larger natural world and its inherent patterns.

> Fading sunlight lingers on red leaves west of town.
> First traces of moon reveal yellow reeds upon the shore.
> Feathering his oar, to return once more,
> He hangs up his pole, the fish for now ignored.

Reflecting on the play of light and shadow, the fisherman sees beyond his labor, and the reader may sense in the fisherman's respite-taking a range of emotions, from serenity through acceptance to unease and even brooding, and then maybe back again. For the fisherman could also symbolize the unemployed scholar, a particularly poignant theme among disenfranchised literati under the Mongols' Yuan dynasty. Like the waves on the water or the reeds in the wind, this fluctuation of feeling catalyzes the work's emotional power. Often called "silent poems," paintings could convey feelings not easily put into words; calligraphy was thought to be a window on

5. One of the Four Great Masters of the late Yuan dynasty, Wu Zhen integrated calligraphy, poetry, and painting in his "Fisherman," also known as "Reed Bank and Fishing Boat" (ca. 1350).

personality; and poems were charged with evoking nature's manifold mysteries in all their emotional and historical resonance.

In China, poetry has long served a broad range of purposes, from cultivating the self to promoting social harmony to ordering the world. Seen as manifesting nature's patterns, poetry offered ways to find meaning amid time's transience, regulate bodily energies, and cultivate benevolence. "Poetry derives from emotion in patterned

splendor," wrote Lu Ji 陸機 (261–303) in his "Rhyme-prose on Literature" 文賦, and poetry's power to express complex feelings made its composition well suited for both solitary reflection and social gatherings. Often written to commemorate special occasions, many poems note the time, place, and circumstances, either in the title or in a preface. Exchanging such poetry helped document and deepen relationships and fostered political stability.

These diverse functions made poetry one of the most highly esteemed forms of writing in traditional China. Ancient regimes collected folk songs; classics, histories, philosophy texts, and anthologies all included poems. By the third century, elite patronage allowed scholars to devote themselves to poetry, and writing poetry was virtually required of the scholar class. In the late seventh century, the Tang court institutionalized this requirement by including the composition of rhapsodies and poems on the unified civil-service examinations. Although some modern scholars dismiss poetry after the Tang as primarily imitation, throughout the imperial period itself poetry continued to be the most highly esteemed literary genre.

Poetry's power often depends on appealing to energies that elude the rational mind, and Chinese poetry excels in its subtle moods and shifting feelings. In the "Twenty-Four Categories of Poetry" 二十四詩品, for example, the poet-critic Sikong Tu 司空圖 (837–908) not only addresses feelings such as melancholy and "expansive contentment" but juxtaposes dynamic moods, such as "essence and spirit," with more static moods such as "close-woven and dense." Sikong's treatise, itself a long lyrical poem that might as easily describe aspects of personality as poetry, begins with a poem on "potent chaos," then balances it with verses on "limpid and calm," which reflect on the quality's elusiveness.

> Encounter it, for it is not deeply hidden.
> But approach it, and it makes itself more scarce.
> It slips away from any semblance of shape,
> For the grasping hand has already violated it.

Some of these moods, or "modes," focus on the human world ("decorous and elegant"); others point to what lies beyond human conventions ("transcendence," "drifting above it all"). And whereas categories of "the natural" and "the solid world" focus on concrete appearances, modes such as "reserve and accumulation" and "flowing movement" privilege intangible metamorphoses. Frequently overlapping, these poetic modes evoke rich interwoven dimensions of Chinese poetry. A single landscape poem, for example, might offer not only a path beyond the world of "red dust" ("drifting above it all") but also an intimacy with natural surroundings and one's own heart ("limpid and calm").

The solid world

From the earliest poems, reflections on humanity's place in nature fostered lyrical responses to the solid world, and awareness of transience led to a vital *carpe diem* or "seize the day" response. Pleasure, however transient, is accorded an important place in the *Classic of Poetry* 詩經 (1100–600 BCE), the world's earliest example of rhymed verse. Alongside poems that attest to the importance of ritual or commemorate dynastic conquest, other poems celebrate the simple pleasures of carnal love and show a keen awareness of the passage of time. The brevity of human life makes it all the more important to enjoy the present, suggests "Crickets" 蟋蟀, whose second stanza begins,

> The crickets are in the hall;
> The years and months pass on.
> If we do not rejoice today
> The sun and moons will run on.

Such songs express exuberance in living according to nature's patterns and enjoying simple activities of courtship, marriage, farming, dancing, and feasting. Many also urge people not to waste life's precious moments striving for glory or trying too hard to understand human affairs. Health is more important than achievement, proclaims "Don't Push Onward the Great Carriage" 無將大車:

> Don't push onward the great carriage,
> You will just make yourself dusty.
> Don't think of a hundred worries,
> You will just make yourself sick.

As poems connect human life to seasonal patterns, discrepancies between societal expectations and seasonal markers provoke painful anxiety. In "The Gourd Has Bitter Leaves" 匏有苦葉, for example, a young woman despairs that her future husband has not come for her before the ice melts, as is the custom. This oblique but lyrical method of projecting joys, fears, and other feelings through images from the natural world (called "pathetic fallacy" in literary rhetoric) would become prevalent in all the literary traditions of East Asia.

Legend has it that officials roamed the realm to gather the 305 airs, ballads, odes, and hymns of the *Classic of Poetry*. Whether really of popular origin or written for the court, the odes were likely originally sung, and this oral tradition may account for their generous use of repetition, onomatopoeia, and other formulas popular among professional singers. Though it continued to evolve, the book took its basic shape about 600 BCE and, as the earliest anthology of Chinese poetry, serves as both a foundation of the literary tradition and a key source of information about ancient Chinese culture.

From the earliest commentaries, scholars drew moral lessons from these poems, and this subordination of literature to didactic purposes set a powerful precedent. The claim that Confucius had edited the poems prompted conjecture about their moral and historical significance, and these allegorical interpretations, often politically motivated, held sway until the Song dynasty. The influential "Great Preface" 大序, added in the first century CE, developed Confucius's views on poetry by expanding on the idea that "Poetry expresses intent," a line from the ancient *Classic of Documents*. Because "intent" could refer to involuntary feelings but also to moral ambition, this definition charged poetry with conveying the moral Way. Commenting on the "Great Preface," the Confucian scholar Kong Yingda 孔穎達 (574–648) expanded on this idea to clarify the shared genesis of feelings and moral intentions: "When emotions are moved, they become intentions. Emotions and intentions are indeed one."

Seizing the day also meant celebrating the natural world, and the "Great Preface" introduces a mode of discourse unique to Chinese poetics for responding to external stimuli. Whereas exposition (*fu* 賦) describes and analogy (*bi* 比) compares, the evocative "incitement" (*xing* 興) serves as a catalyst for an emotional response. The *xing* often opens a poem to announce the dominant image—as in such first lines as "Look at the rat, it has its skin," "Soaking is the dew," and "Swampland mulberries are lovely," and the *xing* image or sound often repeats as a refrain to set the mood, rhythm, or sound pattern. In contrast to the emphasis on mimesis in much Western poetry, this recording of natural stimuli suggests that the poems were a direct reaction to, rather than an imitation of, the world. In contrast to the notion of a poet transmitting an individual subjective experience to readers, the term honors poetry as a vessel for shared emotion. (As with much Chinese literary terminology, emphasis on emotional effect overshadows concerns with distinct formal features.)

Focus on the here and now would remain a dominant mode of later poetry. Many accounts of simple pleasures subtly expressed dissent against exploitation and were an important means by which China's long tradition of antiwar poetry addressed the costs of empire building. In Wang Han's 王翰 (687–726) quatrain "Song of Liangzhou" 涼州詞, for example, a despairing soldier justifies his drunkenness by invoking the countless unknown dead.

> For fine wine in gleaming cups at night we yearned,
> Even as the martial pluck-pluck urged us back up in turn.
> If we lie drunk on the battlefield, don't laugh, my lord,
> Of all to fight since ancient times, how many have returned?

Transcendence

In contrast to the more rational tradition, often associated with the north and initiated by a focus on the solid world in the *Classic of Poetry*, a mystical southern tradition of poetry flourished in the region around the Yangtze River in the ancient southern state of Chu (seventh to third centuries BCE). *The Elegies of Chu* 楚辭, the extant collection of this poetry, recalls a vibrant culture of shaman mediums, healers who addressed and even embodied nature deities. Full of appeals to the god of the clouds, the god of the Yellow River, and two sister goddesses of the Xiang River, the *Elegies,* by privileging female spirits and shamanesses, departed from the dominant tradition's subordination of women. Whereas much of older poetry, including the *Classic of Poetry,* used four-character lines, the *Elegies*' longer lines allowed for more narration. Though never a canonical "classic," this collection won esteem thanks to a second-century edition presented in the high commentary tradition that accorded prestige.

Encountering Sorrow 離騷, the most famous work of the *Elegies,* is a long narrative poem by China's earliest named poet, the Chu statesman Qu Yuan 屈原 (340–278 BCE). As Qu's speaker repeatedly alludes to time's swift passage and the fading of youth, the pressure he feels to achieve greatness contrasts sharply with the appreciation of simple pleasures in the *Classic of Poetry.* Unjustly slandered and banished, Qu Yuan feared that his loyalty would be squandered, and the 187 couplets of his elegy depict a decadent age of a world upside down, in which the virtuous fall yet the corrupt prosper.

Read primarily as an epic of political protest, *Encountering Sorrow* established enduring conventions for expressing defiance. Together with odes from the *Classic of Poetry, Encountering Sorrow* is the *locus classicus* of the image of a neglected lover as a metaphor for a statesman unappreciated by his ruler. The first part of the poem describes in fairly realistic terms the speaker's failure to meet with the good graces of his beloved. Fearing his beloved's beauty to be withering, and seeing all around him as corrupt and muddied, the speaker resolves to make a journey to find someone who can understand his heart.

> Long long is my road and far far my journey;
> I will travel up and down, searching.

The poem then depicts the speaker's desperate effort to challenge his fate in a mystical journey through celestial realms. As if trying to outrun the sunset, he heads ever westward. In the end, after the gatekeeper of heaven only laughs at him, and nowhere within his kingdom can he find a worthy partner, a shaman advises him to seek beyond the Chu state. He resolves to take his search elsewhere, a choice that could suggest either spiritual transcendence or a renunciation of his country for unknown lands. Just as he is about to achieve transcendence, he falters.

> Just as I climbed the exalted luminous heights,
> Unexpectedly I glanced down and saw my old home.
> My driver, saddened, and my horses, their hearts swelling,
> Craned back their necks to look and would not go on.

His devotion to his home, and thereby to his human condition and sentimental attachments, is too strong, and his valiant challenge of his limited destiny proves futile. Frustrated, the speaker resolves to follow the example of worthy ancients who drowned themselves.

According to legend, Qu Yuan drowned himself in the Miluo River, and his elegy has been read autobiographically. These interpretations underpin a long tradition wherein Chinese scholars have used biographical information to explain texts and used texts to construct biographies of their authors. Though circular, this method of biographical inference underscores literature's relevance. Modern critics might decry such wide recourse to the "intentional fallacy," but the habit of viewing a poem's speaker as the poet him- or herself also reveals the tradition's keen awareness that a poem is a dramatic event, a speaker's response to a specific situation. Beginning with the martyr Qu Yuan, poems were among the first texts in which individual speakers expressed themselves and their desires, and thereby claimed the authority to remonstrate.

Decorous and elegant

In the face of political upheavals and natural disasters, poetry's ordered elegance offered solace. And amid historical contingencies and fluctuations of feelings, the persistence of certain genres, themes, and images testifies to the comfort of familiar forms. Whether poets followed conventions of occasional poetry, eremitic traditions devoted to nature, or more socially engaged traditions, they often used rewriting practices that were decidedly not in pursuit of originality.

In one major line of development, the southern tradition of Qu's *Encountering Sorrow* nurtured the development of rhapsodies (*fu* 賦). Most Chinese poetry is more suggestive than exhaustive, but during the Han dynasty (206 BCE–220 CE), when system building was paramount, these detailed expositions in verse became the dominant poetic genre. Also known as "rhyme-prose" because some *fu* are closer to essays written in a mixture of prose and verse, the term *fu* originally meant "to lay out" or "to unfold," and early rhapsodies presented elaborate descriptive lists of flora, fauna, majestic parks, and grand cities.

Longer rhapsodies describe hunting parks and capital cities, while shorter rhapsodies often present nightmares, zithers, owls, orangutans, and caged birds, often symbolic of an able but confined scholar. Reinforcing faith in cosmic patterns (*wen* 文), writers frequently patterned their rhapsodies according to the categories in correlative cosmology. In the opening lines of Mi Heng's 禰衡 (ca. 173–98) "Rhapsody on a Parrot" 鸚鵡賦, for example, the bird's origins, physical appearance, and essential nature follow the system of correspondences insofar as metal (the bird's essence) corresponds to the west (its home) and to white (its color), while fire (its potential) corresponds to red and to the south (perhaps its destination before being captured).

From the Western domain a smart bird so divine,
It projects the rare beauty of nature so fine.
Embodying the mystical substance of metal quintessence,
It contains the power of fire's bright luminescence.
By nature wise and discerning, it thus can converse
Using astute talent to recognize the motions of the universe.

Following the conventions of court "rhapsodies on objects" 詠物賦, after an opening treatment of the bird's exotic origins and their cosmological associations, the rhapsody offers an account of the bird's capture tactful enough not to ruin the pleasure of the text. It then describes the bird's life in captivity, and ends with a section declaring the bird's gratitude and devotion to its master. Yet rather than restrain his vocabulary to discrete euphemisms, Mi Heng explicitly describes the parrot's form as "mournful and wasted," inspiring those who hear it to grieve and those who see it to weep. Poignant lines near the end make clear that, however fervently the parrot longs for home, his masters have maimed its wings beyond hope:

Dreaming of the high peaks of Kunlun,
Longing for the dense verdure of the Forest of Deng.
But then it thinks of its mutilated wings;
Flap as it may, where will they take it?

Such lines belie the closing section's presentation of the parrot's supposed desire to serve and repay its master. The rhapsody had already expressed veiled criticism in the middle section by asking whether the bird's hard fate "is because speech leads to disaster, or telling secrets puts one in danger." The inference that corruption marks the official world suggests the subtle narrative power of rhapsodic metaphor.

Although the ornamentation of rhapsodies was derided as mere "insect carving" by those committed to identifying written words with the moral heart of the writer, rhapsodies remained the most respected form of verse throughout the medieval period (through the ninth century). Statesmen excelled at the elegant genre, as can be seen in Cao Zhi's 曹植 (192–232) "Rhapsody on the Luo River Goddess" 洛神賦. Cao's worshipful description turns somber when the speaker's doubts trouble the goddess. Sympathetic to her disappointment, the wind god stops blowing, the water goddess halts the waves, and a contingent of goddesses, dragons, and waterfowl accompany the river goddess back to the heavens. Though scholars dispute later interpreters' reading of Cao's rhapsody as a veiled testimony to his love for his brother's wife the empress, the power of these combined mythical and historical legends inspired numerous later poems, tales, and operas.

Melancholy and regret

In contrast to the constructivist mode of rhapsodies, a more expressive mode marks China's long tradition of folk ballads and lyrical poetry (*shi* 詩). During the Han dynasty, the court delegated the management of music and poetry to the Music Bureau, an institution that employed more than nine hundred workers. Collecting poems and music from within and beyond the empire, these officials combined existing motifs and structures with new meters. By the turn of the millennium, musical trends led to the dominance of the five-character line, early examples of which figure among the highlights of world literature.

The earliest extant collection of pentasyllabic poems is the *Nineteen Old Poems* 古詩十九首 from the end of the Later Han (25–220). Seemingly straightforward, several of these poems recount military expeditions, but the second poem expresses a woman's lament of her solitude. Like many Chinese poems, the poem begins with a scenic description and then unveils the subject's emotions.

Green green, river bank grasses,
thick thick, willows in the garden;
plump plump, the lady in the tower,
bright bright, before the window;
lovely lovely, her red face-powder;
slim slim, she puts out a white hand.
Once a singing-house girl,
now the wife of a wanderer,
a wanderer who never comes home —
It's hard sleeping in an empty bed alone.

In the first six lines, a scenic description of spring gradually closes in on the forlorn subject. The river borders a forest, which surrounds a tower, whose windows frame a lonely woman. From the natural to the manmade world, the layers of description move step by step into her chamber, where her confinement heightens the pathos of her delicate gesture. Bound inside, she can only stretch out her hand.

The final four lines shift to an account of the woman's past and current predicament. She is the wife of a "wayward wanderer," a term connoting that she has been deserted. But were her husband not a wanderer, would he have married a lowly singing girl? Although the opening describes the woman as a static object, here the poem shifts to her perspective. (Since the original, like most classical Chinese poems, uses no pronouns, the subject may or may not be the speaker.) As she sees the empty bed she almost sees herself by the bedside. Only the very last line voices her loneliness, but the opening's simple objective description builds up this line's power. The beginning, it turns out, presented a façade through which the pathos of this last line breaks. Though seductively beautiful, each layer of description further binds the woman, and the continuation of the natural cycle accentuates her fixed isolation. In contrast to the natural world's dynamic movement, she is static and quiet.

Or is she? Some read the last line as suggesting a longing for a tryst, an interpretation more evident in Stephen Owen's translation: "A lonely bed can't be kept empty for long." Such ambiguity reminds us that movement and quiet are always in tension, and that when a situation reaches an extreme, it will often reverse toward the other pole.

This theme of the neglected woman, often a symbol of life's transience, gained prominence in the medieval period and thereafter. Even though most surviving poems were written by men, they frequently adopt a female persona as a metaphor for the neglected loyal minister, and in time poems on neglected palace women formed a major subgenre. The elegance of such poems can be seen in Xie Tiao's 謝朓 (464–99) "Jade Steps Lament" 玉階怨, one of five hundred "palace style poems" collected in the sixth-century anthology *New Songs from a Jade Terrace* 玉臺新詠.

> In the evening palace I lower the pearl screen,
> Aimless fireflies soar about, then poise, then soar again.
> In the long night I sew silk garments, longing for you,
> This anguish must end, but when?

In a poem by the same title, Li Bai 李白 (701–62), one of China's two most acclaimed poets, recasts Xie Tiao's treatment:

> On the jade steps forms white dew,
> After a long time at night the dew invades my stockings.
> Returning to lower the crystal curtain,
> Through the transparent screen I gaze at the autumn moon.

The subtle upward movement of the visual focus (from steps, to feet, to curtain, to moon) helps explain this poem's place among celebrated masterpieces. Such a ranking was in no way diminished when a poem was a rewriting. Reworking dominant themes such as remonstrance and defiance, the neglected lover, and time's transience allowed poets to focus on technique, and copious allusions heightened appreciation. As the calligrapher-poet-painter Huang Tingjian 黄庭堅 (1045–1105) wrote of earlier masters, "though taking the ancients' set expressions into their writing brushes and ink, as if with a particle of cinnabar, [they] transmuted iron into gold." This image of Daoist alchemy captures well poets' efforts to reanimate words used earlier to evoke a sympathetic resonance in like-minded listeners.

With the evolution of musical entertainment, the culture of romance, languor, and longing further developed with the lyric (*ci* 詞), another major genre of Chinese poetry. From the eighth century on, these song texts were written to melodies, including tunes from Central Asia that required different line lengths from those used in *shi* 詩 poetry. Allowing for more flexibility in the numbers of characters per line, these lyrics centered on scenic descriptions, send-off poems, longing for absent friends, melancholy, nostalgia, historical vicissitudes, eulogies to beautiful women, and, most of all, the plaints of neglected women, frequently allegories for unappreciated ministers.

Often performed by courtesans, some of these lyrics used more vernacular diction, and serious writers took pains to distinguish their elegant lyrics from more common ones. Yet elite women also wrote lyrics, and China's most famous woman poet, Li Qingzhao 李清照 (1084–1151) is one of the genre's most accomplished practitioners. With access to books in her husband's private library, Li enjoyed uncommon privilege until Jurchen invaders conquered the north and forced her to flee south. After her husband died of malaria, her lyrics and poems reached heights of poignancy. In "To the Tune of 'Wuling Spring'" 武陵春, the speaker laments, "Now he is no more," and the lyric's second half confronts her burden of grief:

> I dream of floating in a light boat at Twin-stream,
> which they say retains the bloom of spring.
> Only my boat, tiny as a grasshopper, couldn't bear, I fear,
> the load of grief I'd bring.

Separation and rusticity

Because visible aspects of the everyday world were seen as manifestations of the Way, images of concrete scenery could also serve as a limpid mirror for the expression of intangible feeling. Unlike romantic conceptions of "inner" feelings, Chinese poems tend to present feelings as coming alive through interpersonal exchanges in concrete situations. The pleasures of good company became an especially frequent theme in the medieval period as

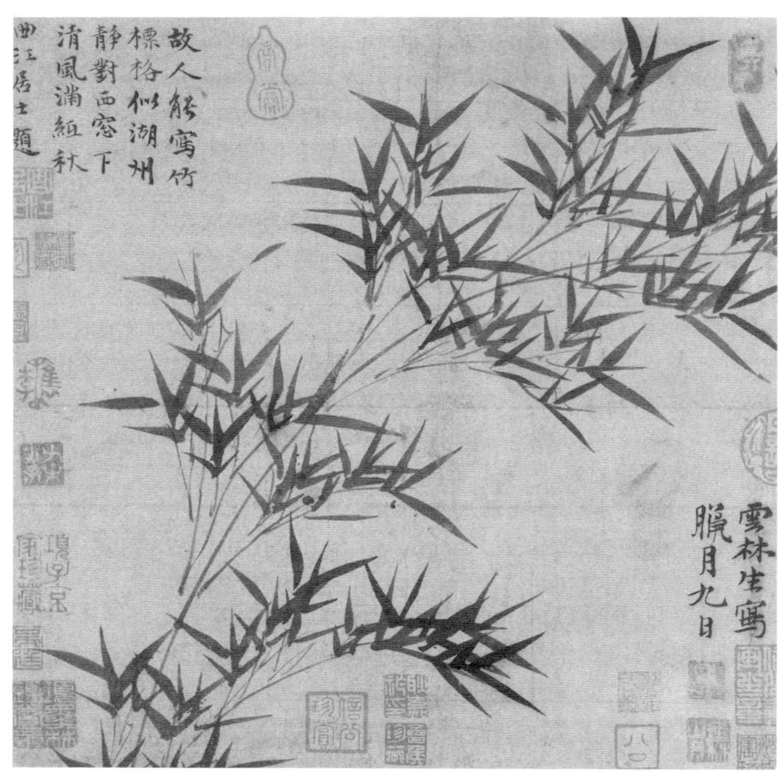

6. Literati have long treasured bamboo as a symbol of loyalty, steadfastness, and integrity. The bamboo's "empty heart" has also made it a symbol of modesty and an esteemed art motif, as in this fourteenth-century painting by Ni Zan 倪瓚.

social groups formed, such as the "Seven Sages of the Bamboo Grove." This group of eccentric literati purportedly met on the estate of Ji Kang 嵇康 (223–62) to drink, enjoy the landscape, write poetry, and engage in "pure conversation." Wishing to escape political entanglements, these poets celebrated simple rustic life, and their hedonistic pleasures have been much speculated upon.

The group's most important poet was Ruan Ji 阮籍 (210–63), whose eighty-two poems *Singing My Feelings* 詠懷詩 privileged emotion coupled with philosophical reflection. In the sixth of these poems, Ruan celebrates an ancient count who turned to raising melons after the fall of the Qin dynasty. Praising the melons' glowing colors, he contrasts the melon farmer with those in official life.

> The grease-filled torch burns itself out.
> Many riches cause harm and peril.
> Cotton clothes can be worn 'til life's end,
> How could we rely on lavish stipends so sterile?

Such contemplative, bucolic poetry could also serve as a means of political protest. Although the Confucian tradition urged rulers to welcome criticism as loyal efforts to ameliorate the state, officials who dared to voice criticism were often demoted and exiled to distant posts. When persuasion or protest was to no avail, a person of virtue could withdraw into nature. Thus a good Confucian official could become a recluse (隱士, lit., a "hiding scholar") and withdraw from the worldly pursuit of fame, wealth, and power.

Celebrations of nature and feeling did not reconcile the dilemma between struggling for worldly achievements and finding solace in simple pleasures. Conflicting desires for participation in society and retreat into nature mark many poems of Tao Qian 陶潛 (365–427), a poet whose oeuvre was created as much by editors as by Tao himself. Tao's reputation—not highly esteemed during his lifetime—was established by Song-dynasty neo-Confucian scholars who appreciated his poems' relative freedom from Buddhist influence. Thanks to their promotion, Tao, also known as Tao Yuanming 陶淵明, became the most famous of the "hiding gentlemen" poets and is credited with inventing the "poetry of the fields and gardens" 田園詩, as bucolic poetry came to be known.

Tao's three-poem series "Substance, Shadow, Spirit" 形影神 presents the conflict between worldly ambition and simple pleasures as a debate between different parts of the self. In "Substance Addresses Shadow" 形贈影, substance first laments the inevitability of death's effacement of the individual and then advocates a hedonistic response: "Take my advice, when faced with wine, never say no." In "Shadow Responds to Substance" 影答形, shadow concedes that wine may provide comfort but argues that ease can never compare with doing good and thereby establishing a name that will live on after one dies. Finally, in "Spirit Expounds" 神釋, spirit attempts to resolve the conflict. Pointing out that wine may shorten one's precious life and asking who will remember one after death, spirit advocates accepting fate rather than wearying oneself with worry.

> Too much ruminating injures my life.
> It's better to yield to fate's turns.
> Follow the waves in the great transformation,
> Neither rejoicing nor fearing.
> When all is finished, then end.
> No longer alone so beset with concern.

Spirit's disdain for worldly preoccupations reflects Tao's own views. At the age of thirty-three, after just eighty-three days in office, Tao resigned from official life. "Fettered bird keens for its former woods," he writes of his decision to forsake the "dusty net" of bureaucratic service in his chain of five poems "Returning to Dwell in Gardens and Fields" 歸園田居. With his famous refusal to bow for five bushels of rice, Tao justifies his resignation as a matter of preserving his integrity. Yet his poem series also testifies to the difficulty of escaping from worry. By retreating to his family's small farm, the speaker escapes the confinement of officialdom only to find himself caught in nature's larger web of equally uncontrollable forces. Rising with the dawn to hoe his fields and returning with the moon, the speaker delights in his harmonious place in nature. But he also frets over his precarious existence and the success of his crops. Textual variants intensify debates on whether such poems convey anxiety or calm, and Tao himself famously addressed such paradoxes of communication in the fifth of his twenty poems on "Drinking Alcohol" 飲酒: "A hint of Truth lies within, / But when I want to tell it, I forget the words just as I begin."

Drifting above it all

By the fifth century, as Buddhism encouraged greater attention to the natural world, this influence nurtured a second genre of landscape poetry known as the "poetry of mountains and rivers" 山水詩. This genre was most famously developed by Tao's contemporary Xie Lingyun 謝靈運 (385–433) and by Buddhist-inspired poets such as the painter-poet Wang Wei 王維 (699–761). Wang's poetry was said to contain paintings and his painting said to contain poems, a fusion that can be glimpsed in his quatrain "Deer Fence" 鹿柴.

> No one is seen in deserted hills,
> Only the echoes of speech are heard.
> Sunlight cast back comes deep in the woods
> And shines once again upon the green moss.

By not specifying a subject, Wang may have deliberately sought to express absorption in nature. The first line here is literally 空山不見人 "[In an] empty mountain [I/you/we/she] see(s) no one," and choosing a specific pronoun limits the poem's meaning to one of several overlapping possibilities. The absence of a specific persona is common in classical Chinese poetry, especially landscape poetry, and it is regrettable that translation often requires adding a subject, for the ambiguity could be an artistic response to questions of selfhood. Instead of glorifying an individual subject, Chinese poems often efface the self. Softening the distinction between "subject" and "object," such poems offer reflections on the world less mediated by individual personality.

Contemplative landscape poetry often integrated Chan (禪 "Meditation") Buddhism, a distinctive school developed by Chinese practitioners. Better known abroad by the Japanese pronunciation Zen, Chan teachings turned away from the otherworldly focus of much Indian Buddhism and presented enlightenment as immediately accessible through meditation, simple everyday practices such as flower arranging, and appreciation of the concrete things of daily life.

Alongside Buddhist lay poets such as Wang Wei, Buddhist monk poets such as Wang Fanzhi 王梵志 and Han Shan 寒山 made poetry a means of religious expression. (Rather than an actual person, the persona of Han Shan, literally "Cold Mountain," may have been a device to compile Buddhist lyric poetry.) Although Chan teachings downplay language, literati increasingly likened aesthetic experiences of poetry to awakening in Chan meditation. In *Canglang's Remarks on Poetry* 滄浪詩話, Yan Yu 嚴羽 (ca. 1195–1245) explicitly pursued this approach by identifying five "dharmas" of poetry. In Yan's framework, thanks to formal construction, structural strength, embodiment of *qi*, rousing of excitement, and tone and rhythm, poetry could convey not only the lofty and profound but also qualities such as potent flux, drifting above it all, fortitude in affliction, and bittersweet grief.

Such spiritual concerns marked poetic theory throughout the imperial period. Even scholar-officials primarily devoted to social engagement often wrote and celebrated poetry as a path to enlightenment. One example is the master poet Wang Shizhen 王士禛 (1634–1711), who also served in high offices as president of the Censorate and minister of justice. In his "Remarks on Poetry" 詩話, Wang praised a personal tone of ineffable "spirit resonance," intuition accessed by fusing with the "undifferentiated marvelous" of objective reality.

Moved by the times

Unlike poets who sought refuge in nature or in spiritual enlightenment, Du Fu 杜甫 (712–70), arguably China's greatest poet, was more influenced by Confucian values and sought to write in service to the state. Though frustrated in his official career, Du Fu's poetry provided a sense of collective identity to Tang people. Writing after the An Lushan rebellion (755–63), an uprising in which tens of millions died, Du Fu laments the ruins of his city in "Spring Contemplation."

When Du Fu composed this five-character regulated verse in the spring of 757, An Lushan's Tartar troops had occupied the capital city of Chang'an since December 755. At the time Du Fu's life and poetry centered on the capital region, and the word "nation" in the first line might refer both to the capital and to the whole country. Because the verb "gazing" could also imply hope or longing, the title conveys a hint of regret that might be expressed as "Beholding What Should Be Spring."

Projecting onto nature feelings that might be too painful to experience directly, the poem uses "pathetic fallacy" to lament both the ruin of the capital and the speaker's own declining health. In the first half of the poem, the speaker gazes off at the mountains, then upon the city and its greenery, and finally down at the dew-covered flowers and up at the birds. In the second half, he looks out again at the distant beacon fires, thinks of his family, and notices his own thinning hair. As his gaze alternates from far to near, the visual progression from a hazy distance to clear observation of the tiny drops of dew resonates with the emotional transition from worrying about the nation to worrying about himself and his distant family.

春望

Spring Gazing

國	破	山	河	在
Nation	break	mountains	rivers	exist
城	春	草	木	深
city	spring	grass	trees	deep
感	時	花	濺	淚
feeling	times	flowers	splatter	tears
恨	別	鳥	驚	心
hating	parting	birds	astonished	heart
烽	火	連	三	月
beacon	fires	continue	three	months
家	書	抵	萬	金
family	letter	equivalent	to 10,000	gold
白	頭	搔	更	短
white	head	scratch	even	shorter
渾	欲	不	勝	簪
confused	desire	not	triumph	hairpin

Spring Contemplation

The nation breaks asunder
        while mountains and rivers endure.
The capital faces spring
        overrun by lawless verdure.
Lamenting the times
        the flowers bespatter tears,
Hating separation
        birds alarmed excite my fears.
Blazing beacon fires
        already three months old,
A letter from my family
        would be worth ten thousand gold.
White hair torn at fretfully
        becomes ever more thin,
Soon too sparse
        to hold my cherished hairpin in.

In the first couplet, the constancy of nature alerts the poet to the impermanence of human civilization. As the second line contrasts the exuberance of spring with the devastation of the capital, the thickly overgrown grasses signal the capital's dilapidation. Yet the vegetation might also portend the defeated nation's possible renaissance. To interpret nature's endurance with hope depends on a choice. Whereas the first couplet observes nature's indifference to human sorrows, the second recounts nature's sympathetic grieving. Though not required as in the second and third couplets, the first couplet's grammatical parallelism reinforces this contrast.

The strong pathetic fallacy of the second couplet also lends itself to two interpretations. It could be the poet who is moved to tears and fright by the flowers and birds, or the subject could be the flowers who cry and the birds who take flight, as in "the birds seem startled, as if with the anguish of separation." The ambiguity in these concurrent meanings demonstrates what scholars call "compression" or the "double-grammar" of Chinese poetry. And why, one might ask, would birds scare the poet? It may be because their migration accentuates his stranded condition. By convention, flowers and birds often make people happy, but it is not unusual for Chinese poets to use these elements, especially birds' cries, to express sadness or serve as a foil to the speaker's sorrow.

The third couplet shifts from the contemplation of public disaster to a consideration of personal grief. Routinely used to maintain contact between garrisons, the beacon fires are a symbol of war and thus explain the chaos of the times for which the flowers weep. A state of emergency has existed for three months, line 5 tells us, and just as the words "three months" are parallel to the "10,000 in gold," so the entire third couplet parallels the second as the desire for a letter from home echoes the birds' reluctance to separate.

As the last three lines shift from objective description to subjective reaction, the image of thinning hair is sad but also comic. Without belittling the speaker's distress, the final couplet may convey a change of mood from his earlier anguish to playful self-mockery. Since Du Fu was only forty-five or forty-six in 757, thinning hair might also indicate that the war has aged him prematurely. Might the speaker be tearing out his hair to relieve the angst of helplessness? Such resignation to the futility of efforts against time's fate marked much medieval poetry, especially after the An Lushan rebellion, a war whose death toll was surpassed only by World War II. After the rebellion, the great Tang empire took another century and a half to draw to a close, but in late Tang poetry a sense of the cruel vicissitudes of human endeavors compounded sadness over the brevity of human life.

Heroic abandon

In contrast to Du Fu's world-weariness, other poets embraced a sense of "heroic abandon." Retrospectively, this label can be applied to Du Fu's contemporary Li Bai 李白 (701–62). An eccentric outsider and a practicing Daoist especially loved by nonconformists, Li Bai represents a tradition of Chinese poets who drank quite a bit, sometimes for pleasure and conviviality, and sometimes to break the veil of ordinary consciousness that conceals reality. "Two cups, and I understand the Great Way. / One gallon and I am united with Nature," writes Li Bai in the third poem of his series "Drinking Alone by Moonlight" 月下獨酌.

During the Song era, as fewer literati presumed poetry's connection to a larger order of meaning, debates escalated about the relative importance of poetry's expressive and ethical functions. In contrast to the plaintive refinement of many Tang poems, Song poetry was more supple in structure, more accessible in diction, sometimes even offhand. And by the early twelfth century, literati, especially those who did not seek or receive official appointments, began to form poetry communities. Whereas in earlier periods poets had formed groups, in the Song they formed distinct "schools" (派, lit., "streams"). As fewer and fewer poets could master the growing corpus of the poetic tradition, these schools established more limited canons. The self-consciousness of much of this poetry led to bookishness, a defect that poems of heroic abandon sought to transcend.

Against bookishness, the poet-statesman Su Shi 蘇軾 (1037–1101) confronted the sorrow of exile with a defiant imagination. Su balanced his reverence for past tradition with a critical spirit evident in the first and third stanzas of his first of "Two Poems on Reading Meng Jiao's Poetry" 讀孟郊詩二首:

> At night I read the poems of Meng Jiao.
> Characters fine like the hairs of a cow.
> The cold lamp shines as my eyes blur and cloud.
> Exquisite lines are rare to be found.
>
> At first [reading Meng's poetry] is like eating small fish.
> What I get does not recompense my toil.
> Or like trying to boil numerous crabs, all told
> At the end of the day nothing but hollow claws I hold.

In the fifth and final stanza, Su suggests an alternative.

> Why should I strain my ears
> To listen to these autumn insects howl and pine?
> Better to set the poetry aside for now
> And drink my jade-colored dregs of wine.

With both Buddhist and Daoist leanings, Su's expansive attitude developed the mode of "heroic abandon," a style that would later be contrasted to the delicate and suggestive style of much poetry.

Such distinctions and related debates about the purposes of poetry intensified after printed texts brought poetry to more of the literate population, and major thirteenth-century manuals spread poetry writing. In one camp an influential movement to revive antiquity emphasized competence in "poetic style" as learned from earlier masters, especially those of the Tang. Concerned about what they saw as the mundane and imitative nature of much poetry after the Tang, and wary of imitation's suppression of creativity, a rival school championed individual expression, emotions over moral intentions, and a hedonistic approach to literature. As literary coteries debated the relative virtues of method and individual creativity, even the individualists valued received method, but they likened method to the raft in the Buddhist parable that can be left behind after crossing a river. Once poetry societies gained influence, with some welcoming even women and commoners, these debates reached a large population of readers.

As women increasingly wrote and commented on poetry, by the mid-seventeenth century, women writers such as Wang Duanshu 王端淑 and Huang Yuanjie 黄媛介 were forging unconventional lives. Supported by male mentors, companionate marriages, and literati families who financed their works' publication, these women wrote prose as well as poetry, tutored other women gentry, and edited anthologies. They also enjoyed boat trips in which they drank and exchanged verses, and collections such as Wang Duanshu's *Extracanonical Poetry by Famous Women* 名媛詩緯 (1667) broke new ground in promoting women's writing. In a preface to Wang's volume, her husband gently chides her neglect of household duties, but records testify to her faithful solicitude toward her husband and his concubines.

In contrast to earlier women poets, who wrote mostly about love and longing, some of these women wrote about loyalty to the Ming dynasty. New confidence in individual expression led to brave reworkings of traditional tropes, as can be seen in Huang Yuanjie's poem "Written to Accompany a Small Landscape Painting" 題山水小幅:

> Enough of ascending tall towers to gaze at mountains green,
> Ashamed, I've learned these years to close the gate

And with pale ink to limn a dim vague trace
Of a lonely peak felt in the space between.

The inward turn of Huang's poem suggests the difficult position of poets facing the Manchu conquest and early Qing rule. Divided between resistance and accommodation, literati increasingly connected aesthetic commitments to political allegiances. Whereas earlier schools often formed around places and master-disciple relationships, during the high Qing period theoretical principles took precedence. Intent on countering revived archaism, for example, the master poet Yuan Mei 袁枚 (1716–97) championed "native sensibility," and, as these lines suggest, a very modern individualism:

A person is born to live with delight;
What pleases a soul depends on its type.
Yet one must act in time with the seasons,
Each in accord with his own guiding reasons.

Chapter 3
Classical narrative: history, jottings, and tales of the strange

China's earliest narratives date at least as far back as the fifth century BCE, yet it remains unclear just when Chinese writers began consciously crafting fiction. Though not considered creative writing, many of these narratives present powerful visions of feelings, ghosts, spirits, and other natural and supernatural phenomena. Yet Confucius's imperative "to transmit without creating" (*Analects* 7.2) encouraged a conception of history as merely facts to be recorded, a presumption reflected in the terse historical annals later attributed to him. Stories not based in history were derided as "little talk" 小說, a term that much later became the modern word for fiction. But whereas contemporary discussions of fiction often include parables and fictionalized episodes from the early historical and philosophical canons, few of these works would have been denigrated to the level of "little talk" as defined by early historians. For the historian Ban Gu 班固 (32–92 CE), "little talk" was merely "gossip of the alleys," records useful for political but not literary purposes, and the label was for centuries a term of mild disparagement.

Yet fictional elements can be seen in China's earliest sustained narrative, *Zuo's Commentary* 左傳, a work attributed to the blind historian Zuo Qiuming 左丘明 (ca. fourth century BCE). In the first of its year-by-year entries, a long passage celebrates the possibility of redemption through filial love. Hated by his mother, the Duke of Zhuang overturns a plot in which she conspires to overthrow him, then confines her and vows not to see her until they reach the Yellow Springs, the land of the dead. Deeply moved by a border guard's sharing of food with his own mother, Zhuang laments, "You have a mother to take things to. Alas, I alone have none!" When Zhuang confesses his regret over his vow, the guard encourages him to dig a tunnel down to the springs in order to meet his mother while honoring his vow. As his mother emerges from the tunnel, mother and son exchange verses of joy, and the passage ends with a comment on the guard's supreme filial piety.

Because formal distinctions between history and fiction were made only in the eighth century, when Liu Zhiji 劉知幾 (661–721) distinguished respectable historical writing from "witty yet petty talk" in his *Generalities on History* 史通 (710), many scholars divide early Chinese narrative into two branches according to content rather than truth-value. History presents public issues: military, political, diplomatic, and court-related affairs; while fiction details private lives. Yet many early texts defy this division. Though concerned with an imperial inspection, for example, the historical romance-travelogue *Biography of Mu, Son of Heaven* 穆天子傳 (ca. fourth century BCE) is full of fictional motifs, as is the supernatural geographical work *Classics of the Mountains and Seas* 山海經 (ca. 320 BCE).

How did literati understand the role and purpose of such texts during the thirteen centuries before the conscious crafting of fiction? And what do we make of a tale such as this one selected by the court historian Gan Bao 干寶 (fl. 320) for his collection *In Search of Spirits* 搜神記?

> One night Su Yi, a woman of Luling good at midwifery, was suddenly abducted by a tiger. After going six or seven *li*, they arrived at a large field where the tiger put her down on the earth and knelt to keep watch. Su Yi saw a tigress in labor but powerless to deliver. Crawling about as if she wanted to die, she looked up in Yi's

direction. Yi found it strange, but she explored and pulled out three cubs. The births complete, a tigress carried Yi home on her back. Thereafter wild game was many times delivered inside her gate.

This brief tale is representative of what would later be called "records of the strange" 志怪. By borrowing the documentary style of official history, recorder-compilers such as Gan Bao sought to benefit from history's prestige in order to present unusual phenomena. In dignifying the tigers with compassion, resourcefulness, and gratitude, the tale situates the animals as moral exemplars. Such tales, transmitted orally by storytellers, then penned by literati, shared a common purpose with official history. Such records bolstered belief in a benevolent universe in which, thanks to traditional morality and proper ritual behavior, human actions could be meaningful and ethical behavior rewarded.

Ritual: histories of praise and blame

In ancient China, writing's primary function appears to have been to aid memory. During the Zhou dynasty (1027–256 BCE), scribes in the Ministry of Rites recorded ancestral rituals, dynastic decrees, official exchanges, and the words and deeds of the ruler, the "Son of Heaven." By the mid-Warring States period (475–221 BCE), writing also took on a moralistic function. In the face of war and the reorganization of states, thinkers increasingly appealed to historical precedents to promote the ideal of a patterned and ordered universe. Eager to account for change in terms of moral and natural causes, rulers granted authority and prestige to historians' projects whose accountings would legitimate their governments.

To reinforce the traditionalist Confucian belief in morality's connection to heaven's will, early historians selectively recorded events to convey praise for their patrons and blame on their rivals. If, for example, a battle occurred before or after an astrological constellation indicating their kingdom's ascendency, the date was falsified. While the dating of events served from the beginning to support political ends, such ideological uses of writing expanded as philosophical texts such as the *Zhuangzi* and the *Mencius* demonstrated that the stirring nature of narrative made it a powerful tool of instruction.

More than impart information, the works of early historians presumed to draw moral lessons from the past. Particularly influential were histories configured as commentaries on the *Springs and Autumns*, one of the "Five Classics" attributed to Confucius. Taking the annals' terse entries to convey moral judgments through omissions, double entendre, and subtleties of style, these commentaries established a normative ethical system based on the practice of appropriate ritual. In these histories, causality follows the principle of recompense: moral and ritual transgressions cause war and strife, whereas honoring ritual and history leads toward peace and justice.

Learning from history depends on taking seriously the force of words, and *Zuo's Commentary*, China's first history to combine records of events with dialogues, bears witness to the power of language. Faced with a proposal to destroy a district school where people criticize his administration, for example, the ruler Zichan reasons that it is better to learn from than try to silence one's subjects:

> I have heard of reducing grievances by means of loyalty and kindness; I have not heard of preventing grievances by exercising power. Why not stop such criticism right away, you might ask. But doing so would be like trying to prevent a river from overflowing with a dike. Should a big burst occur, those harmed would be many, and I would not be able to save them. Just as it would be better to make a small opening to let the water flow out, so I listen to criticism as a remedy.

The passage ends with a comment attributed to Confucius upon hearing the account: "Judging by the situation, when people say that Zichan is not benevolent, I will not believe it." Amid what is mostly straightforward historical narration, such occasional judgments (eighty-four in all) present a distinct point of view and indicate the recorder-narrator's moral purposes, i.e., to promote the belief that the evil meet with disaster and the good with reward.

Many early histories give pride of place to the powerful role of historian-persuaders in safeguarding such moral justice. In the *Discourses of the States* 國語 (fourth century BCE), for example, rulers may ignore counsel informed by wisdom of natural and historical processes, but only at their own and their loved ones' peril. When a duke ignores a historian's prediction that a military victory will bring misfortune and takes the defeated chief's daughter to be his consort, he unleashes her plot to depose the Crown Prince Shensheng and establish her own son as heir. Shensheng stands above all for reverence for parents, the virtue seen as the basis for all others, but his virtue is also his undoing. For him, the imperatives of filial piety trump even survival, and though he learns of the consort's machinations, he refuses to take any measures that might dishonor his father. Since he ultimately hangs himself in the ancestral temple, what is a reader to make of the eloquent speeches by three ministers who debate the consort's plan? After one recalls the historian's prediction, and a second advises following orders without questioning, a third objects: "He who serves his ruler follows what is right but does not flatter the ruler's delusions. If the ruler is deluded the people will be misled, and if the people are misled they will abandon virtue." Though the individual Shensheng dies a tragic devotee of filial piety, the narrative may imply that historical reflection itself, and the role of brave ministers, can check moral decadence and help the pendulum swing back toward virtue.

Earlier texts often present moral judgments, possibly added by later editors, but these judgments are generally attributed to Confucius (or to a "gentleman" taken to be Confucius) and thus do not foreground authorship. The first work to document a more conscious conception of authorship is the masterpiece of early history, the *Historical Records* 史記 (ca. 100 BCE), completed by the historian Sima Qian 司馬遷 (145–87? BCE). Entrusted by his dying father Sima Tan not only to continue their ancestors' work as court chroniclers but to expand the historian's role to embrace history's great men and their deeds, Sima Qian's dedication was put to the test when he was accused of libel against the emperor for defending a defeated general. Condemned to castration, rather than take the customary recourse of suicide, he endured the maiming in order to further his father's mission.

Sima's history—albeit a compilation of earlier historical sources—is pathbreaking for supplementing year-by-year annals with biographies that allow for the characterization of individuals and groups. Over half a million characters long (fifteen times the length of this book), the work's 130 chapters cover 2,500 years of history in small, overlapping units. As the first and most inventive of the twenty-five dynastic histories, the *Historical Records* established many conventions and themes followed by later historians. Combining lively narrative and quoted discourse, the fast-moving language brings the biographies to life. In addition to individual biographies of rulers, ministers, assassins, and others, Sima offers collective biographies of cruel and upright officials, scholars, wandering knights, toadies, jesters, and avaricious merchants, as well as his own "autobiographical postface of the Lord Grand Historian."

In seeking to educate his country, Sima expressed subtle criticisms by dramatizing accounts he esteemed and omitting or tersely recording those he condemned. The formula "The Lord Grand Historian says," usually at the end of chapters, introduces comments on the accounts. "How sorrowful!" or "Alas, how pitiful," the historian exclaims, guiding his readers' response. These emotional reactions make Sima's history China's first to introduce the historian himself as a character and commentator.

(Many of the later dynastic histories set forth events more impersonally, employing a kind of narrator by committee.)

Sima testified to his authorial ambitions in his "Letter Replying to Ren An" 報任安書, a remarkable first-person account of his personal history, views, and frustrations: "It was my desire, by an investigation of the workings of affairs divine and human, and a thorough knowledge of the historical process of change, to create a philosophy of my own." With these lines, Sima Qian poses both history and historiography as matters of human decision.

The tradition of belles lettres

Whereas most writing during the Han dynasty served practical purposes, the collapse of centralized government in 220 CE occasioned an explosion of permissible subjects and forms. From the third to the sixth centuries writing rose in stature as literati built a tradition of belles lettres. Because respect for the classics discouraged large-scale philosophizing, this tradition was made up largely of envois, essays, letters, travel writing, and other short prose pieces. This tradition was codified in anthologies and theoretical treatises that developed specific genres, literary lineages, and evaluative terms.

In what may be the earliest conscious discourse on literature, the first emperor of the Wei Kingdom (220–65), Cao Pi 曹丕 (187–226), celebrated literature as the greatest accomplishment in managing a country. Contrasting the endurance of literary works with the inevitable exhaustion of a lifespan and the passing of honor and pleasure with the body's death, Cao cast writing as a way of addressing the terror of time's passing. Cao particularly praised strong character and clear vital energy (*qi*). He took *qi* to be inborn, and literary criticism would henceforth be profoundly marked by practices of "appraising character" based on concepts of talent, physical appearances, dispositions, and styles.

7. As the literati coalesced as a class, many demonstrated deep bonds of friendship and mutual support, as in Qiu Ying's 仇英 painting (ca. 1550) depicting a poor scholar receiving a gift of a donkey bought after scholar-friends pooled money.

At least since Cao Pi's discourse, literati began to reflect on the function of literature and, through these reflections, to construct themselves as a class. This self-consciousness led the twentieth-century writer Lu Xun 魯迅 (1881–1936) to identify the early third century as "literature's age of self-awareness." While the importance of government service lent particular esteem to official writings such as memorials of thanks, disapproval, or congratulations, this period also saw a rise in the therapeutic function of literature, as writers addressed personal anxieties and sentiments. In "Memorial Expressing My Situation" 陳情表, for example, the scholar Li Mi 李密 (224–87) offers an emotional first-person narrative to request leave from official duties. Humbly submitting that "it is with filial piety that the Sage Dynasty governs all under heaven," Li explains, "Your subject is forty-four this year; [my] Grandmother Liu ninety-six. Hence the days are many for me to complete my season of service to your Majesty, but few indeed to repay her."

By the fourth century, writers recorded simple short "jottings" 筆記 they did not present as history or philosophy. United by their use of the classical language, these jottings were favored by scholar-gentlemen not only for historical anecdotes, social commentary, musings, travel notes, and contemplations of nature, but also for diaries, jokes and what we would now call fiction. Many of these works were formed by gradual accretion, one of several factors that worked against a concept of consciously created fiction. Yet in privileging narrative over discursive materials, these works branched off from history in their focus on imaginative reality.

Records of the strange

The new inventiveness of "records of the strange" may have stemmed from desires to harness the potency of strange phenomena to promote moral norms. To bolster belief in their jottings, collector-recorders often followed historical chronologies and used the names of actual places and people. Yet it would be hard not to admire their works' imaginative crafting. Many of these tales describe strange occurrences associated with natural gods, ghosts, spirits, Buddhist monks and nuns, Daoist adepts, and fantastical people, places, and events. As Gan Bao put it in the preface to his fourth-century *In Search of Spirits*, he hoped the records he had collected would demonstrate that "the Way of spirits is not false," and offer sources wherein future scholars could "let their hearts wander and their eyes dwell."

Though later sometimes considered "the birth of fiction," records of the strange were in their time a form of unofficial or "leftover" history. These records borrowed many formal features from historical works, including the use of prophetic dreams, omens, and prognostications, yet their narrative style permitted more complex plots and more psychological presentations of character. Some of the 464 records in Gan's collection, like the story of Su Yi and the tigers, are minimal sketches in a few dozen words, but others are sophisticated tales depicting numerous conflicts and character types. Moreover, whereas stories such as Su Yi's depict people and beasts in a single moral universe, other records posit boundaries between them. Perhaps to control the animal instincts of humans, many accounts used animals to inspire human morality.

Like Su Yi's tale, many stories of the strange revolve around values of reciprocity, recompense, and revenge, all translations of the central concept of *bao* 報. The tale of Dong Zhaozhi, also from Gan's collection, rewards its eponymous protagonist for saving an ant's life. In a dream, a black-clad leader followed by a hundred men appears, offers his thanks and urges, "If ever in anxious difficulty, you should call on me to appear." Ten years later, after Zhaozhi is unjustly jailed, he remembers the Ant King's words, and so takes a few ants in hand and appeals to them. In a second dream, the leader in black instructs him to flee to the hills and await an amnesty. Upon waking, Zhaozhi finds that ants have eaten away his shackles, and he flees to the hills, soon to be pardoned.

Although some tales present straightforward morals, the absence of a predetermined value system makes other stories more challenging. Certain motifs and structures suggest a tragic tension between heaven's will and even the noblest of mortal desires. Celebrated as a tale of extraordinary love and devotion, "Han Ping and His Wife" 韓憑夫婦 (also from *In Search of Spirits*) is also a lamentation on the helplessness of commoners against the powerful. While the story suggests the power of writing to confront injustice, it also highlights ambiguities of interpretation. After the king abducts Ping's wife, her enigmatic letter to Ping reveals the unpredictable trajectory of writing's moral power.

> Excessive rain, continuous rain.
> Broad is the river, its waters deep.
> The sun appears like my heart's aim.

When the puzzled king shows his counselors the intercepted letter, a minister interprets the excessive rain as her ongoing worry and longing for her husband, the broad river as their powerlessness to see each other, and her heart's aim as a resolution to die. Though the tale leaves unclear whether Ping has received his wife's letters, he commits suicide. His wife then lets her clothes rot, so they rip when attendants try to catch her after she throws herself from a tower to her death. Angered by a letter requesting that her bones be buried in her husband's grave, the king orders facing graves. Overnight large catalpa trees grow atop the two grave mounds, and in ten days their trunks bend toward each other, their branches embrace, and their roots intertwine. Two mandarin ducks settle in the trees, press close their necks, and cry woefully. Moved by their cries, the local people grieve for the couple, call the catalpa "the tree of mutual longing," and come to view the birds as the couple's reincarnated souls.

The tale also underscores what it means to have intentions and carry them out. The woman's patience in letting her clothes rot shows her decisiveness, and her letter informing the king that she benefits by dying proclaims her control over her destiny. Choosing to resist the king in the only way she can, she may inspire a measure of compassion, seen in his decision to allow nearby graves. Yet part of the tale's mystery lies in the minister's interpretation of her first ambiguous letter. Since the word the minister interprets as "continuous" also means "licentious," the first line could refer to her sexual exploitation in the hands of the king. Or, since rain and sun nurture trees, these lines might foreshadow the embracing catalpa trees, an omen that lends structural unity to the tale.

Recording people and crafting fiction

As records of anomalies told of alleged occurrences, jottings appraising character generally presented sketches of supposedly historical persons. The moral implications were often more straightforward, as can be seen in the hundreds of records of virtues and vices in *New Accounts of Tales of the World* 世說新語.

Compiled around 430, this anthology of erudite, humorous anecdotes and conversations includes some jottings as simple as the tale of a ruler whose chagrin over his ignorance about rice paddies leads him to cloister himself for three days. "How could one rely on its end product and not recognize its source?" Other episodes compare two men to illustrate moral qualities, character flaws, intellectual abilities, and personality types.

Tales of the World thus became an important source of "pure conversation," dialogues in which literati sought to detach from mundane politics and thus establish themselves as arbiters of refined taste. The work inspired centuries of imitations in "tales-of-the-world-style" compilations, and modern scholars see this subgenre of jottings, later called "recording people" 志人, as integral to the pursuit of elite distinction.

As more literati rejected dominant values of political service and embraced aesthetic values and pleasures, they turned to writing as a private act serving literary ends, and their prose laments, eulogies, epitaphs, and biographies joined poetry as common forms of personal expression. In "The Biography of Mr. Five Willows" 五柳先生傳, for example, the poet Tao Qian 陶潛 (365–427) parodies official biographies to present a wry autobiography mixing Daoist and Confucian values: "Placid, serene, and of few words, he envies neither glory nor gain. He is fond of reading books but does not seek to understand everything. Each time he understands a subtlety, his joy is so great that he forgets to eat." Though his dwelling is humble, his robe coarse, and "his basket and gourd often empty," Mr. Five Willows delights in writing literature and expressing his ideals.

If the conscious crafting of fiction depended in part on a conception of authorship that took shape only as the literati coalesced as a class, it seems fitting that a poet with such a clear sense of his literary identity would also compose one of the earliest examples of intentional fiction. Originally a preface to a poem, Tao's allegorical "Record of the Peach Blossom Spring"

桃花源記 tells a fable about a fisherman who follows a stream, ventures through a small opening, and discovers a utopian community secluded from his world's political strife. Admiring their contentment and generosity, the fisherman disregards their appeal for secrecy and marks his return route to report to his prefect. Yet he can never find the way again, and the fable has become a metaphor for a lost paradise.

The recognition of literature as a distinct genre and of the literati as a class owes much to the compilation of the sixth-century anthology *Selections of Literature* 文選. In his preface, the compiler Xiao Tong 蕭統 (501–31) distinguishes literature from history (which treats facts) and philosophy (which treats ideas) by literature's treatment of experience in aesthetically crafted form and language. Establishing the basic canon of poetry and short prose, this anthology became the definitive reader for most educated people. This shared corpus made it unnecessary to spell out allusions, a task left to later commentators and, together with the institution in 605 of the civil-service entrance exams, helped the literati cohere as a class.

Though *Selections of Literature* excluded "little talk," by the early Song dynasty the genre had developed to the point that the emperor commissioned a compendium of roughly seven thousand such works from the turn of the millennium to the present. Printing blocks were carved to prepare the *Extensive Records of the Era of Grand Peace* 太平廣記 (977–78). Yet moral objections halted publication, and the text was published only in 1566. (This delay may testify to fears of fiction's power.) The sole source for many stories from before the early Song, this work's belated publication greatly promoted the study of earlier fiction.

Tales of the marvelous

Despite fictional elements in the earlier records of the strange, scholars have generally followed Hu Yinglin 胡應麟 (1551–1602) in seeing the longer "tales of the marvelous" 傳奇 (literally "transmitting wonders") as China's first deliberately created fiction. Penned from the Tang dynasty (618–907) on, these tales also depict natural wonders but focus more on private life, and often explicitly identify the author and his motives for recording the tale. It's unclear whether this attention to writing represented a conscious embrace of a creative role. For while most of the core tales employ omniscient, impersonal narration, many are framed as told to the narrator by a witness, as if the story were an objective chronicle.

Building a bridge from the stories to the world of the reader, these narrative frames frequently reflect on the core story's ethical import. This emphasis on moral suasion may reveal anxieties about the status of literati identity and traditionalist Confucian values, especially as Buddhist and other ideas gained sway during the cosmopolitan Tang dynasty. In this way, these tales, written in the classical language, share an affinity with the movement to reject ornate parallel prose and return to the "ancient-style" prose of the pre-Han and Han classics.

Given the presentation of conflicting values and voices in these tales, however, the final moral may have been designed to render a tale more respectable and thus increase its chances of dissemination.The core stories nonetheless often focus on the characters' psychology in ways that surpass the more conventional moral frame. Dissenting voices also emerge within the direct dialogue or in poems and letters written by the characters, often the richest sources of characterization.

Written by and for literati, these classical-language tales often explicitly privilege the pursuit of learning and success in civil service examinations. Yet they also evince growing concern for personal feelings that challenge normative values and class distinctions. One of the most memorable critiques of conventional paths to success is Shen Jiji's 沈既濟 (ca. 740–ca. 800) "The World Inside a Pillow" 枕中記 (781), a rewriting of a brief sketch from *In Search of Spirits*. Shen's story, written at a time when expansion of the education system produced far more scholars than the bureaucracy could employ, opens with an encounter at an inn between an old Daoist monk and a young scholar named Lu. Though they talk happily, Lu sighs over his tattered clothes and laments having been born at the wrong time. When the monk points out that he is neither suffering nor ill, he bemoans his failure to achieve renown, glory, or prosperity.

After the monk offers him a pillow he assures will bring the honor and happiness of his aspirations, Lu awakens to find his fortunes changed. He marries a maiden from a noble family and holds a series of ever higher official positions, at one point winning his compatriots' praise by building a canal. Twice he suffers slander and banishment, part of the trajectory of a great official, and reacts by becoming a recluse. Once his name is cleared, he rises to even higher positions, watches his five sons achieve success and, falling ill at the end of his lavish life, writes a letter of resignation that conveys the story's satire on traditional values. But then Lu awakens to find himself back with the Daoist monk, the innkeeper's millet still not fully cooked. Lu asks if his full life has been but a dream. "Such are the affairs of the human world," the monk replies, and though initially disappointed, Lu thanks him: "Now I completely know the reckonings of grace and disgrace, the pattern of gains and loss, and the passions of life and death. Thus, mentor, you have restrained my desires and I dare not receive this teaching."

As in Shen's story, the most fully rounded characters in these tales are often men who cultivate scholarly pursuits. They write clear prose, paint, do calligraphy, and pass the civil-service exams. When women characters are developed, they are often educated courtesans or "fox spirits." While such women may support scholars preparing for exams, they are often depicted as dangerous temptresses. Many tales portray women transforming into fox spirits or specters, a motif that may betray fears of the ties of love,

"The Story of Yingying"

"The Story of Yingying" 鶯鶯傳 (804) may be the best-known Chinese love story. It is also a foremost example of the major subgenre of "scholar-beauty tales" depicting the rise and fall of a love affair between an aspiring young scholar and a beautiful courtesan. Attributed to the poet Yuan Zhen 元稹 (779–831), the tale dramatizes the conflict between Confucian duty and the growing cult of feeling. After the protagonist Zhang uses his connections to protect his fellow lodgers at a monastery, he becomes infatuated with the radiant Yingying. Though Zhang's impatience to seduce Yingying leads her first to tease and then refuse him, she returns to abandon herself to him. As her initial reserve and severity give way to passionate desire, and after Zhang sends a poem on "encountering an immortal," they enjoy regular trysts in the western wing until Zhang departs for the capital to take his examinations. Though silent in lovemaking, Yingying writes an eloquent love letter, her attempt to control the affair. But the tale ends sadly, as Zhang abandons Yingying on the grounds that his virtue is "not sufficient" to withstand his lover's bewitching evil. In so doing, he casts suspicion on all beautiful women: "If those destined by heaven to be exquisite beings do not destroy themselves, then they will inevitably bring harm upon others." Although the tale is hardly unique in demonizing beautiful women, and though Zhang's friends, including the narrator, may support his privileging of duty, the tale's inclusion of Yingying's moving poem-letter also promotes the value of love. Compared to her depth of feeling, Zhang's rationalizations seem wooden. Among numerous later adaptations of the story are a thirteenth-century version, five times longer, which makes Yingying's maid a major character, and a beloved drama, *Story of the Western Wing*.

or of passion more generally, as well as beliefs that men need to preserve their vital force through sexual restraint.

Despite exemplary devotion and other virtues, such women characters almost always meet with sad ends, as if undeserving of human concern because of their supernatural powers. In Shen's "The Tale of Miss Ren" 任氏傳 (781), for example, a loyal fox spirit honors her pledge of loyalty to Cheng Liu, a poor man who loves her, despite her growing affection for his more sophisticated friend Yin. Moreover, although a shamaness warns her against traveling westward, she obediently accompanies Cheng until, when dogs attack her, she assumes her original fox form only to be devoured by the pack. The story ends with the narrator naming himself as the author (explaining that he has heard the story from Yin) and marveling at Ren's virtue and faithfulness unto death. He decries that Cheng, not a man of sensitivity, enjoyed only her beauty and failed to grasp her emotional character. "Had he been a scholar of deep learning, rather than stopping at appreciating her outward bearing, he could have rubbed shoulders with the principles of natural transformations, investigated the boundary between spirits and humans, and transmitted her wondrous feelings in beautiful prose writings." Such moral commentaries often end these tales, but seldom restore the moral order disrupted within the core story.

Although tales of revenge are common in early histories, these tales of the marvelous also include China's first detective-type crime stories. In Li Gongzuo's 李公佐 (770–850) "The Tale of Xie Xiao'e" 謝小娥傳, for example, a woman disguises herself as a man to avenge the murders of her father and husband. Unraveling conundrums the departed communicate to Xiao'e in her dreams, the story's narrator deciphers the roots of the Chinese characters in the two murderers' names. Xiao'e then hires herself as a manservant to the bandits and, after two years of collecting evidence, beheads one and helps the authorities execute the other. Although such vigilante justice might raise concerns about killing suspects based on a dream, the tale ends with "a gentleman" commenting on her virtue and the author-narrator's account of his decision to write the story.

Questions of justice and loyalty also arise in Pei Xing's 裴鉶 late ninth-century tale "The Tale of Nie Yinniang" 聶隱娘傳, one of the earliest tales of swordspeople. Abducted by a mendicant nun for five years of apprenticeship, the maiden Yinniang becomes a skilled assassin equipped with a dagger embedded in her skull. Yet when sent to kill a viceroy who turns out to possess great wisdom, she switches allegiance, and he courteously accepts her apology. "Don't feel guilty," he offers, "You were conscientiously serving your master." Knights-errant who rescue the downtrodden and redress injustice populate a mid-sixteenth century anthology, *Tales of Chivalrous Swordspeople* 劍俠傳. Yet unlike the cross-dressing Xie Xiao'e or the masculinized swordswoman Yinniang, the heroines of these tales often remain feminine.

Later classical tales

Most poetry, essays, and prose continued to be composed in classical Chinese into the early twentieth century. As classical language fiction came to share the stage with vernacular fiction (from the twelfth century on), works written in the demanding highbrow language became more marked. By writing in the literary language, authors proclaimed their alignment with traditional Confucian values such as moderation, filial piety, and righteousness. These classical tales were often presented as reliable accounts heard from relatives and literati friends, monks, and commoners. Scholars also increasingly collected such stories to support specific philosophies. The historian Hong Mai 洪邁 (1123–1202), for example, devoted sixty years to compiling the then-largest collection of oral anecdotes, *Records of the Listener* 夷堅志, organized according to a neo-Confucian belief in a patterned universe.

Defying such neat organization and blurring the distinction between records of the strange and tales of the marvelous, Pu Songling's 蒲松齡 (1640–1715) *Strange Stories from a Leisure Studio* 聊齋志異 (1766) is the pinnacle of classical-language tales. Despite Pu's erudition, demonstrated in early success at the district-level civil service exams, he never passed the provincial level, let alone the capital level necessary to be granted an official position. This professional disappointment, as well as concerns about injustice, may have fueled Pu's scathing satires on the pretenses of power.

In nearly five hundred tales and anecdotes about lovers, ghosts, fox spirits, and demons, Pu's satirical humor, broad range of themes, and soft eroticism dramatize life's uncanny nature. As characters cross boundaries between the natural and supernatural, the stories also bring out the fluidity of selfhood and sexuality.

The tales may surprise in their matter-of-fact presentation of sex, the mobility of erotic attachments, and the guiltless taking of multiple lovers. Whereas certain female characters, often ghosts and fox spirits, cannot help but drain and sicken their lovers, the most humane of these spirits show remarkable self-awareness and integrity. "Lotus Fragrance" 蓮香 tells of a scholar who almost dies of sexual excess as he juggles two libidinous lovers, one of whom turns out to be a fox spirit, the other a ghost. Joining forces to save his life, the two rivals happily share him until the ghost inexplicably disappears. When she is reborn into a wealthy family as an eligible young woman, the scholar seeks her hand in marriage. And to assuage his fox lover's jealousy, he marries her too. The three enjoy a ménage-à-trois until the fox spirit dies in childbirth, leaving the reincarnated ghost to raise her son. Then, after some years, an old woman brings the couple a maiden who turns out to be the reincarnated fox. Reunited in close friendship over two lifetimes, they consummate their solidarity by reinterring the ghost's original bones to commingle with the fox's in a single grave.

"If ghosts and foxes are like this," asks a commentator, "what harm can they possibly do?" Such commentaries generally intersperse Chinese pre-modern fiction to underscore Confucian values. When the fox spirit explains that hearty young men can restore their *qi* three days after lovemaking but that daily indulgence will cause harm, another commentary cautions: "Wise counsel. Young people, take heed of this!" Such passages and comments reveal prevalent anxieties about sexuality and especially about men's vulnerability to women. Yet Pu's stories also radically depart from the tradition in allowing happy endings to supernatural women characters.

In Pu's masterpiece "Jiaona" 嬌娜, the members of a fox-spirit family combine their supernatural powers with the best of human sentiment, displaying erudition, medical skills, and moral rectitude. The tale, translated by John Minford as "Grace and Pine," begins when Kong Xueli, a mandarin scholar stranded penniless far from home, agrees to tutor a mysterious wealthy young gentleman, Huangfu. Kong awakens to sexual desire when he takes a fancy to Huangfu's maid, then becomes utterly smitten by Huangfu's beautiful sister, Grace (Jiaona). When a painful inflammation almost kills Kong, Grace cures him through surgery and sorcery. Yet after this symbolic deflowering rife with sexual tension, Grace disappears and Kong's lovesick yearning reduces him to listlessness. Because Grace is underage, Huangfu arranges a marriage to his equally stunning cousin Pine, a substitution that redirects but cannot contain Kong's erotic tension. And as Huangfu transports the newlyweds to Kong's family home by soaring on the wind, Kong finally realizes that his friend is no mortal human.

Kong's good fortune increases over the years as he passes the highest civil-service exam, wins an appointment as a judge, and has a son with Pine. But he never forgets how Grace earlier saved his life, and his gratitude is put to the test when Huangfu explains that his family faces disaster. "We are all foxes," Huangfu at last reveals, "and today a terrible thunderstorm is about to strike us. If you are willing to risk your own life to protect us, we may yet be saved. If not, then take your child now and go; do not let yourself be caught up in our fate." Kong vows to live or die with his in-laws and, wielding a sword, proves his manhood by sacrificing his life to stop a hideous monster from abducting Grace. After the foxes magically revivify him, they all agree to return home with him except Grace, prevented by her duties to her husband's parents. A deus ex machina fulfills their wishes when a natural calamity claims her in-laws, allowing Grace to join the others. "Huangfu and Grace were installed in a separate compound in the garden, where they kept their gate permanently shut, only opening it for Kong and Pine."

For all their eerie mystery, these tales often end with such idylls and the inherent suggestion that the principles of a benevolent universe still prevail. Such fantastical tales may cast doubt on conventional paths to success, but they continue to reinforce Confucian values. Recalling Sima Qian's *Historical Records*, chapter-end comments by "the Historian of the Strange" offer trenchant social criticisms, especially concerning the dangers of pretension. And characters such as Kong might even serve as alter egos for Pu Songling and for readers who would identify with erudite, ethical figures. As his devotion to his vulpine in-laws clearly trumps concerns about official status, like the scholar in "The World Inside a Pillow," Kong learns through professional reversals not to overly esteem worldly rewards. Moreover, his ardent yet platonic relationship with Grace (which some commentators see as the main love story) opens him to an intimacy and wonder beyond physical sex. As Pu's refined language keeps the author-narrator at an impersonal remove, his tales' masterful control projects a subtle sensuality redolent of dreams and private fantasy.

Chapter 4
Vernacular drama and fiction: gardens, bandits, and dreams

Bandits in the garden

In *Dream of the Red Chamber* 紅樓夢 (1792), China's most celebrated novel, the protagonist and his female companions dwell in his family's protected Grand Contemplation Garden. Symbols of wealth's pleasures, sensual indulgence, and longings for immortality, Chinese gardens traditionally represent sequestered miniatures of an ordered universe. Though corruption rages in the rest of the family compound and in the mundane "world of red dust" beyond, it is primarily in the garden that the novel explores profound tensions between karmic destiny, worldly duty, and emotional attachments.

The discovery of a purse embroidered with a pornographic image exposes the garden's infiltration by wanton forces, and the family's subsequent panic betrays rampant anxieties about the vulnerability of moral order. Testifying to heightened fears of the temptations of greed and lust, works such as *Dream of the Red Chamber* unsettle the classical tradition's deep philosophical optimism. Much classical literature, steeped in a Confucian faith in a benevolent world, presumed the viability of a harmonious moral Way. But literary sources as early as the eleventh century suggest that only a far more conflicted faith survived the fall of the glorious Tang dynasty (618–907) and the material and social transformations of the Song (960–1279).

8. A refuge from the "world of red dust," the Chinese garden offers a microcosm of a patterned universe. The rocks in this garden could symbolize mountains, and the pond a sea.

By the Song, the growth of cities and a money economy drove the proliferation of specialized occupations. Thanks to the eighth-century invention of book printing, literacy and education increased among a burgeoning middle class of urban merchants, artisans, and other professionals. And though records are limited because of performers' low social status, a vibrant entertainment sector supported guilds of professional storytellers, cultivated courtesans, and theater troupes. These technological and social changes fostered the rise of a written vernacular whose more everyday language made literature accessible beyond the literati class. Most serious writings continued to use the elite literary language (and would until the twentieth century), but from the thirteenth century, vernacular language became prevalent in popular fiction, drama, and songs.

These works voice a growing skepticism about reconciling ethical conduct with human passions. Though literati still penned most of this literature, many works now reflected the values of an expanded and less cohesive audience. As more literati vied for limited civil service positions, many disappointed candidates found themselves underemployed and marginalized from politics. During the Ming dynasty (1368–1644), the literati's status as a distinct class became more pronounced as accelerating economic growth led to a further separation of governmental, economic, and cultural spheres characteristic of early modern societies. Formerly the state had been the main patron and publisher; from about the sixteenth century commercial printers actively published mass-produced popular literature.

Although vernacular works still convey ethical lessons, their pointed depictions of folly and ignorance often question the power of moral cultivation to contain the dangers of excessive passions. Departing from the emotional restraint of many earlier poems and narratives, dramas with dozens of scenes and novels with sometimes more than one hundred chapters place characters' passions and actions within large, complex frameworks. As such works increasingly portray conflicts between dominant values, they evince a new pluralism in their explorations of love, acquisitiveness, and pursuits of honor and happiness.

Oral performance literatures: show and tell

Dramas and novels evolved from a long storytelling tradition rooted in ancient court entertainers, shadow plays, comic dialogues, and various forms of farce. Because written records overrepresent literati and their values, less is known about the oral transmission of such genres. Yet literate readers were still a minority; popular stories, folklore, and jokes spread largely through oral performances. Performing alone or at times in duos or trios, storytellers were less costly than theater troupes, and the inexpensive entertainment they provided reached large popular audiences.

As Buddhism gained influence during the Tang dynasty, translations of Buddhist texts from India brought new forms and influenced the rise of written vernacular Chinese. Often performed together with pictures and music, "transformational texts" 變文 mixed prose and verse to retell parables such as the story of Mulian (Mahāmaudgalyāyana in Sanskrit), a disciple who releases his mother from agony in hell.

Scholars call the many genres that evolved from such texts "prosimetric," literally "tell-and-sing literature" 說唱文學. "Verses for plucking (lutes)," often written and performed by women, frequently portrayed court intrigues, including cross-dressing women who ace the civil service exams to win official appointments. Among other prosimetric genres are Buddhist legends performed by nuns ("treasured scrolls"), and new spoken-language arias used for poetry, "medleys," and dramas.

Developed in Song-era entertainment districts, medleys employ short spoken prose to explain longer sung passages. Periodic cliffhangers may have marked pauses for the storyteller to collect money or to entice the audience back for a multiday performance. The refinement of this popular genre can be seen in the *Western Wing Medley*. This eight-chapter rewriting of the ninth-century "Story of Yingying" (see chap. 3) expands the plot and ends with the lovers eloping, reversing the earlier tale's lauding of duty over feeling.

Though not well known itself, this medley inspired the most famous northern drama, Wang Shifu's 王實甫 late thirteenth-century *Story of the Western Wing* 西廂記. Widely loved for honoring private emotional relations over conventional duty, Wang's opera conveys unprecedented sympathy for erotic love. Despite its twenty-one acts, the drama feels unified through the image of the moon (evoked more than fifty times), its theme of recurring cycles, and its focus on the lovers' pathos. As the lovers' arias eulogize their emotional journey from infatuation through hope and disappointment to ultimate rapture, the drama also suggests adversity's power to deepen attachment.

Variety musicals

By the Yuan dynasty (1279–1368), dramatizations of human folly and vice regularly combined verse, classical prose, and colloquial dialogue with music, mime, and dance. Indeed, until the early twentieth century, when "spoken drama" developed partly through Western influence, Chinese drama was usually opera. Many operas were derived from tales of the marvelous, and themes included court intrigues, crime and retribution, "scholar-beauty tales," and Daoist or Buddhist salvation.

Traditional drama aimed not for realism but to convey emotions through symbolic conventions. Bringing out the artificial and even illusory nature of human experience, these operas were self-consciously melodramatic. Using standardized symbols and formulas, they featured stock characters (sometimes played by either gender): the male and female leads, trusted servants, and various older men, including naive pedants, bumbling physicians, swindlers, and corrupt officials. Upon their first appearance, characters often introduced themselves, related the play's backstory, or recapped the action thus far, but the drama generally centered more on emotion than action.

Governed by these conventions, opera flourished under the Yuan. Drama troupes performed in theaters, in private homes, and at secular and temple festivals. In northern "variety plays" 雜劇 (literally "mixed drama"), the lead sings four suites of arias, while spoken monologues, dialogues, and action move the plot along. After the customary climax in the third act, the closing act usually restores social harmony, yet these resolutions seldom dispel the drama's moral queries.

Skepticism about the world of officialdom pervades dramas such as Ma Zhiyuan's 馬致遠 (ca. 1250–1323) *Yellow Millet Dream* 黄粱夢,

a reworking of the eighth-century tale "The World Inside a Pillow" (see chap. 3). Even more scathing is Ma's portrayal of a court painter's venality in *Autumn in the Han Palace* 漢宮秋. Based on a historical account often reprised in poems and paintings, Ma's opera retells the legend of Wang Zhaojun, a palace beauty loved by the Emperor Yuan (r. 48–33 BCE) but sacrificed to the *Realpolitik* of "appeasing the barbarians by marriage."

The drama opens on the unscrupulous Mao Yanshou, commissioned to identify beauties, disfiguring Zhaojun's portrait when her peasant family refuses to bribe him. Seeing only the portrait, the emperor disregards her for a decade until he discovers the neglected beauty playing her lute, perceives her depths, and falls in love. His perfidy exposed, Mao delivers an accurate portrait to the Mongolian Xiongnu khan, who threatens to invade China unless Zhaojun is given to him in marriage. Persuaded by his ministers, the love-struck emperor accedes after Zhaojun offers to sacrifice herself for peace.

Whereas in earlier versions of the legend Zhaojun marries the Xiongnu khan, in Ma's play she drowns herself at the border. In preserving her honor, the play registers more acute anxieties about miscegenation with foreigners. And by juxtaposing Mao's colloquial doggerel against the sympathetic characters' poetic language, the play also underscores class distinctions. For all his refinement, however, the emperor can only decry his helplessness. His despair culminates in the final arias, sung upon awakening from a dream in which a Xiongnu soldier tears away his beloved. Projecting his sadness onto a circling goose (who should be migrating south), the emperor hears its incessant cries as confirming the disorder afflicting nature's cycles. (The play's full title, *A Lone Goose Disturbs a Deep Dream in Autumn in the Han Palace,* situates his disorienting loss amid the orderly transience of seasons.) With large armies but lacking brave generals, surrounded by corrupt officials, the emperor laments, "Not seeing her flowering spirit, how can I enjoy the scenery of my gardens?"

Other Yuan dramas indict institutions of law and morality, suggesting that such systems may be more murderous than individuals. Guan Hanqing's 關漢卿 (ca. 1225–1302) *The Injustice Done to Dou E* 竇娥冤 dramatizes the tale of a wrongly executed young widow. The drama opens as an impoverished scholar, departing to take the examinations, betroths his seven-year-old daughter in repayment of a debt. Jumping ahead thirteen years, Dou E, already a widow at twenty, refuses to marry a man who has rescued her mother-in-law from murder. When the opportunistic suitor accidentally poisons his father, he frames Dou E for the death, and the innocent heroine, tortured by an uncaring court, confesses. Confident that heaven will protest the injustice of her beheading, Dou E predicts that three paranormal events will vindicate her. As portended, her blood travels up a white streamer (instead of dripping), snow falls in June, and a three-year drought afflicts the region. These outcomes, especially the famous "snow in June," render a sense of poetic justice further fulfilled when Dou E's father returns as a high official, convicts the wrongdoers, and clears his daughter's name. For an audience that values family reputation above individual life, this ending may vindicate Dou E's martyrdom. Yet the drama also conveys the tragic dimensions of malfeasance and injustice.

Dramatic romances

The Ming imperial court's sponsorship of operas led to longer dramatic romances and elaborate musical theater. More freewheeling than the northern variety plays, these dramas consist of 10 to 240 scenes (often 30 to 50) with large casts of singing characters. These operas are typically didactic melodramas about filial piety, separated lovers, mistaken identities, and belated reunions. Opening with a summary, they tend to feature obligatory scenes of love, battle, and comedy, as well as happy endings.

The masterpiece of Ming-era aristocratic theater is Tang Xianzu's 湯顯祖 (1550–1616) fifty-five-scene opera, *Peony Pavilion* 牡丹亭 (1598). Opening scenes dramatize the enlivening force of love, contrasting the young Liniang's endearing spring fever (stimulated by her study of the *Classic of Poetry*) with the repressed life of her tutor, a withered pedant deadened to both love and nature. After a dream encounter with a young lover in a garden pavilion, Liniang dies of lovesickness and, through another dream, pursues her passion from beyond the grave.

After the young Mengmei falls in love with Liniang's portrait, he encounters her ghostly apparition:

> LIU MENGMEI (*enters*):
> . . .
> "Ever since I set eyes on the beauty in the portrait I've longed for her day and night. . . .
> . . .
> "Ah lady, lady, I die of longing for you!"
> . . .
> "Surely there must be a love affinity fated between this lady and myself?"
> . . .
> *(Sound of wind from offstage; his lamp flickers.)*
> Suddenly a chill gust of wind. I must be careful . . .

After Liniang guides Mengmei to exhume and revivify her, her father imprisons him for robbing her tomb. Yet unlike the tragic *Romeo and Juliet* by Tang's English contemporary, *Peony Pavilion* grants love the power to overcome both mortality and conventional morality. By framing the lovers' transgressions as dreams, the lyrical romance subtly challenges convention and elevates erotic love, whose power of redemption is fully realized when the couple finally consummates their love as flesh-and-blood humans.

Barriers to passion become more intractable in Kong Shangren's 孔尚任 (1648–1718) highly literary *Peach Blossom Fan* 桃花扇

9. Still popular in China and abroad, this scene from the sixteenth-century *Peony Pavilion* was staged by Ars Electronica Futurelab at the eARTS Festival Shanghai in 2007.

(1699), a love story set amid the historical intrigues that hastened the collapse of the Ming dynasty. The doom-laden dramatic romance takes place in Nanjing, where the Ming court fled after rebels overran the north and the emperor committed suicide. Against a mercenary clique, the young hero, Hou Fangyu, joins with other loyalists to reform government corruption by promoting Confucian ideals.

The play's title refers to a fan that Fangyu gives to his beloved courtesan, Fragrant Princess, during a banquet celebrating their union. Upon learning that the banquet has been underwritten by a scheming court dramatist, the penurious Fangyu almost accepts, but Fragrant Princess righteously refuses the ill-gotten gifts. And after Fangyu leaves to join the army, the corrupt clique pressures Fragrant Princess to marry a high official.

When the villains try to abduct her, Fragrant Princess knocks her head against the floor and bloodies her fan. Illustrating the power of culture to prevail over violence, she sends Fangyu the fan with the bloodstains repainted into peach blossoms. Though the lovers meet again at a mourning ceremony for the last Ming emperor, hopes for a reunion are dashed when Chang, the Daoist overseeing the ceremony, objects to their selfish passion. Rather than betray the Ming court, they agree to withdraw into Daoist reclusion:

> CHANG: For the male, let the south be his direction. Let Hou Fangyu depart for the southernmost hills, there to cultivate the Way.
>
> HOU: I go. Understanding the Way, I perceive the depths of my folly. *(Ting leads Hou offstage.)*
>
> CHANG: For the female, let her direction be the north. Let Fragrant Princess depart for the northernmost hills, there to cultivate the Way.
>
> FRAGRANT PRINCESS: I go. All is illusion. . . .

"Promptbook" tales: crib sheets?

During the Song dynasty, the proliferation of professional storytellers led to the development of written vernacular tales. Often reworkings of tales of the marvelous, these expanded stories were intended for a wider audience. Characters include not only young scholars, beautiful courtesans, and corrupt officials but also crafty merchants, loyal servants, and wise monks. Ghosts also appear, although such supernatural elements generally serve the workings of this-worldly retribution.

Riding on the popularity of oral storytelling, these more consciously crafted narratives developed from the late thirteenth century. By the late sixteenth century, "spoken text" 話本 tales frequently borrowed storytelling's conventions and set phrases (e.g., "the tale divides into two directions" indicates a change of setting). Like a storyteller, the narrator often interrupts with couplets, poems, and moralizing asides. Unlike the poems attributed to characters in classical tales of the marvelous, poems in vernacular tales tend to reenact storytellers' opening prologues (allowing latecomers to hear the full main tale). Long believed to be scripts for such earlier oral tales, the "spoken text" genre has generally been translated as "promptbook." Yet since another term (底子) names storytellers' crib sheets, writers more likely invented the "spoken text" genre to sell to a growing reading public.

Reflecting the aspirations of the newly rising middle class, these stories told of class mobility for enterprising commoners, virtuous courtesans, and other sincere seekers of happiness. The possibility of women's empowerment is found in some unlikely settings. In one story, a garrulous young woman tells her parents-in-law to annul her marriage if they don't like her mouthing off, and then leaves to become a nun. Another story tells of a barren couple who take in a blind old woman and then conceive a daughter upon her death. Sharing many affinities with her earlier incarnation, the daughter's independence from the "world of dust" is confirmed when she disappears from her bridal carriage rather than enter into marriage.

The sense of wonder in such stories is captured in the titles of the most famous anthologies, including *Lasting Words to Awaken the World* 醒世恆言 (1627), one of three collections edited by Feng Menglong 馮夢龍 (1574–1646), and Ling Mengchu's 凌濛初 (1580–1644) two-volume *Pounding the Table in Amazement* 拍案驚奇 (1628 and 1632). Like many tales in the literary language, these vernacular stories usually emphasize reward for virtue and retribution for moral transgressions. But they also show sympathy for human frailties and the compromises people make to adapt to their predicaments.

An exemplar of a self-determining woman is found in "The Oil Peddler Courts the Courtesan" 賣油郎獨佔花魁 from Feng's *Lasting Words* collection. Following opening accounts of the protagonists' harrowing backstories, the action rises when the industrious Qinzhong, selling lamp oil door-to-door, first glimpses the beautiful Meiniang, the capital's most coveted courtesan. For more than a year he scrimps and saves to buy a night with her; and although she arrives late, drinks too much, and quickly falls asleep exhausted, his joy is hardly diminished. When she awakes only to retch, he catches her vomit in his sleeve, serves her tea, and chastely holds her as she falls back to sleep. In the morning, she recalls his kindness and realizes the purity of his love for her: "Such a good man is hard to find! So loyal and honest, sensible yet sensitive, hiding my faults and praising my virtues. Not one in a hundred thousand could match him. Such a pity he's just a merchant; were he a gentleman, I'd gladly give myself to him." Moved by his continuing acts of devotion, Meiniang resolves to transform her life. Though once a child refugee sold into an elite brothel and groomed to be a plaything of the rich and famous, the resourceful courtesan has covertly saved a small fortune. After buying her freedom, she marries the humble oil peddler and bankrolls his small business. Diligently building on her capital, the commoner couple prospers, begets scholars, and practices philanthropy.

Novels-in-chapters

As with vernacular stories, the Ming-era rise of long "fiction-in-chapters" 章回小說 owed much to oral storytelling. (The term "chapter" 章回 probably referred to a "session" 回.) Whereas shorter vernacular fiction tends to emphasize plot and character, longer works often evoke lyrical grand visions. For example, many novels present neo-Confucian ideals of a patterned moral universe governed by a natural Way, ideals that helped re-Sinify China after the Mongol Yuan dynasty.

At the same time, these novels' realism about human diversity raises doubts about the chances of reconciling conflicting values in a world sullied by greed and lust. Many of these novels revel in, yet seek to transcend, what Buddhists call the "world of dust." In their gritty portrayals of rebels, bandits, and other defiers of moral order, some readers see heroes, but others see efforts to contain subversive ideas and marginal groups, including women.

Scholars sometimes liken traditional novels to Chinese gardens and landscape painting, both of which encourage wandering rather than a single fixed perspective or presentation. Seasonal, geographic, or mythic patterns commonly structure episodic plots, often of a hundred or more chapters. Chapters usually end with invitations to continue ("If you want to know what happens, just listen to the next chapter"), but such dovetailing does not guarantee a larger architecture. Following conventions from drama, many novels climax about two-thirds of the way through, leaving a long denouement and a sense of life's continuation.

The four masterworks of the Ming dynasty

Depicting the Han dynasty's fall and the rise of three warring kingdoms (early third century), the *Romance of the Three Kingdoms* 三國志演義 enacts material from historical sources. (The term translated here as "romance," *yanyi* 演義, literally means "elaboration of meaning.") Beginning as a fourteenth-century manuscript, the novel, first published in 1522, was revised by generations of writer-editors and is most commonly read in Mao Zonggang's 毛宗崗 (1632–1709) version with commentary (1679). The novel has inspired elaborate filmic adaptations, including CCTV's 1994 blockbuster series of eighty-four, hour-long episodes. The television series was China's most costly to date, featured a cast of 400,000 and drew a record audience of 1.2 billion viewers worldwide.

Mixing simple classical narration with more colloquial dialogue, the novel's 120 chapters give it epic length and feel. By integrating so much popular history into one long saga, the novel reinforces the notion that history follows larger patterns. Individuals, the plot implies, exercise but limited power within the workings of history's moral order, a perspective articulated in Mao Zonggang's preface: "Under heaven, grand affairs long divided must be reunited, and those long united must divide."

In dramatizing historical events, the novel nonetheless powerfully depicts the characters' personal struggles, making its heroes oft invoked archetypes for commentary about intrigue, villainy, and politics. Against the moody, ruthless poet-ruler Cao Cao, king of Wei, the novel pits Liu Bei, king of Shu-Han, and his two sworn brothers, the courageous but conceited general Guan Yu and the imperious and short-tempered Zhang Fei. Their ill-fated dream of reunifying the empire gains strength when Liu recruits the Daoist sage Zhuge Liang. At the decisive Battle at Red Cliffs, Zhuge summons southeastern winds to fan fires that rout Cao Cao's forces, a victory sealing the tripartition of the country.

Though the novel presents Liu as the rightful heir to restore a united Han empire, his personal loyalties make him vulnerable to headstrong decisions. And because Zhuge must bow to Liu's choices, his resourcefulness has limited effect. For all his Confucian loyalty, Zhuge cannot dissuade Liu from pursuing personal revenge. And despite Zhuge's scruples about commitment, after Liu's blind vengeance results in his own death and the kingdom is clearly lost, Zhuge faithfully serves Liu's feckless son.

The novel's emphasis on moral retribution may reinforce beliefs in historical cycles, but the upshot is less clear. Does the novel suggest that though it may take centuries, cycles of union and disunion will ultimately restore virtuous rulers? Or might the novel's portrayal of history's cycles shed irony on ideals of dynastic order? As a famous line from the novel reminds us, "The pursuit of goals lies in humans, but accomplishment lies with heaven."

A second Ming masterpiece, *Water Margin* 水滸傳 (a.k.a. *Outlaws of the Marsh*, ca. 1550) portrays a gang of 108 hard-drinking, audacious bandits from the early twelfth century. The thirty-six main heroes come from all walks of life, driven to banditry by indignation over government corruption, vengeance, coercion by other outlaws, or in the case of the generous yet ruthless leader Song Jiang, a wife's betrayal. Rich in realistic details of martial arts, claims of friendship, and appetites, the novel climaxes with a grand banquet when the band reaches the preordained number of 108 (including three women). In the name of righteousness, these loyal outlaws steal from the wealthy, defeat government troops, negotiate their own amnesty, and then defend the Song dynasty against rebels. But they show innocent children and women no mercy, and graphic descriptions of massacres, flaying, and cannibalism have led some scholars to decry the heroes' sadism. Gang mentality rules, enforced by a harsh code based above all on revenge and misogyny. Hating women for their weakness and lust, the bandits view sexual abstinence as a sign of machismo, and the killing of women for adultery as a sign of brotherhood.

More thoroughly colloquial than *Romance of the Three Kingdoms*, *Water Margin*'s heavy use of stock phrases and popular songs made the novel accessible to more readers, and raised the stakes for commentators seeking to control the novel's social effects. Readers debate whether the novel celebrates peasant rebellion, or offers a cautionary fable about the sinister terror of gang mentality. (Since multiple authors and editors crafted the novel, it may not have a consistent ideology.) Even if they idolize the novel's rebellious adventurers, it is hard for readers not to come away chastened by the destruction and chaos that ensue when vengeance is untempered by Confucian morals.

Such novels evolved through processes of accretion, and, as with the rewriting of poems, scholars often appropriated earlier versions for ideological purposes. To enhance both didactic and commercial value, major novels were typically published with "how to read" essays and interlinear, marginal, and chapter commentaries that tended to impose Confucian interpretations. (When necessary, inconsistencies would be explained as hints to read more carefully.) Highlighting natural patterns, ethical acts and consequences, and the workings of retribution, critics and editors also addressed Buddhist and Daoist themes, as well as strengths and weaknesses of structure, style, and pacing.

By treating fiction as serious literature worthy of exegesis, these commentaries radically expanded the scope of literary theory, previously devoted almost exclusively to poetry. Some editors also substantially altered their material, as Jin Shengtan 金聖嘆 (1608–61) did in abridging a 120-chapter version of *Water Margin* to 70 chapters (1641). Divergent commentaries led to serious debates, as in the case of *Romance of the Three Kingdoms*. Whereas some interpret the novel's portrayal of bravery and loyalty as promoting these cherished Ming values, others see the characters' fateful overconfidence as subtly critiquing Ming imperial propaganda.

Possibly the most retold East Asian classic, *Journey to the West* 西遊記 (1592) satirizes social ills through recrafting the tale of the historical monk Xuanzang's (596–664) perilous pilgrimage to India. Developed out of the monk's travelogue, biographies, prosimetric legends, and dramas, the hundred-chapter adventure novel (possibly by Wu Cheng'en 吴承恩, ca. 1500–82) is nonetheless more unified than earlier novels. Abandoned in infancy after a bandit abducts and rapes his widowed mother, the Xuanzang of the novel is plagued by fears and anxieties. But he ultimately triumphs, bringing back and translating three canons of Buddhist sutras (the "Three Baskets" of his other name, Tripitaka).

The picaresque novel endows the dutiful but apprehensive monk with four superhuman companions: a clever but impetuous monkey, a lustful pig, a "Sand Monk," and a white horse. Most important is Monkey, whose full name means "the Monkey Awakened to Emptiness," and whose early life opens the novel. Clever and resourceful, he is, like the human mind, wild and restless until controlled through Buddhist discipline. A popular hero later reincarnated in countless cartoons, films, television series, and video games, Monkey frequently rescues the group with his magical transforming rod. Yet his ill-focused energies risk everyone's safety but for Xuanzang's control.

Read as allegory, Xuanzang is a spiritual seeker, Monkey his heart-mind, the white horse his will, Pigsy his bodily desires, and Sand Monk his connection to the earth. The journey represents the cultivation of the heart-mind, and the novel's perils and monsters stand for distortions that obscure the path to Enlightenment. Scholars debate the degree of irony in the novel's presentation of spiritual quest. Is it an epic or a mock-epic? Does it champion Buddhist salvation or advocate for synthesizing Confucian, Daoist, and Buddhist beliefs?

Numerous sequels and midquels added to the novel's influence and fame. Like its parent novel, *Supplement to Journey to the West* 西遊補 (1641) offers a trenchant social satire combined with a masterful Buddhist allegory about the ways passions (情 *qing*) can imprison the heart. Ensnarled by Mackerel (鯖 *qing*, a homophone for passion) in a series of hallucinations, Monkey broadens his perspective to see the nature of desire, its delusions, and his own conditioned tendencies. As he does, the point of view shifts from his perspective to more omniscient narration, just one of several consciously crafted literary techniques. Short by the standards of the time, this sixteen-chapter midquel features a Tower of Myriad Mirrors, a group of space-walkers chiseling a hole in the firmament, and other surreal elements that make the novel ripe for psychoanalytic readings as dreamwork on anxiety.

Another supplement, the *Later Journey to the West* 後西遊記 (1715) tells of the heroes' pilgrimage to a mountain with seventy-two pits of demons' temptations, all ultimately related to the seven emotions and six desires. (Pigsy falls prey to flattery, and Monkey to ambition.)

The last of the four Ming-dynasty masterpieces, *The Plum in the Golden Vase* 金瓶梅 (literally *Gold, Vase, Plum*, 1618), notorious for its sexual passages, colorfully portrays a community obsessed with money, status, and sensual indulgence. One of the earliest novels of manners, its attention to social settings, roles, and expectations shows how class mores and conditioning determine individual feelings and behaviors. Within the novel's hundred chapters, six wives compete for the attentions of the unscrupulous drug merchant and influence peddler Ximen Qing. The novel borrows its setting, Qing, his concubine Golden Lotus, and several other characters from an episode in *Water Margin*, but its parody frees the novel from the mythic frameworks that characterize that work, *Three Kingdoms*, and *Journey*. Now desire itself motivates the action. And though set in the twelfth century, the domestic drama is situated within an exhaustively detailed sixteenth-century milieu.

By delaying the bandit Wu Song's revenge against his adulterous sister-in-law and her lover for murdering his elder brother, the novel allows Qing to sow the seeds of his own destruction. (Legend has it that a traditionalist author wrote the novel to pursue a vendetta against the corrupt son of the man who executed his father.) After Qing's affair with his neighbor Ping'er (the Vase of the title) results in her husband's death, Qing combines their properties to construct an ostentatious garden to showcase his wealth and station. Though Qing is himself functionally illiterate, his garden "study" has all the trappings of literati culture. Yet his indiscriminate display of overnumerous paintings betrays his poor taste, and the political machinations and debauchery that ensue there reveal his philistine pretensions. After Ping'er becomes

Qing's clear favorite, the resentful Lotus spies on them copulating in a garden pavilion and learns of Ping'er's pregnancy. Later that day Qing uses Lotus's footbindings to spread-eagle her in the garden's notorious grape arbor, then inebriates and ravishes her, and the chastened Lotus returns to her room with just one of her slippers.

Though less focused on explicit sex than Li Yu's 李漁 (1611–80) comic-erotic *The Carnal Prayer Mat* 肉蒲團 (1657), the novel's graphic sadomasochistic passages explore lust's power to corrupt, the insatiability of desire, and the pain of power exchanges. After the jealous Lotus causes the death of Ping'er's son, and Ping'er dies of grief, Lotus uses aphrodisiacs from an Indian monk to lure Qing to die through sexual overexertion. "Be judicious in your use of these remedies," the monk counsels Qing, but this caution only piques Qing's licentiousness. After Qing's excesses precipitate his death, his entourage of manipulative social climbers can do little but eulogize their departed patron, and his son by his principal wife, born at the moment of his death, becomes a monk.

For many commentators, these workings of retribution offer sustained lessons in Buddhist and Confucian ethics. For some, the novel's juxtapositions of heterogeneous elements (earlier songs, Buddhist stories, dramas, and novels) result in ironic moral critique. Following the model of the Confucian *Great Learning*, Qing's moral failings not only sow disorder in his household but also contribute to larger social decline and the dynasty's political collapse. Commentators often attribute such a coherent design to a single author, although it might also result from plural authorship. And what may be ironic distance on the characters' stereotypical worldviews might protest rather than uphold Confucian practices.

Though many modern leftist scholars claim that such vernacular works reflected the masses, most of the best fiction was *literati* fiction. From the seventeenth century on, novels tended to rewrite, parody, and subvert earlier works in a kind of literary game.

Keeping in mind their authors' prestige may lead to different conclusions about whether these texts ultimately legitimatize or critique prevailing political and social conditions.

Eighteenth-century satire

Obsession with status also dominates Wu Jingzi's 吴敬梓 (1701–54) *The Unofficial History of the Forest of Scholars* 儒林外史 (1750). Skeptical about the efficacy of moral ideals, especially when pursued too rigidly, Wu's "outer history" parodies official biographies by lampooning the mostly petty preoccupations of roughly seventy literati. Even though an opening poem decries the vanity of "success, fame, riches, and rank," most of the characters either shamelessly pursue wealth and status through conventional channels or forsake bureaucratic careers for equally dubious motives.

To mask insecurities, even characters who reject the examination system seek personal validation, and the novel's trenchant satire voices a sense of cultural crisis. Unlike earlier novels that label characters upon their first appearance, *The Scholars* reveals the characters' personalities through their actions, a panoply of practices for accumulating cultural capital: success in the civil service exams, association with degree holders, marriage alliances, publishing model exam essays, and even impersonation. As Wu's semi-autobiographical agonist, Du Shaoqing, squanders his inheritance on indiscriminate grand acts, he is just one of the anti-establishment eccentrics who purchase status by sponsoring lavish events, from a beauty contest for female impersonators to a temple dedication honoring an ancient Confucian sage. The latter ritual, the novel's putative climax, results in little but nostalgia. Each participant subsequently fails in his attempts to restore moral order, and the temple is later discovered in ruins, the dusty ceremony program now illegible. Recalling the final memorial service in *Peach Blossom Fan*, Du's fruitless ceremony might also be a veiled allegory protesting the Manchu dynasty.

For some readers, this "literati novel" consoles by its presentation of upright characters devoted to moral cultivation through classical study, the arts, and ritual practices. Central to this interpretation is the opening chapter's idealized portrayal of the painter Wang Mian (the only historical character) and the final chapter's account of four humble literati. Recalling the virtuous Wang, who construes a hundred small falling stars as a sign of heaven's pity "to maintain the literary tradition," the four practitioners of the zither, chess, calligraphy, and painting—unsullied by bureaucratic pursuits of fame—serve as foils against other characters' mercenary utilitarianism. Yet the novel's exposure of hypocrisy might undercut as easily as champion the nobility of the scholarly tradition, especially given its unprecedented verisimilitude. (Full of essayistic digressions, but with less reliance on stock phrases and preexisting materials, the novel employs a more consistent vernacular style.)

Dream of the Red Chamber

Dream of the Red Chamber 紅樓夢 (1792), with more than 100 million copies sold, ranks among the world's top five all-time bestselling novels (and among the top fifteen bestselling books, including the Bible and the Qur'ān). Also known as *Story of the Stone* (the title of the novel's most elegant English translation), the novel opens with a mythic account of the story's origin. A divine stone-in-waiting, left unused after the repair of the heavens, is reincarnated into the wealthy Jia family. Born with a piece of jade in his mouth and a consuming need to love and be loved, Baoyu (Precious Jade) shares a predestined association with his cousin Daiyu. She owes him a cosmic debt because when he was a stone and she a flower in their prior existence, he awoke her to sentience by watering her with dew. Determined to return his kindness, the flower-turned-fairygirl had resolved to repay his sweet dew with a lifetime of human tears.

In one of the novel's most vivid scenes, Baoyu finds Daiyu burying fallen flowers to protect them from trampling. "I have a flower grave in that corner. Today I'll sweep all the petals into this silk bag and bury them. With time they'll rejoin the earth." When Baoyu offers to put down his book to help, Daiyu demands to see what he's reading. The book turns out to be *Story of the Western Wing*, and Daiyu later recalls the lament of the lovelorn Yingying:

> As flowers fall and the flowing stream runs red,
> A thousand sickly fancies crowd the mind.

Since she was a flower in her previous incarnation, the sensitive Daiyu is, on a mythic level, also burying herself. Plagued by worry that Baoyu will marry someone else, she withers away, and her frailty contributes to the outcome she most fears. After the family betroths Baoyu to another cousin and Daiyu's melancholy leads to her death, the flowers' burial becomes more poignant. Symbols of neglected beauty, the flowers also connect Daiyu to Yingying, the heroine of the play Baoyu shared with her.

For some, the novel's main theme is the conflict between Baoyu's desire for liberation from suffering and his passionate emotional attachment to his female companions. Though the Daoist-Buddhist ideal of liberation ultimately prevails when Baoyu leaves to become a monk, many voices in the novel defend attachment as the essence of human-heartedness. The novel's many poems, dramas, and riddles also belie its message of detachment. For although literary works may reveal the vanities of the world of red dust, they also testify to the potential for creativity to influence karmic destiny.

Ultimately, *Dream* suggests the inadequacy of prevalent conceptions of love. The tragic disappointments facing the young lovers and their families point to the compromises of arranged marriage, but also to the dreamlike nature of love itself. So real during the dream, and so vital that the characters long to make it permanent, love turns out to be ephemeral.

Along these lines, numerous formal elements reinforce the novel's inquiry into reality and illusion. Early in the novel a poem cycle foretells the fates of Baoyu's closest female companions, destinies that unfold in the last forty chapters. As such poems and symbols foreshadow Baoyu's withdrawal from the mundane world as well as impending tragedy for the Jia family, word plays, pairs of symbolic twins, and other structuring details further suggest a cosmic order beyond human comprehension or control. (The surname Jia, a homophone for "false," is mirrored by a family surnamed Zhen, a homophone for "true.") Amid the novel's multiple themes, doubling devices, and *mises en abyme,* the story's many mirrors invoke an ideal of clear reflection and the power of mimetic knowledge.

Dream also further riddles the porous boundary between fiction and commentary. Cao Xueqin 曹雪芹 (1715–63), the scion of an elite family in decline, wrote the first eighty chapters; after Cao's death an editor completed the 120-chapter version read today. As different versions with commentaries circulated in manuscript before the novel's publication, fierce debates arose about Cao's purported revisions, many of which left inconsistencies in the text.

These debates have spawned a cottage industry of "Red-ology" devoted to questions of authorship, editions, and hidden meanings. Some scholars interpret the novel as an attack on the decadence of feudal society. For them, the Jia family's fated decline is consonant with a cyclic view of Chinese dynasties, whereby the powerful fall because of moral dissolution and the resultant withdrawal of heaven's mandate. This historical dimension lends a larger significance to allegedly autobiographical elements. What is at stake in the novel is not just individual loss but the entire elite traditional heritage.

As much as the novel paints the folly and corruption bred by elite privilege, it is also one of the world's most moving testimonies to the beauty of literary culture. Countless readers of *Dream* have learned about love and longing, identified with its protagonists, and found consolation when facing their own losses in love. The novel inspired more than thirty sequels, including one by the Manchu poet Gu Taiqing 顧太清 (1799–1876). Gu's *Shadows of Dream of the Red Chamber* 紅樓夢影, probably first published posthumously in 1877, may be China's earliest surviving novel by a woman.

If you want to know how the wars and tumult of the nineteenth and twentieth centuries would reorder perspectives on human aspirations, just turn to the next chapter!

Chapter 5
Modern literature: trauma, movements, and bus stops

In Gao Xingjian's 高行健 (1940–) play *Bus Stop* 車站 (1983), eight characters, stuck in an outer suburb, wait for a bus. Though sound effects announce passing buses, none stops, and the characters gradually despair of ever reaching the city. Gramps cannot get to his chess match; Girl misses her date; and Hothead fears losing his chance to taste yogurt. Mom tries to teach Hothead some manners, consoles the lovelorn girl, and worries about her husband and child, whose laundry awaits her weekend visits. Early on, without explanation, the Silent Person leaves to walk, and when the others realize that ten years have passed, they regret not having followed his example.

At regular intervals, the audience sees the silhouetted Silent Person walking, accompanied by a signature tune. His movement serves as a foil for the waiting characters, whose predicament recalls that of Vladimir and Estragon in Samuel Beckett's *Waiting for Godot* (1953). Drawing on both traditional Chinese theater (with its interplay of sound and drama) and French theater of the absurd, Gao's characters sometimes talk for the sake of talking. But their dialogues also express deep longings and trenchant social criticisms. For Glasses, who misses his final chance to take the College Entrance Exam, the waiting becomes unbearable: "Life has left us behind. The world has forgotten us. A lifespan passes by in vain right before your eyes." "Waiting's not so bad," the master carpenter counters later, when the actors break character to deliver overlapping lines. "People wait because they have hope."

A political allegory of China's passage from the countryside to the city, Gao's play suggests five themes central to the modernization and globalization of Chinese literature: the pursuit of national pride, humanism, progress, memory, and pleasure.

Pursuing the nation

Though many features of modern societies were developing in China by at least the sixteenth century, China was militarily unprepared when European powers forcibly entered China in the nineteenth century. After disputes over Britain's importation of opium led to the Opium Wars, a series of unequal treaties imposed mercantilism (what would now be called free trade), opened China's ports, created foreign concessions in key cities, and made Hong Kong a British colony.

Concerned that China would be carved up like a melon, reformers pursued a limited Westernization movement—based on the notion of "Chinese essence, Western means"—until Japan too defeated China in the 1894–95 war over Korea. After Japan imposed its own unequal treaty that, among other humiliations, made the island of Taiwan a Japanese colony, many Chinese saw Japan's power as the result of the Meiji regime's embrace of Westernization. As Yan Fu 嚴復 (1853–1921) and others translated works by thinkers such as Thomas Huxley, Herbert Spencer, Adam Smith, John Stuart Mill, and Montesquieu, "survival of the fittest" and other vocabulary from the social sciences increasingly shaped Chinese intellectuals' understanding of their nation's dilemmas, and they advocated a more radical modernization program for China.

This nationalistic project supported Chinese literature's evolution into a distinct and respected field. Convinced that China's survival depended on an educated citizenry, reformers published vernacular novels, newspapers, and magazines. From Beijing University's founding in 1898, newly established universities nurtured academic study of the humanities, including Chinese and foreign literatures, and literary groups formed around key universities. With the abolition of the civil service exams in 1905, intellectuals gained further independence from the government.

To buttress the newly reconceived nation, reformers drew heavily on ideas and forms in Western literature, available thanks to, among others, Lin Shu's 林紓 (1852–1924) translations of more than a hundred novels by writers including Conan Doyle, Sir Walter Scott, Dickens, Balzac, and Tolstoy. Crediting Western novels for the steady progress of Europe, America, and Japan, the reformer Liang Qichao 梁啟超 (1873–1929) published numerous Western works in his journal, *New Fiction* 新小說 (1902–6), and in 1902 Liang explicitly called for a transformation of China's own fiction: "If one intends to renovate the people of a nation, one must first renovate its fiction."

These concerns intensified after a series of uprisings overturned the Qing dynasty in 1911. The new Republic of China seemed ill equipped to address the nation's troubles, and the revolution of 1911 came to be seen as a "revolution betrayed" after the Republic's first president tried to declare himself emperor. Warlords controlled much of China until the National Revolutionary Army, led by General Chiang Kai-shek 蔣介石 (1887–1975), reunited the country through the Northern Expedition (1926–28).

During this period, journals such as *New Youth* 新青年 (1915–26) criticized the patriarchal family system and other Confucian "feudal" traditions they deemed responsible for the nation's weaknesses. Eager to orient China toward the future, intellectuals launched a New Culture Movement championing individual freedom, feminism, democracy, science, and a more accessible vernacular literature. This movement, sometimes called the Chinese "Enlightenment," became politicized once students at Beijing University launched their own journal, *New Tide* 新潮 (1919–22), and demonstrated to protest the Allies' plan to give Germany's territories in China to Japan at the Paris Peace Conference. These demonstrations, which began on May 4, 1919, brought democratic and nationalist ideals to a larger popular base and led many in this "May Fourth Movement" to turn to the Left and found the Chinese Communist Party (CCP) in 1921.

As foreign powers' designs on China made urgent the task of modernizing its citizens, many reformers believed that depictions of individual consciousness were key to this modernization. Self-expression gained prominence in novels, stories, plays, and poems, but such individualism was deeply rooted in social responsibility and what critic C. T. Hsia later called modern Chinese literature's "obsession with China."

Even writers committed to European romanticism and "art for art's sake" felt deep concern for China's standing. In the semi-autobiographical story "Sinking" 沉淪 (1921), Yu Dafu's 郁達夫 (1896–1945) protagonist, feeling "maltreated by the world," ties his personal despair to China's national destiny: "China, ah China! How can you not rise up wealthy and strong? I can no longer go on secretly suffering!" And in "Dead Water" 死水 (1926), the poet Wen Yiduo 聞一多 (1899–1946), an ardent champion of poetry's musical, pictorial, and architectural beauty, closes with an ominous metaphor for his country—especially eerie in light of Wen's later assassination by Nationalist agents.

> Here is a ditch of hopelessly dead water—
> a region where beauty can never reside.
> Might as well let the devil cultivate it—
> and see what sort of world it can provide.

Expressions of nationalism proliferated in works of leftist writers such as Wu Zuxiang 吴• • (1908–94). In Wu's satirical "Young Master Gets His Tonic" 官官的補品 (1932), the spoiled young narrator bolsters his health with milk expressed by a wet nurse, from whose husband he had earlier purchased blood, and marvels with self-satisfaction: "What a wonderful world it is; if you have the money, there's nothing you can't buy." Oblivious as the narrator is to the economic and political structures that support his indolence, he reports his cousin's pointed analysis:

> Everything around here going downhill from one day to the next has nothing to do with fate. If you ask me, it's because we've been cheated out of all our money by the foreigners. . . . All these things are foreign invented, foreign manufactured, ways they've thought up to cheat us Chinese out of our money; . . . how are you going to stop the country from getting poorer? And then you talk about fate!

Issues of national identity also mark literature on Taiwan, especially in works reflecting on the period of Japanese Colonialism (1895–1945). In "The Doctor's Mother" 先生媽 (1945), Wu Zhuoliu 吳濁流 (1900–76) documents the suppression of Taiwanese identity through his mocking portrayal of a doctor's obsessive pursuit of status. The doctor takes a Japanese name, entertains Japanese officials, and otherwise creates a "Japanese-only household." His Taiwanese mother rejects his endeavor, slices up her kimono with a cleaver, and gives alms to beggars. Her stubbornness further alienates her family, but her philanthropy is rewarded on her deathbed, when an old beggar brings her favorite fried doughsticks; he is the only true mourner at her Japanese-style funeral.

Though Taiwan was returned to the Republic of China in 1945, the province separated politically from the mainland after the CCP won a bloody civil war (1946–49) and founded the People's Republic of China (PRC). After the Nationalist Party (GMD) fled to Taiwan during what they called the Communist "takeover" of the mainland, intellectuals on Taiwan deemed themselves the guardians of traditional Chinese culture. Reinforcing the GMD's campaign to restore the lost homeland, nostalgic fiction came forth.

The most probing of Taiwan's historical novels may be Jiang Gui's 姜貴 (1908–80) *Rival Suns* 重陽 (1961), set in Shanghai and Wuhan from 1923 to 1927, the year of the CCP-GMD split. Ambitious but without means, Hong Tongye serves a French family that represents two faces of Western imperialism: Mr. Lefebvre is an arms dealer trafficking in drugs, his wife a proselytizing Christian. The novel focuses on the reformers' hypocrisy in touting liberation while committing atrocities. When Tongye invokes the prospect of building a new society to justify deserting his indigent, bedridden mother, his sister questions, "If we can't even take care of our own mother, can we be qualified to worry about so many people's troubles?" The novel suggests that the Nationalists' corruption and acquiescence to foreign imperialism facilitated the Communist victory.

Pursuing humanity

Although Gao's *Bus Stop* shares features with avant-garde theater, its realistic details follow in modern Chinese literature's dominant mode of critical realism. Mom can't live with her husband and child because she lacks the connections needed to have her work unit transferred to the city, and Gramps scolds Director Ma, director of a general store, for exchanging brand-name cigarettes for favors. At first Director Ma flaunts his privilege, and he cares little about missing a chance to be wined and dined, but he becomes more determined to reach the city as his indignation grows.

> Director Ma: I'm going. I have to get to the city to denounce the bus company. I'll track down the manager and ask him whom they're driving the buses for anyway. Is it for their own convenience or for us passengers? They have to take some responsibility! I'll take them to court and sue for compensation for the loss of our years as well as our health!

Gao's use of characters representing typical social roles recalls the stock characters of traditional Chinese drama. But his realism has more in common with the Norwegian playwright Henrik Ibsen, whose dramas, especially *A Doll's House* (1879), greatly influenced the new genre of modern Chinese "spoken drama." Ibsen's heroine Nora became a *cause célèbre* among intellectuals sympathetic to the New Culture Movement's advocacy of women's freedom. "What Happens When Nora Leaves Home?" 娜拉走後怎樣? asked Lu Xun 魯迅 (1881–1936) in a famous 1923 speech and essay by that title.

Often considered the vanguard of modern Chinese fiction, Lu Xun's stories helped launch the New Literature Movement.

Already by the late Qing period, "denunciation novels" documented corruption and inhumanity, but now writers made it their mission to criticize superstition, class inequality, and the exploitation of women. Condemning traditional classical-language literature as a reflection of feudalism, reformers drew on both imperial-era vernacular literature and Western languages to develop a modern written language. Much closer to speech (and thus called *baihua* 白話, "plain speech"), this language formed the basis of Standard Written Chinese and facilitated literature's service to social transformation.

Lu Xun's "A Madman's Diary" 狂人日記 (1918) cries out against exploitation in a hallucinatory modernist mode. After an opening preface written in classical Chinese, the story switches to *baihua* to present excerpts from a diary whose author, the preface explains, eventually recovered and presumably disowned the diary's insights. Yet even as details of his hysteria and delusions suggest the diarist's derangement, with his realization that classical texts conceal veiled exhortations to "eat people," he positions himself as the sole "real person" among wolves: "You should change, change from the bottom of your hearts. You must realize that there will be no place for man-eaters in the world of the future." The diary ends with a portentous call to "Save the children" followed by an ellipsis that may undermine the preface's claim about the madman's "recovery."

Stories such as "Madman's Diary" include modernist elements, but most "New Literature Movement" works employ straightforward realism to depict the suffering caused by the patriarchal family system, poverty, and other injustices. Many works appeal for compassion, as does Lu Xun's portrayal of an out-of-work scholar in "Kong Yiji" 孔乙己 (1919). Disenfranchised by his impractical classical education and taunted for the pilfering on which he survives, Kong is finally seen crawling, his legs broken for stealing. Just as the crippled Kong represents a class disabled by outmoded traditions, the story's uncaring child narrator represents the indifference Lu Xun most feared. In Ye Shaojun's 葉紹鈞 (1894–1988) "A Posthumous Son" 遺腹子 (1926), a loving couple, obsessed with having a son, bears seven daughters before a tiny son fails to survive. Foreshadowing the husband's suicide, the story indicts tradition as the source of his despair: "Along life's highway a poisoned arrow of tradition had cruelly pierced his heart." Yet the cycle continues. Three years later, as the devastated widow still imagines that she is pregnant, matchmakers arrive to arrange marriages for her eldest daughters.

From the story of a woman's sale by her husband in Xu Dishan's 許地山 (1893–1941) "The Merchant's Wife" 商人婦 (1921), to the dehumanizing rural poverty in Xiao Hong's 蕭紅 (1911–42) *The Field of Life and Death* 生死場 (1934), many works of the twenties and thirties present individuals whose determination and hard work cannot surmount the economic and social obstacles they face. In Lao She's 老舍 (1899–1966) depiction of Beijing's urban poor in *Rickshaw Boy* 駱駝祥子 (1937), a young rickshaw puller's aspirations and integrity cannot withstand the competition and other trials he suffers: from thefts and his wife's death in childbirth to a beloved's suicide and the climactic public execution of a union organizer he himself betrayed.

Leftist fiction and drama often depicted the dangers as well as the promises of abstract humanist ideals. In Ba Jin's 巴金 (1904–2005) passionate *Family* 家 (1931), the idealistic young writer Juehui confronts the feudal family system. Yet he colludes with the hierarchy he abhors when his political activism leads him to ignore the bondmaid who loves him, and who drowns herself rather than be made an elderly man's concubine. Ba's masterful *Ward Four* 第四病室 (1946) describes the desperate conditions of a wartime hospital, an allegory for the treatment of the poor more generally. In *Cold Nights* 寒夜 (1947), the most powerful of Ba's twenty novels, a common-law wife abandons her tubercular husband to pursue personal happiness and career fulfillment.

Writers on Taiwan, too, pursued liberal humanist themes, particularly during Taiwan's long decades of martial law (1949–87). As U.S. military and economic support promoted Western literature and philosophy, Western-influenced modernists treated themes of exile, alienation, and generational conflict. Other writers, resisting Taiwan's embrace of American capitalism and culture, responded with a vibrant "nativist literature," from Huang Chunming's 黃春明 (1939–) riveting account of a poor father's demeaning work as a clown advertisement in "His Son's Big Doll" 兒子的大玩偶 (1967) to Chen Yingzhen's 陳映真 (1937–) fifteen volumes of deeply moralistic works.

In Chen's "Roses in June" 六月裡的玫瑰花 (1967), Barney, a black American GI on R&R in Taiwan, falls in love with Emmy, a bargirl. Yet Emmy starts to remind Barney of a little girl he murdered in Vietnam, and also of his mother, who too worked as a prostitute for white men. As the trauma re-stimulates memories of his father beating his mother after she'd turned tricks to feed the family, Barney lands in a mental hospital, where Emmy sends him a rose every day. The story ends when the pregnant Emmy receives an official letter from the U.S. Army, a sign to the reader that Barney has honored his promise to marry her. Yet the story's final paragraph shatters Emmy's illusion that it announces a promotion; Barney has died for his country. While most of Taiwan supported what the Vietnamese call "the American War," Chen's story ventures dissident opposition, possibly a reason for which Chen was imprisoned for "subversive activities" from 1968 to 1975.

Much of the best contemporary writing from the mainland also follows in China's humanist tradition, including Yu Hua's (1960–) 余华 *To Live* 活着 (1992) and *Chronicle of a Blood Merchant* 许三观卖血记（1995）.

Pursuing progress

In the preface to his first collection of stories, *Call to Arms* 呐喊（1923）, Lu Xun hesitates to rouse the sleepers. Likening China to "an iron house without windows, absolutely indestructible, with many people fast asleep inside who will soon die of sufocation," he fears that crying out would only torture those trapped. Yet when a friend insists that those awakened might destroy the iron house, Lu has a change of heart: "True, in spite of my own conviction, I could not blot out hope, for hope lies in the future."

Such hope for human-led progress departs from traditional conceptions of nature's cycles and heaven's will. Revolutionaries seek to reform political, economic, and social institutions because they believe that, unlike fate, these institutions can be changed. Committed to showing that injustice and suffering were caused by people with power rather than by destiny, Lu Xun, Mao Dun 茅盾 (1896–1981), and others founded the League of Left-Wing Writers in 1930.

Mao Dun's name (a *nom-de-plume*, and homophone for "contradiction") signaled his embrace of Marxism, and his fiction chronicles the structural contradictions crippling China's economy.

In "Spring Silkworms" 春蠶 (1932), a guileless peasant family's tender care of their silkworms yields abundant cocoons, but their superstitions blind them to the collapse of their market. And in Mao's naturalistic *Midnight* 子夜 (1933), a textile industrialist learns through successive losses the insufficiency of national capital to withstand foreign economic imperialism. Because portrayals of crushing socio-economic conditions argued for national revolution, leftists championed such realist fiction and drama. Realism's importance was confirmed by the *Compendium of Chinese New Literature* 中國新文學大系 (1935), a collection increasingly influential after the Japanese invasion (1937–45), the civil war, and CCP cultural policies restricted other sources.

Literature's subordination to progressive politics was decreed by the CCP leader Mao Zedong 毛泽东 (1893–1976) in his "Talks at the Yan'an Forum on Art and Literature" (1942). Determined to make China the vanguard of international Communism, Mao adapted Marxism to make land reform, class struggle, and mass rural mobilization the mainstays of his three decades of rule. Believing that the collective will of the people could transform China's material base, Mao viewed thought reform as key to the "revolutionary spirit" needed for a Communist utopia. To this end, the party nationalized publishing and regulated writers through the Chinese Writers' Association founded in 1953.

During the "seventeen years" between the birth of the PRC (1949) and the Cultural Revolution (1966–76), novels modeling collectivization programs became "how to" manuals for cadres. Winner of the 1951 Stalin Prize, Ding Ling's 丁玲 (1904–86) *The Sun Shines over the Sanggan River* 太阳照在桑干河上 (1948) drew on her personal experiences of land reform for its vivid characterizations and ominous depictions of violent vengeance.

A progressive vision persistently marked Mao-era historical novels, some of which still enjoy popular success, especially Yang

Mo's 杨沫 (1915–95) *Song of Youth* 青春之歌 (1958), which has sold more than five million copies in twenty languages. Set in the 1930s, her bildungsroman recounts the heroine's transformation from melancholic intellectual to devoted revolutionary. Upon reading Marxist theory, she embraces socialism: "From these books, she saw the future of the development of human society. From these books she saw the brilliant rays of truth and the road that she as an individual should take."

Works promoting socialist progress became dutifully optimistic. In portraying a young mother's transformation from passivity to initiative, Ru Zhijuan's 茹志鹃（1925–98）"Warmth of Spring" 春暖时节（1959）exemplifies such ardent works. As an estranged couple bond over their efforts to engineer a crucial tool for the wife's work unit, the story highlights the overlapping benefits for the characters' personal and collective futures. The formulaic operas and ballets of "revolutionary model theater" further glorified self-sacrificing workers, soldiers, and peasants, as did collectivization novels such as Hao Ran's 浩然（1932–2008）multivolume *Bright Sunny Days* 艳阳天（1964–65）and *The Golden Road* 金光大道（1972–74）. Ignoring famines and environmental devastation, legacies of Mao's programs, these works presented visions of revolutionary history consistent with party policy and Mao's rising cult status.

During the post-Mao era, many writers supported the "four modernizations" of agriculture, industry, technology, and defense. Whereas the late Mao sought to strengthen the countryside, the CCP reform leader Deng Xiaoping 邓小平（1904–97）emphasized industrialization and urbanization. "Reform literature" addressed the personal costs of modernization, as in Zhang Jie's 张洁（1937–）*Leaden Wings* 沉重的翅膀（1981）, a psychological novel of parents devoted to duty and youths seeking personal fulfillment. Zhang was also one of the first writers to return to themes of romantic love, long forbidden during the Mao era. In her controversial "Love Cannot

Be Forgotten" 爱，是不能忘记的（1979）, the daughter-narrator's considerations of marriage frame her reading of her dead mother's diary. As she reads, its story of her mother's unrealized love for a married man inspires five views of marriage: a "commodity exchange," a social duty, and a means of procreation, but also potentially a loving relation, and a free choice. The story provoked impassioned discussions about the ethics of extramarital afairs in the face of culturally compelled marriage, and about socialism's progress in allowing young people to postpone marriage to find love.

After a revised constitution (1982) shifted emphasis from class struggle to economic development, the relaxation of thought control unleashed additional intense cultural debate and literary experimentation. Although still committed to "a socialist state under the people's democratic dictatorship," since the 1980s China has instituted market reforms promoting private enterprise; opened to foreign culture, technology, and capital; and generated the biggest building boom in history. Literature has traced this vertiginous, aggressive development. Neorealist and avant-garde works, and a growing body of reportage all reflect concerns about rising consumerism, massive rural-urban migration, environmental degradation, and China's threatened "humanitarian spirit."

China's development has also facilitated an explosion in entertainment culture, some of which reflects China's pursuit of both technological strength and cultural "soft power." Ever since Ye Yonglie's 叶永烈 (1940–) *Little Smart's Wandering in the Future* 小灵通漫游未来 (1978) sold more than 3 million copies (including the comic book version), China has become a leader in science fiction, now publishing the world's largest circulation sci-fi magazine, *Science Fiction World* 科幻世界. Much realist literature has also championed progressive social visions. At least since Lu Tianming's 陆天明 (1943–) trendsetting *Heaven Above* 苍天在上

(1995), popular anti-corruption novels have shaped perceptions of party reform, and literature on the Internet may also be raising expectations for socio-economic and political development.

Pursuing memory

During the political thaw following Mao's death and the fall of the Gang of Four (1976), brave writers began redressing the wounds of the Anti-Rightist Campaign (1957) and the Cultural Revolution. Even before the official relaxation of thought control, Lu Xinhua's 卢新华 (1954–) "Scar" 伤痕 (1978) and other works of "scar literature" testified to long-suppressed sorrow and compassion. In Zhang Jie's "Remorse" 忏悔 (1979), a man cowed by his expulsion from the party forbids his son to join a mass memorial service (an implicit protest of Mao's regime). After the son, his spirit broken, dies of an ordinary infection, the father's reinstatement in the party offers him little solace: "He had not even done the most basic thing: communicate to his dearest beloved son belief in truth." Guilt also plagues the protagonist of Dai Houying's 戴厚英 (1938–96) *Humanity, Oh Humanity* 人啊，人！(1980, translated as *Stones of the Wall*). In her novel, multiple points of view and vivid flashbacks illustrate the piecemeal nature of memory and historical understanding. But as the classmate betrayed in 1957 consoles the protagonist in the narrative present, reconciling their histories opens the door to forgiveness and renewal.

On the heels of scar literature, other genres of testimony included "new realism," (pointedly distinct from "revolutionary realism"), "literature of reflection," and "prison literature," literally "big wall literature" 大墙文学, named after Cong Weixi's 从维熙 (1933–) "Red Magnolias Beneath the Wall" 大墙下的红玉兰 (1979). Despite decades of loyal military service, because of a few lines in his notebook criticizing Mao's deification, Cong's protagonist Ge Ling is summarily condemned to a life sentence of forced prison labor. Yet as in many works of prison literature, the protagonist experiences his incarceration as purifying, his ordeals strengthening his faith in the party and in Communism. Though he is shot dead while climbing a ladder to pick magnolias to make a wreath for the beloved premier Zhou Enlai, the novella ends with a "bright tail" when an old comrade escapes to Beijing to deliver the wreath stained red with Ling's blood. More shocking testimony about the labor camps came with Zhang Xianliang's 张贤亮 (1936–) semi-autobiographical *Half of Man Is Woman* 男人的一半是女人 (1985), in which sexual impotence becomes a telling effect of political repression.

Silenced for nearly four decades by Mao-era literary strictures, modernist works re-emerged and implicitly confronted the nation's collective historical traumas. Inspired by 1920s poets such as Wen Yiduo, young writers rekindled symbolism with "misty poetry," while "search-for-roots" fiction probed the sometimes pernicious legacies of culture and tradition. By looking backward and inward as well as forward and outward, these and other avant-garde works challenged the party's ideology of modernization. Historical determinism weighs heavily in many of these works, but they often portray decadence rather than progress.

Influenced by the modernism of Kafka and Faulkner, along with the "magic realism" of Gabriel García Márquez, Mo Yan's 莫言（1955–）*Red Sorghum* 红高粱家族（1987）presents five overlapping（yet occasionally incongruous）accounts as the narrator, writing in 1985, imagines his grandparents' experiences during the brutal Japanese invasion of their village in 1939. Similar in its intense imagery and graphic violence, Su Tong's 苏童（1963–）*My Life as Emperor* 我的帝王生涯（1992）is set in an unspecified distant past, but the slicing out of concubines' tongues might remind readers of Cultural Revolution "struggle sessions" when Mao's Red Guards severed tongues to silence victims' loyal cries of "Long Live Chairman Mao!"

Recalling concerns about the destruction of nature and of ethnic minorities voiced in 1980s search-for-roots fiction, Jiang Rong's 姜戎 (1946–) best-selling *Wolf Totem* 狼图腾 (2004) provoked new concern over the devastation of Mongolia's fragile grasslands. Drawing on the author's experience as one of 12 million educated urban youth sent to learn from rural peasants during the Cultural Revolution, the novel recounts a "sent-down" youth's growing reverence for nomadic Mongolians and for the ecological balance symbolized by the wolf.

The pursuit of memory (along with the powers and dangers of nostalgia) has also been central to fiction on Taiwan, especially in modernist works such as Bai Xianyong's 白先勇 (1937–) elegant story collection *Taipei People* 台北人 (1971). In the privileged world of Taipei's Shanghainese exiles depicted in Bai's "Eternal Snow Beauty" 永遠的尹雪艷 (1965), a seemingly enviable façade of genteel comfort soon reveals a forlorn vision of moral decadence. Sensual details of light, color, and fragrance shroud the beautiful hostess in mystery, but fantasies of recapturing the past ultimately doom her lovers and deny her own humanity. Since the lifting of martial law (1987), authors in Taiwan have also faced the ongoing ravages of the island's political traumas, as in Chen Yingzhen's *Zhao Nandong* 趙南棟 (1987). In this chilling account of Taiwan's "white terror," memories of a condemned political prisoner entrusting her infant son (Nandong) to a fellow prisoner are interwoven with the latter's search, thirty years later, to understand the now grown son's estrangement.

Pursuing pleasure

In *Bus Stop*, when Girl laments that she can't wear a certain trendy dress outside the city, Mom reassuringly strokes her hair. "Wear what you like. Don't wait until my age. You still count as youthful; some young guy will be attracted to you. You'll feel close, fall in love, and after you have his child, he'll become even more devoted." Surprisingly uncritical given her own dreary marriage, Mom's romantic idyll voices aspirations for personal happiness that were verboten during the fanaticism for collective sacrifice. Yet longings for fulfillment through love, career, and material comforts rose dramatically.

While scholars often emphasize its ethics, Chinese literature has also long provided entertainment and pleasure. In contrast to the elite genres of history, philosophy, and poetry, much fiction and drama offered diversion and escapism to larger audiences, markets that soared after the 1875 introduction of less expensive Western printing techniques. As modern written Chinese further promoted literacy, a widening readership led to a proliferation of literary magazines, and *Saturday* 禮拜六 (1914–16, 1921–23), the best-selling periodical of popular fiction, reached a circulation of 50,000. Christened "Saturday fiction," sentimental romances, martial arts tales, detective stories, social satires, and "black curtain" accounts of scandals all flourished from the 1910s through the 1930s.

Such fiction was disparaged for distracting readers from national salvation, but avidly read. Though usually set in contemporary times, popular works generally spared readers the political issues posed by the critical realism of the period. Whereas leftist realist writers underscored economic determinism, many popular works present characters who exercise a self-determination that helps explain their appeal. In Zhang Henshui's 張恨水 (1895–1967) *Fate in Tears and Laughter* 啼笑因緣 (1930), the superhuman knight-errant Xiugu wins little mortal reward (she remains unmarried), but she exercises fantastical power in slaying a corrupt general, freeing his brutalized wife, and distributing his extravagant wealth to the poor.

Nor did all serious fiction follow the leftists' agenda for critical realism. Writers of the "Creation Society" championed the emotional expression of romanticism, while Shen Congwen 沈從文 (1902–88) wrote lyrical fiction celebrating nature, rustic customs, and other earthly enjoyments. Shen's pastoral novel *Border Town* 邊城 (1934) uses bucolic imagery to recount the mutual love between an elderly ferryman and his granddaughter, whom he tries to protect as she comes of age. Pursuits of pleasure and sensuality also overshadow concerns about social problems in the modernist works of the Shanghai-based "New Sensationists."

These works, influenced by Freudian psychoanalysis, foreground sexuality and self-consciousness, as in Shi Zhecun's 施蟄存 (1905–2003) story of an office worker's fantasies about a young woman in "One Evening in the Rainy Season" 梅雨之夕 (1929).

Obsession with sensual gratification, often linked to struggles for power or wealth, also haunts the desolate characters of Zhang Ailing's 張愛玲 (1920–95) incisive masterpieces, many set during the wartime Japanese occupation of Shanghai and Hong Kong. In her *Love in a Fallen City* 傾城之戀 (1943), a young divorcée's desperation for the financial security of marriage leaves her suitor skeptical of her love, but the couple discovers unexpected contentment as they survive the bombing of Hong Kong. In "Lust, Caution" 色, 戒 (1979) a former student actress sent to seduce a collaborator falls in love and warns him of the plot to assassinate him, for which he executes her and her comrades.

Often likened to Zhang Ailing, Wang Anyi 王安忆 (1954–) confronts the potentially destructive forces of sexual desire in a trilogy of lyrical novellas. In her *Love on a Barren Mountain* 荒山之恋 (1986), a sensitive cellist and his strong-willed mistress pursue an extramarital affair, and its exposure leads to their double suicide. *Love in a Small Town* 小城之恋 (1986) offers a visceral account of the erotic awakening, shame, and sexual aggression of two young dancers, and *Love in a Brocade Valley* 锦绣谷之恋 (1987) contrasts an editor's lackluster marriage with her wistful desire for an inaccessible writer. The fleeting rewards of material pleasures are shown in *Song of Everlasting Sorrow* 长恨歌 (1995), Wang's prizewinning novel about a beauty whose early fame in magazines and near-win in the 1946 Miss Shanghai contest ill prepare her to endure four decades of political tumult.

After the government slashed subsidies for publishers in the mid-1980s, many presses turned to popular literature, including gangster fiction by the self-proclaimed "hooligan" Wang Shuo 王朔 (1958–) and "body writing" by "glamour girl writers" such as

Mian Mian 棉棉 (1970-) and Wei Hui 卫慧 (1973–). In the decade between Wang Shuo's *Playing for Thrills* 玩儿的就是心跳 (1989) and Wei Hui's *Shanghai Baby* 上海宝贝 (1999), novels also explored sexual deviance.

Preoccupation with private pleasures also marks much of the fiction written in Hong Kong, both among émigré writers such as Liu Yichang 劉以鬯 (1918–) and among Hong Kong natives. Ruled by the British for 156 years (1841–1997), Hong Kong enjoyed considerable press freedoms, but self-censorship fostered apolitical writing focusing on private lives. Liu's story "Intersection" 對倒 (1972) alternates between the ruminations of a young woman and a middle-aged émigré whose paths cross in a movie theater. While the émigré reflects on his vanished life in Shanghai and the changes he has witnessed during his twenty years in Hong Kong, the young woman, aroused by an explicit photograph, projects her face onto mannequins, singers, and movie stars. The story ends with the characters' parallel erotic dreams, her fantasy of a handsome lover conjoining with his memory of his virile youth.

Pursuing "cultural China"

Despite its critical dialogues, Gao's *Bus Stop* ends hopefully. A romance seems to be budding between Glasses and Girl, and all the characters set off together on foot. Hothead carries Mom's heavy bag as she supports Gramps, and even Director Ma, earlier the least willing, calls out for the others to wait. This ending affirms values of social responsibility, as well as visions of China joining an increasingly modernized world.

Those eager not to let geopolitics restrict discussions of Chinese literature sometimes invoke the term "Sinophone" to include literature written in Chinese by writers in the Asian and wider diaspora. Sinophone may be an apt label for a global audience of Chinese-language readers. It may also appeal to those seeking Chinese cultural values, such as the discipline and traditionalism idealized in the martial arts novels of Hong Kong's Jin Yong 金庸 (1924–), probably the most widely read living Chinese author. Yet the term "Sinophone" may strain to encompass literature written in Taiwanese, other topolects, or other languages.

Thanks to dedicated translators (whose labors of love are seldom lucrative), publishers are slowly bringing out translations of the many deserving Chinese works. Yet as Chinese authors writing in English and French have garnered major awards, for much of the world these writers have come to represent transnational Chinese literature. Many readers have learned about the Cultural Revolution from Dai Sijie 戴思杰 (1954–), who has lived in France since 1984 but drew on his experience as a "sent-down" youth for his international bestseller *Balzac et la Petite Tailleuse chinoise* (2000, *Balzac and the Little Chinese Seamstress*, 2001). In recounting its young protagonists' discovery of a forbidden cache of nineteenth-century French novels, Dai's heartrending tale demonstrates literature's power for personal transformation, even in the face of manipulation or repression.

Americans in particular now buy more books written in English by Chinese-born authors than translations from Chinese. Ha Jin 哈金 (1956–), who published his first book of poetry in English just five years after his 1985 emigration, rose to fame with his spare novel *Waiting* (1999), which recounts a man's devastating discovery after his eighteen-year wait for a divorce. More recently, Yiyun Li 李翊云 (1972–), who came to Iowa to study immunology before turning to writing, has penned startling stories, many on the blessings and limitations of love. Collected in *A Thousand Years of Good Prayers* (2005) and *Gold Boy, Emerald Girl* (2010), Li's stories increasingly depict Chinese living in America, and her relative youth means that her identity as "Chinese" may change to "Chinese-American." Yet literature transcends taxonomies that would put people into boxes, and this integral power of literary culture promises a compelling future for the living tradition of Chinese literature.

References

Chapter 1

Lu Ji, "Looking down . . . ," from "Rhymeprose on Literature: *The Wen-fu* of Lu Chi," trans. Achilles Fang, *Harvard Journal of Asiatic Studies* 14 (1951): 546.

"The receptive brings about sublime success . . . ," from *The I Ching or Book of Changes,* trans. Richard Wilhelm and Cary F. Baynes (Princeton, NJ: Princeton University Press, 1967), 11.

Confucius, last of four quotations from the *Analects*: "To know it . . . ," trans. Wing-Tsit Chan, *A Source Book in Chinese Philosophy* (Princeton, NJ: Princeton University Press, 1963), 30.

Zhuangzi on emotions, *Readings in Chinese Literary Thought,* trans. Stephen Owen (Cambridge, MA: Council on East Asian Studies, Harvard University Press, 1992), 327.

Chapter 2

Translations for most of the poetic modes are modeled on Stephen Owen, "The Twenty-Four Categories of Poetry," *Readings in Chinese Literary Thought*, 303–50.

Anonymous, "Selections from 'Nineteen Old Poems of the Han,'" trans. Burton Watson, *The Columbia Book of Chinese Poetry: From Early Times to the Thirteenth Century* (New York: Columbia University Press, 1984), 96–97, slightly revised by Sabina Knight.

Final line of "Nineteen Old Poems II," trans. Stephen Owen, *An Anthology of Chinese Literature: Beginnings to 1911* (New York: Norton, 1996), 259.

Wang Wei, "Deer Fence," trans. Stephen Owen, *Anthology of Chinese Literature*, 393.

Chapter 3

Zuo's Commentary, "You have a mother . . . ," trans. Burton Watson, in *Columbia Anthology of Traditional Chinese Literature*, ed. Victor H. Mair (New York: Columbia University Press, 1994), 517.

Discourses of the States, "He who serves . . . ," trans. Cyril Birch, *Anthology of Chinese Literature*, vol. 1, *From Early Times to the Fourteenth Century* (New York: Grove Press, 1965), 35.

Sima Qian, "Letter to Jen An (Shao-ch'ing)," trans. Birch, *Anthology of Chinese Literature*, vol. 1, 101, slightly revised by Sabina Knight.

Pu Songling, *Strange Stories from a Chinese Studio*, trans. John Minford (London: Penguin Classics, 2006), "If ghosts and foxes . . . ," 228; "Wise Counsel! . . ," 215; "We are all foxes . . . ," 84; and "Huangfu and Grace . . . ," 86.

Chapter 4

Lines from "Tang Xianzu's *The Peony Pavilion*," trans. Cyril Birch, *Scenes for Mandarins: The Elite Theater of the Ming* (New York: Columbia University Press, 1995), 156, 157, 158, 160, passim.

K'ung Shang-jen, *The Peach Blossom Fan (T'ao-hua-shan)*, trans. Chen Shih-hsiang and Harold Acton, with Cyril Birch (Berkeley: University of California Press, 1976), 297–98.

Cao Xueqin, "As flowers fall . . . ," *The Story of the Stone*, vol. 1, *The Golden Days*, trans. David Hawkes (Harmondsworth: Penguin, 1973), 467.

Chapter 5

Liang Qichao, "On the Relationship between Fiction and the Government of the People," trans. Gek Nai Cheng, in *Modern Chinese Literary Thought: Writings on Literature 1893–1945*, ed. Kirk A. Denton (Stanford, CA: Stanford University Press, 1996), 74.

Wen Yiduo, "Dead Water," trans. Kai-yu Hsu, in *Twentieth Century Chinese Poetry: An Anthology* (Garden City, NY: Doubleday, 1963), 61.

Wu Zuxiang, "Young Master Gets His Tonic," trans. Cyril Birch, in *The Columbia Anthology of Modern Chinese Literature*, 2nd ed., ed. Joseph S. M. Lau and Howard Goldblatt (New York: Columbia

University Press, 2007), "What a wonderful world . . . ," 153; "Everything around here . . . ," 157.

Lu Xun, "A Madman's Diary," trans. Yang Xianyi and Gladys Yang, in *Columbia Anthology*, ed. Lau and Goldblatt, 15, 16.

Ye Shaojun, "A Posthumous Son," trans. Bonnie S. McDougall, in *Columbia Anthology*, ed. Lau and Goldblatt, 27.

Lu Xun, "Preface," trans. Yang Xianyi and Gladys Yang, in *Columbia Anthology*, ed. Lau and Goldblatt, 6.

Yang Mo, *Song of Youth*, trans. Sabina Knight, in *The Heart of Time: Moral Agency in Twentieth-Century Chinese Fiction* (Cambridge, MA: Harvard University Asia Center, 2006), 146.

Zhang Jie, "Remorse," trans. Helen F. Siu and Zelda Stern, in *Mao's Harvest: Voices from China's New Generation* (New York: Oxford University Press, 1983), 29.

Further reading

General works

Idema, Wilt, and Lloyd Half. *A Guide to Chinese Literature*. Ann Arbor: Center for Chinese Studies, University of Michigan, 1997.

Lévy, André. *Chinese Literature, Ancient and Classical*. Translated by William H. Nienhauser Jr. Bloomington: Indiana University Press, 2000.

Mair, Victor H., ed. *The Columbia History of Chinese Literature*. New York: Columbia University Press, 2002.

Nienhauser, William H. Jr., ed. *The Indiana Companion to Traditional Chinese Literature*. 2 vols. Bloomington: Indiana University Press, 1986, 1998.

General anthologies

Birch, Cyril, ed. *Anthology of Chinese Literature*. 2 vols. New York: Grove Press, 1965, 1972, rpt. 1994. An astute anthology of classics.

Idema, Wilt, and Beata Grant, eds. *The Red Brush: Writing Women of Imperial China*. Cambridge, MA: Harvard University Asia Center, 2004. A broad history of women's writing with generous examples and excerpts from diverse genres.

Mair, Victor H., ed. *The Columbia Anthology of Traditional Chinese Literature*. New York: Columbia University Press, 1996.

Mair, Victor H., ed. *The Shorter Columbia Anthology of Traditional Chinese Literature*. New York: Columbia University Press, 2000. Both anthologies provide a broad range of texts with thorough introductions and notes.

Mair, Victor H., Nancy S. Steinhardt, and Paul R. Goldin, eds. *Hawai'i Reader in Traditional Chinese Culture*. Honolulu: University of

Hawai'i Press, 2005. Introductory essays and 92 primary texts, many from sources beyond traditional literary canons.
Minford, John, and Joseph S. M. Lau, eds. *Classical Chinese Literature: An Anthology of Translations*. Vol. 1, *From Antiquity to the Tang Dynasty*. New York: Columbia University Press; Hong Kong: The Chinese University Press, 2000. Classic translations of over 1,000 selections.
Owen, Stephen, ed. and trans. *An Anthology of Chinese Literature: Beginnings to 1911*. New York: W. W. Norton, 1996. Heavily weighted toward poetry; selections and commentary bring out conversations between texts.

Chapter 1: Foundations

Wing-Tsit Chan. *A Source Book in Chinese Philosophy*. Princeton, NJ: Princeton University Press, 1963. Helpful introductions and well chosen excerpts.
Dale, Corinne H., ed. *Chinese Aesthetics and Literature: A Reader*. Albany: State University of New York Press, 2004. Introductory essays by major scholars.
de Bary, Wm. Theodore, and Irene Bloom, eds. *Sources of Chinese Tradition*. Vol. 1, *From Earliest Times to 1600*, 2nd ed. New York: Columbia University Press, 1999. A classic text with authoritative introductions and extended excerpts.
de Bary, Wm. Theodore, and Richard Lufrano, eds. *Sources of Chinese Tradition*. Vol. 2, *From 1600 Through the Twentieth Century*, 2nd ed. New York: Columbia University Press, 1999. An authoritative text updated through the late twentieth century.
Ivanhoe, Philip J., and Bryan W. Van Norden, eds. *Readings in Classical Chinese Philosophy*, 2nd ed. Indianapolis: Hackett Publishing, 2005. Selected readings from Confucius, Mencius, Zhuangzi, Xunzi, and others, as well as a general introduction.

Chapter 2: Poetry and poetics

Kang-i Sun Chang, and Haun Saussy, eds. *Women Writers of Traditional China: An Anthology of Poetry and Criticism*. Stanford, CA: Stanford University Press, 1999. Poems from the Han to the early twentieth century, as well as prefaces, biographies, and criticism by and about women writers.
Chaves, Jonathan, ed. and trans. *The Columbia Book of Later Chinese Poetry: Yüan, Ming, and Ch'ing Dynasties (1279–1911)*. New York:

Columbia University Press, 1989. Translations and biographical sketches of 42 poets, with paintings.

Owen, Stephen. *Readings in Chinese Literary Thought.* Cambridge, MA: Council on East Asian Studies, Harvard University Press, 1992. Translations with commentary and original Chinese of seven full texts and many excerpts from earliest eras through the Qing dynasty.

Owen, Stephen. *Traditional Chinese Poetry and Poetics: Omen of the World.* Madison: University of Wisconsin Press, 1985. The most seminal of Owen's important critical works.

Watson, Burton, ed. and trans. *The Columbia Book of Chinese Poetry: From Early Times to the Thirteenth Century.* New York: Columbia University Press, 1984. 420 poems by 96 poets, with helpful introductions and focus on major poets.

Chapter 3: Classical narrative

Campany, Robert Ford. *Strange Writing: Anomaly Accounts in Early Medieval China.* Albany: State University of New York Press, 1996. A scholarly introduction to records of the strange.

Xiao Tong (comp.). *Wen xuan, or Selections of Refined Literature.* Translated and annotated by David R. Knechtges. 3 vols. (more projected). Princeton, NJ: Princeton University Press, 1982, 1987, 1996. Translations of diverse genres.

Ssu-ma Ch'ien. *The Grand Scribe's Records.* Edited by William H. Nienhauser Jr. Translated by Nienhauser et al. 9 vols. Bloomington: Indiana University Press, 1994–2010. Full scholarly translation with extensive footnotes.

Ma, Y. W., and Joseph S. M. Lau, eds. *Traditional Chinese Stories: Themes and Variations.* New York: Columbia University Press, 1978, rpt., Boston: Cheng and Tsui Co., 1986. 61 translations, arranged thematically, of many genres, from early histories and jottings to tales of the marvelous and vernacular stories.

Pu Songling. *Strange Tales from a Chinese Studio.*Translated by John Minford. London: Penguin Classics, 2006. Charming translations of selected stories.

Chapter 4: Vernacular drama and fiction

Birch, Cyril. *Scenes for Mandarins: The Elite Theater of the Ming.* New York: Columbia University Press, 1995. Translations of excerpts from and engaging commentaries on six masterpieces of Ming drama.

Cao Xueqin. *The Story of the Stone*. Translated by David Hawkes and John Minford. 5 vols. Harmondsworth: Penguin, 1973–1986. Elegant rendering of the novel better known as *Dream of the Red Chamber*.

Hsia, C. T. *The Classic Chinese Novel: A Critical Introduction*. New York: Columbia University Press, 1968, rpt., Bloomington: Indiana University Press, 1980, rpt., Ithaca: Cornell University Press, 1996. Chapters on each of six masterpieces.

Plaks, Andrew, ed. *Chinese Narrative: Critical and Theoretical Essays*. Princeton, NJ: Princeton University Press, 1977. Seminal scholarly essays.

Rolston, David L., ed. *How to Read the Chinese Novel*. Princeton, NJ: Princeton University Press, 1990. A scholarly introduction to the commentary tradition.

Wang Shifu. *The Story of the Western Wing*. Edited and translated by Stephen H. West and Wilt L. Idema. Berkeley: University of California Press, 1995. A complete translation with an informative introduction.

Chapter 5: Modern literature

Xiaomei Chen, ed. *The Columbia Anthology of Modern Chinese Drama*. New York: Columbia University Press, 2010. Critical introduction and translations of 22 plays from 1919 to 2000 from the PRC, Hong Kong, and Taiwan.

Hsia, C. T. *A History of Modern Chinese Fiction*. 1st ed. New Haven, CT: Yale University Press, 1961. 3rd ed. Bloomington: Indiana University Press, 1999. A classic critical introduction.

Lau, Joseph S. M., and Howard Goldblatt, eds. *The Columbia Anthology of Modern Chinese Literature*. New York: Columbia University Press, 2nd ed., 2007. Well-translated stories, poems, and essays.

McDougall, Bonnie S., and Kam Louie. *The Literature of China in the Twentieth Century*. New York: Columbia University Press, 1997. Brief entries on major authors' poetry, fiction, and drama, divided into three periods from 1900 to 1989.

Mostow, Joshua, ed. *The Columbia Companion to Modern East Asian Literature*. New York: Columbia University Press, 2003. Essays on major movements, authors, and genres from Japan, China, and Korea.

Websites

The Association for Asian Studies

www.aasianst.org

Links to web resources for scholars and students of Asian studies. For China links see *www.aasianst.org/links/wwwchina.htm*

The China Gateway

www.bc.edu/research/chinagateway

Run by Professor Rebecca Nedostup of Boston College, this site points to a broad collection of resources; for language study and literature see *www.bc.edu/research/chinagateway/culthist/langlit.html*

Chinese Bibliography Database

https://chinesebib.sas.upenn.edu

Run by the Department of East Asian Languages and Civilizations, University of Pennsylvania, a thorough and regularly updated online bibliography.

MCLC Resource Center

http://mclc.osu.edu

Run by Professor Kirk A. Denton of Ohio State University in conjunction with the journal *Modern Chinese Literature and Culture*, this indispensable site contains book reviews, publications, and an extensive database of bibliographies of mostly English-language translations, studies and other reference works of and on modern and contemporary Chinese literature.

Renditions

www.cuhk.edu.hk/rct/renditions/index.html

Run by The Chinese University of Hong Kong, this site includes a database of authors, translators, and titles published by this journal and press devoted to English translations of Chinese literature.

“牛津通识读本”已出书目

古典哲学的趣味
人生的意义
文学理论入门
大众经济学
历史之源
设计，无处不在
生活中的心理学
政治的历史与边界
哲学的思与惑
资本主义
美国总统制
海德格尔
我们时代的伦理学
卡夫卡是谁
考古学的过去与未来
天文学简史
社会学的意识
康德
尼采
亚里士多德的世界
西方艺术新论
全球化面面观
简明逻辑学
法哲学：价值与事实
政治哲学与幸福根基
选择理论
后殖民主义与世界格局
福柯
缤纷的语言学
达达和超现实主义
佛学概论
维特根斯坦与哲学
科学哲学
印度哲学祛魅
克尔凯郭尔
科学革命
广告
数学
叔本华
笛卡尔
基督教神学
犹太人与犹太教
现代日本
罗兰·巴特
马基雅维里
全球经济史
进化
性存在
量子理论
牛顿新传
国际移民
哈贝马斯
医学伦理
黑格尔
地球
记忆
法律
中国文学
托克维尔
休谟
分子
法国大革命
丝绸之路
民族主义
科幻作品
罗素
美国政党与选举
美国最高法院
纪录片
大萧条与罗斯福新政
领导力
无神论
罗马共和国
美国国会
民主
英格兰文学
现代主义
网络
自闭症